Valerio Varesi est né à Turin le 8 août 1959 de parents parmesans. Diplômé en philosophie de l'Université de Bologne, il est aujourd'hui journaliste et auteur de onze romans au héros récurrent, le commissaire Soneri. *Le Fleuve des brumes*, le premier traduit en français, a été nominé au prestigieux Gold Dagger Award et a remporté le prix Violeta Negra 2017.

Valerio Varesi

LES OMBRES DE MONTELUPO

ROMAN

Traduit de l'italien par Sarah Amrani

Agullo

Les événements relatés sont imaginaires.
Toute référence à des faits, à des lieux et à des personnes ayant réellement existé est purement fortuite.

TEXTE INTÉGRAL

TITRE ORIGINAL
Le Ombre di Montelupo
ÉDITEUR ORIGINAL

ISBN 978-2-7578-7626-8
(ISBN 979-10-95718-39-0, 1re publication)

«E dov'è Montelupo?»
«È una cima di fronte al paese. Un posto impervio…
Bello, anche se un po' sinistro per via di certe leggende…»

« Et c'est où, Montelupo ?
– C'est un sommet qui se trouve en face du village.
Beau, bien qu'un peu sinistre à cause
de certaines légendes. »

À mon père Aldo, surnommé Fabio,
qui m'a appris le nom des arbres.

1

Le jour de la Saint-Martin, les affiches sur Paride Rodolfi firent leur apparition au village. Elles disaient qu'il n'avait pas disparu, qu'il était en vie et en bonne santé. La dernière, on l'avait placardée peu avant l'arrivée du commissaire Soneri, et il tomba dessus alors qu'elle ruisselait de colle. Cet avis, qui sentait les ennuis et le mystère à plein nez, ne lui plut guère. Et il n'avait pas encore eu vent de la rumeur selon laquelle les Rodolfi étaient dans le pétrin. Des murmures imprégnés d'envie, mais contenus par le respect qu'imposaient la villa monumentale sur le chemin de crête, la villa du Talus, et l'immense usine de charcuterie. Le nom « Rodolfi » rappelait à Soneri une marque familiale, avec le charcutier replet et moustachu près d'un cochon bien gras. Une image, dans son cadre coloré ovale, qui hantait son imagination depuis son enfance, depuis qu'il l'avait aperçue pour la première fois ornant, telle une cravate, les jambons qui pendaient aux crochets des charcuteries embaumant le saindoux. Rien à voir avec l'ambiguïté de ces affiches : elles avaient beau annoncer une bonne nouvelle, elles ne parvenaient pas à cacher que quelque chose clochait.

Une curiosité agaçante l'accabla. Il leva son regard sur le cercle des montagnes alentour qui semblait coupé à mi-hauteur par des nuages bas d'un gris souris, et il imagina les brèches des sommets fichées dans le ventre de cette brume comme de vieilles dents. Plus bas, les bois de châtaigniers se dépouillaient lentement dans les flaques de rosée : ils ne sécheraient qu'avec le gel. La pensée de l'humidité lui redonna de l'énergie : elle ferait pousser les champignons qui l'avaient fait monter jusque-là, dans cette vallée qu'il connaissait depuis tout petit. Il s'imaginait retrouver le dialecte guttural des montagnards et l'envie de marcher accompagné du seul bruit de ses pas. L'été en ville, passé à transpirer dans la chaleur étouffante qu'il détestait, avait été pénible. Puis l'automne et le remplacement du commissaire de police, avec la procession des nouvelles dispositions, circulaires et directives, l'avaient épuisé. Après des années à la Questure, il sentait croître son exaspération jour après jour. Ainsi, Angela, sa compagne, lui avait-elle presque ordonné de décrocher et lui, au lieu de passer deux semaines sur la Côte d'Azur, avait décidé d'aller ramasser des champignons.

Il avait l'opportunité d'échapper au brouillard de Parme et il s'y était enlisé malgré tout, dans cette vallée des Apennins où le soleil rasant de la mauvaise saison ne pénétrait presque pas.

« Je cherche le calme, s'était-il excusé auprès de son amie, je n'en peux plus des histoires de bureau.

– Va où tu veux, lui avait-elle répondu, sceptique, de toute façon, en ce moment, je ne pourrai te suivre nulle part, je croule sous le travail. »

C'est pourquoi il était parti plutôt serein, sans culpabiliser. Mais dès qu'il avait mis un pied au village, il s'était vu contrarié par cette effervescence fébrile, comme un chœur de chuchotements sous les apparences tranquilles, une sueur froide transpirant dans l'immobilité.

Sur la place aussi il y avait un avis, dans la vitrine de la mairie, et Soneri en relut attentivement le texte tandis qu'il allumait son *toscano* : « Nous informons les habitants que monsieur Paride Rodolfi est en excellente santé et qu'il est parfaitement en mesure de tenir ses engagements professionnels. Nous remercions les habitants pour la sollicitude qu'ils nous ont témoignée. »

Il essaya de penser aux champignons et aux rejetons de hêtre qui devaient avoir poussé dans le sous-bois trempé. Il était impatient que le ciel soit un peu dégagé pour aller plus haut et cueillir la floraison éphémère d'un bolet. Il n'aspirait qu'à rester loin de tout, sauf des bois et des champignons.

Il ne pensa plus aux affiches, mais Maini, son ami d'enfance, avec qui il était souvent en contact, les lui rappela.

« Tu ne pouvais tomber plus à propos, commença-t-il, on a vraiment besoin d'un commissaire ici.

– Je ne veux être mêlé à aucune enquête », tint à préciser aussitôt Soneri.

Ils s'étaient assis au bar *Rivara* et ils regardaient la place remplie de stands pour le marché du dimanche matin. Un bourdonnement incessant, un fond sonore plein d'inquiétude montait des étalages.

« Qu'est-ce qui t'a pris de venir jusqu'ici en novembre ? lui demanda Maini.

– Tu sais que je vais aux champignons, répliqua le commissaire avec un geste vague vers les montagnes recouvertes de brouillard.

– Cette année, tu tombes mal : l'été a été trop sec et ils se sont calcinés tout juste sortis de terre.

– Vous dites toujours ça, dit Soneri en haussant les épaules, c'est le temps qui est trop sec, ou il a trop plu, ou ce sont les maladies… Je ne me décourage pas pour autant ! »

Maini se mit à rire, observa les tables où étaient assis les vieux et changea de sujet :

« Que penses-tu des affiches ?

– Pour moi, ça ressemble à une mascarade, soupira-t-il. Aujourd'hui, c'est jour de fête, n'est-ce pas ? »

À ce moment firent leur apparition Volpi, le garde-chasse, et Delrio, l'agent de police. Ils prirent place près d'eux en silence, les saluant d'un simple geste.

« Le fait est que personne n'a vu Rodolfi dans les parages, insista Maini.

– Si, fit remarquer Volpi, quelqu'un, hier soir. Il y avait une voiture identique à la sienne devant la pharmacie.

– Qui a dit ça ?

– Des gens en parlaient ce matin, répondit vaguement le garde-chasse.

– Il y a une semaine de ça, il a mentionné qu'il devait partir quelque temps, souligna Delrio. Un voyage d'affaires. C'est une employée qui l'a entendu, la fille de Biavardi.

– Et pourtant l'équipe de chasseurs de Case Bottini a reconnu sa chienne vendredi : elle errait sur les hauteurs de l'Arête pelée, le contredit Volpi.

– Peut-être y avait-il quelqu'un d'autre, tenta de minimiser Delrio.

– C'est sans doute à cause d'une dispute avec sa femme, plaisanta Maini, tout le monde sait qu'ils ne font plus bon ménage et que de temps en temps il s'en va passer quelques jours dans les bois avec les sangliers.

– Et il leur tire dessus la nuit, affirma Volpi d'un air grave. On a entendu des coups de feu par ici, et ils semblaient provenir d'un fusil Franchi à canons superposés.

– On en entend beaucoup, des coups de feu, continua Delrio, et on ne sait pas qui tire. Mais ce sont toujours des décharges isolées, de quelqu'un aux aguets.

– Ces montagnes pullulent de braconniers, concéda le garde-chasse. Pour les attraper, il faudrait l'armée.

– Si quelqu'un est rapide, difficile de l'attraper. Ici, même les Allemands s'y sont cassé les dents avec les résistants, rappela Maini. Mais s'agit-il bien de braconniers ? »

La phrase resta en suspens et se perdit dans le silence. Soneri, qui écoutait légèrement agacé, entendit le vacarme du bar monter en puissance alors qu'il était assailli par une puanteur de vieille fumée et d'humidité. Après quelques secondes, Volpi souleva une main et la laissa retomber lourdement sur la table. Le geste d'un alphabet muet que connaissait le commissaire. Les autres aussi comprirent et sourirent. Puis Maini reprit son discours :

« Il semblerait que dernièrement Rodolfi n'était plus…, et il bougea la main avec la paume vers le haut. Dépression, ajouta-t-il.

– En effet, pour en arriver à mettre des affiches… »

Rivara se présenta avec le malvasia. Il posa les verres et déboucha la bouteille. Il accomplissait des gestes silencieux et précis avec ses grandes mains à la peau épaisse. Puis, soudain, il annonça :

« Il a été vu ce matin.

– Où ? demanda Maini.

– Chez lui, rétorqua Rivara en levant le menton vers les montagnes. Il faisait les cent pas dans la cour et il avait l'air accablé.

– Qui l'a vu ? le brusqua Volpi.

– Mendogni. Il est passé par là avec son tracteur en allant à Campogrande.

– Il n'y a que des rumeurs discordantes, ricana Soneri.

– Les coups de feu m'inquiètent davantage, continua Delrio. À toute heure, alors que la chasse aux sangliers est fermée… Ça se trouve, quelqu'un est en train de faire des conneries.

– Va le raconter aux carabiniers, dit le commissaire d'un ton tranchant.

– Ils le savent déjà. Et puis eux aussi les entendent », dit Delrio.

Ils levèrent leur verre et portèrent un toast.

« J'imagine que vous avez déjà pris ce qu'il y avait à prendre, sourit Soneri en faisant allusion aux champignons.

– Pas grand-chose, voulut nuancer Volpi, question de chance. »

Les nuages s'étaient un peu dispersés et ils purent entrevoir devant eux le col du Duc et les taches plus sombres des pins.

« J'avais presque envie de grimper cet après-midi », lâcha le commissaire.

Volpi le fixa avec une grimace de désapprobation.

« À quatre heures, il fait déjà nuit. Il vaut mieux y aller le matin et revenir au village pour l'heure du déjeuner. »

Il y avait comme une inquiétude dans sa voix, mais Soneri n'y prêta pas attention parce que son interlocuteur ajouta :

« Les champignons travaillent dans l'humidité de la nuit ; ou tu en trouves le matin, ou il n'y en a pas.

– À mon avis, s'il voulait faire savoir à tout le monde que tout allait bien, il suffisait qu'il fasse un saut au village. Pourquoi mettre des affiches ? reprit de plus belle Delrio, que cette histoire ne convainquait pas.

– Et quand diable est-il jamais venu au village ? répliqua Volpi. Il n'y a que son père Palmiro qui vienne, lui qui vendait les cochons sur la place et qui est né tout près d'ici.

– Rivara a dit tout à l'heure que Mendogni l'a vu dans la cour… » répéta Maini.

Delrio l'observa d'un air perplexe.

« Les gens voient souvent bien des choses qui n'existent pas… Et la route qui va à Campogrande passe loin de la villa.

– Sa Mercedes était garée devant la pharmacie hier soir.

– Ça pouvait être sa femme qui cherchait la pharmacie de garde. Il paraît qu'elle survit à coups de médicaments », ajouta Delrio.

Soneri s'efforçait de penser à autre chose. Aux sentiers dans les bois, surtout. Et en attendant, il observait les marchands ambulants qui, sur la place, avaient commencé à fermer leurs étalages au moment où le ciel, à son tour, fermait la porte à tout rayon sur les montagnes. L'un d'eux, qui portait de grosses chaussures, entra dans le bar pour se réchauffer.

« Vous êtes déjà sur le point de partir ? lui demanda Rivara.

– À quoi bon rester ? On ne vend pas. On dirait que les gens sont tout excités.

– C'est la fête de la Saint-Martin », dit l'aubergiste en guise de justification.

Le marchand ambulant le regarda sans grande conviction.

« Ils s'en fichent de saint Martin, dit-il avec ironie. Ils pensent à Rodolfi. Mais que s'est-il passé ?

– On le croyait disparu, puis on l'a aperçu. Et aujourd'hui, des affiches ont été placardées pour informer le village qu'il est sain et sauf, expliqua Rivara.

– Je les ai remarquées, acquiesça le marchand en avalant sa grappa. Selon moi, cette histoire sent le roussi. »

Delrio s'adressa aux autres :

« Vous voyez ? Même quelqu'un qui n'est pas du coin devine tout de suite qu'il y a un truc bizarre.

– Le commissaire est venu jusqu'ici exprès », plaisanta Rivara en indiquant Soneri.

Le marchand le regarda avec incrédulité, sans comprendre.

– « C'est vraiment si grave que ça ? demanda-t-il.

– Ça se pourrait… lâcha Volpi sur un ton ambigu.

– On verra comment ça finira, ajouta Delrio.

– Quoi qu'il en soit, dit Soneri en coupant court à la conversation, moi je suis là pour aller aux champignons. »

Le marchand éclata de rire, paya et sortit.

Ce n'était pas tout à fait vrai. Tandis qu'il se levait à son tour et observait la place qui se vidait, Soneri se rendit compte que cette histoire l'intriguait, et la chose l'irrita autant que les symptômes d'un rhume.

« On se revoit aujourd'hui pour la *torta fritta* ? » demanda Maini.

Soneri observa le ciel de plus en plus sombre, puis répondit :

« Y a des chances.

– Il est inutile d'espérer, le découragea Maini en faisant allusion au temps, aujourd'hui, il ne changera pas. »

Le commissaire ouvrit grands les bras, salua et se dirigea vers l'auberge de l'*Écureuil*, où il avait réservé une chambre. Dès qu'il y entra, l'odeur parfumée des *tortelli* fourrés aux châtaignes, mélangée à celle de la sauce aux bolets, réveilla des souvenirs d'enfance endormis par les saveurs grossières d'un trop grand nombre de mauvaises brasseries.

Sante Righelli, le propriétaire, l'accueillit avec cette timidité bourrue des montagnards qui confine aux mauvaises manières. Soneri le scruta et lui trouva une ressemblance avec le charcutier de la marque Rodolfi.

« Vous n'avez pas eu de chance avec le temps, commenta Righelli.

– Nous sommes en novembre… justifia Soneri. Au moins l'humidité fera pousser les bolets. »

Le propriétaire secoua la tête.

« Vous n'aurez pas non plus de chance de ce côté-là.

– Au pire, je me reposerai. »

Sante fit quelques pas et l'invita à le suivre dans la salle où de nombreux clients déjeunaient déjà, mais il s'arrêta sur le seuil.

« J'espère que vous pourrez vraiment vous reposer, murmura-t-il, la voix bizarrement altérée.

– Vous croyez que je ne dormirai pas la nuit ?

– Non, non, précisa Sante, pour ce qui est de dormir, aucun problème, c'est juste qu'au village il y a un peu d'agitation.

– Je sais, ces affiches…

– Eh oui… confirma l'aubergiste avec une légère pointe de regret, j'espère que c'est seulement à cause de ça. »

Les phrases laissées en suspens semblaient sous-entendre autre chose, mais Soneri avait juré qu'il ne se laisserait pas entraîner dans cette histoire et il porta son attention sur l'épouse, Ida, qui sortait de la cuisine, énorme et ruisselante de sueur. Une montagnarde aux larges hanches qui avait l'air aussi indestructible qu'une maison cantonnière.

« Vous exhalez des senteurs auxquelles on ne peut résister, dit Soneri pour la féliciter.

– J'aimerais bien… répliqua la femme. Cette époque-là est révolue ! »

Et elle lança un coup d'œil déçu à son mari, qui ne pipa mot.

– Vous les prenez par la gourmandise, plaisanta Soneri.

– C'est la seule manière, constata-t-elle. Et il semblerait que j'aie du succès. Les clients sont nombreux, même ceux qui passent par la nationale, des gens qui voyagent, des chauffeurs-routiers qui montent jusqu'ici depuis l'autoroute. J'ai des admirateurs partout, dit-elle en ricanant.

– Et puis aujourd'hui c'est la fête du village.

– C'est tous les jours la fête, désormais. Nous avons le même menu le week-end et la semaine. Les nouveautés sont ailleurs… lâcha Ida.

– À table, j'aime la routine, éluda Soneri en s'approchant d'une place libre.

– Alors, vous ne voulez pas le menu ? demanda Sante.

– Laissez faire la cuisinière. »

Il n'avait pas tort de donner carte blanche à Ida : trois sortes de *tortelli* fourrés aux châtaignes, aux pommes de terre et aux herbes, trois sortes de plats de viande : lapin, sanglier et chapon, de la polenta comme garniture, de la crème de sabayon pour finir et un bonarda sanguin. Son déjeuner terminé, les mets bien nourrissants, le vin et le ronronnement des conversations dans le restaurant avaient embrumé l'esprit du commissaire, si bien qu'il entendit son portable seulement après plusieurs sonneries.

« Tu es arrivé ? lui demanda Angela, dont la voix fluctuait à cause de la mauvaise qualité de la ligne.

– Ici, on capte mal, la prévint-il en sortant.

– Tu es à l'*Écureuil* ?

– Oui.

– J'en étais sûre.

– Qu'est-ce que j'y peux ? J'y suis comme chez moi, je connais les propriétaires… »

Il entendit un soupir à l'autre bout du fil.

« Pense à tous les endroits meilleurs qu'il existe certainement et que tu ne connais pas.

– Et pourquoi devrais-je changer si je m'y trouve bien ?

– Un de ces jours, je viendrai contrôler, dit-elle en le menaçant d'un ton débonnaire. Mais qu'est-ce que tu as ? Tu me sembles énervé.

– Non, pas énervé… marmonna Soneri sans conviction. C'est qu'ici on n'arrête pas de me parler d'un type qui aurait disparu, puis qui serait réapparu… Personne ne comprend ce qui se passe et donc il y a des rumeurs dans tous les sens. Vu mon métier, on ne me lâche pas.

– T'es sûr que ce n'est pas toi qui es curieux ?

– Bah, un peu, oui, admit le commissaire. Moi je voudrais parler de champignons, mais toutes les personnes que je rencontre veulent me parler de ça.

– Mais qui a disparu ? Quelqu'un d'important ?

– Paride Rodolfi, le proprio de l'usine de charcuterie.

– Dis donc ! commenta Angela. Ce n'est pas n'importe qui. Je connais l'avocat de son entreprise : un avocat en droit civil. Je comprends qu'on en parle, là-bas tout le monde a partie liée avec Rodolfi, certains parce qu'ils travaillent pour lui, d'autres parce qu'ils font des affaires avec lui.

– Je sais, mais le fait est que… »

Le commissaire s'interrompit, il avait brusquement perdu le fil de sa pensée. Il se rendit compte ensuite que lui-même ne savait pas pour quelles raisons cette histoire lui semblait si étrange.

« Quoi ? » insista Angela.

Alors Soneri énuméra les faits dans l'ordre pour mettre au clair ses propres idées :

« Il y a des affiches où l'on informe que Rodolfi est vivant et en bonne santé. Mais personne n'avait dit qu'il était mort, on pensait seulement qu'il était parti quelque temps.

– Quand quelqu'un disparaît, on soupçonne toujours qu'il puisse être mort, essaya d'expliquer Angela.

– Bien sûr. Mais même maintenant, avec les affiches, on n'a pas la certitude qu'il est en vie. Quelqu'un affirme l'avoir vu, mais personne ne peut le jurer.

– Oh mon Dieu, commissaire, murmura Angela, je ne t'ai jamais senti aussi confus. J'espère que c'est dû à la lourdeur du repas. Va faire un tour pour t'aérer l'esprit et essaie de te reposer.

– J'ai l'impression que tout le monde en sait bien plus qu'il ne dit, mais comme je ne dispose pas d'autres éléments moi aussi je suis perdu, je n'arrive pas à réfléchir, expliqua le commissaire.

– Tu veux un conseil ? Ne t'en mêle pas. Parcours tes montagnes et laisse-les chercher Rodolfi tout seuls, s'il s'est perdu », conclut Angela.

À deux heures et demie, le village somnolait encore dans les vapeurs du bouillon de viande. Soneri monta dans sa chambre, mit ses bottes en caoutchouc et s'esquiva sans se faire voir de Sante. Pour une fois, il suivait les conseils d'Angela. Et puis ces bois lui étaient familiers, il s'y déplaçait les yeux fermés. Il emprunta la route de Montelupo avec l'intention de monter deux kilomètres environ sur la chaussée avant de pénétrer dans la hêtraie. Une petite trotte pour vérifier son souffle. Il commença d'un pas régulier en observant, de temps en temps, le village qui rapetissait. Il leva son regard vers le sommet quand il fut arrivé au réservoir d'eau potable, où se trouvait une fontaine. Le brouillard était un peu plus haut, à dix minutes de marche. Le premier voile de vapeur l'effleura à Boldara, là où finissait le bitume. Puis des clairs-obscurs intermittents, selon l'envie du vent qui effrangeait les nuages. Ce n'est que lorsqu'il s'engagea sur le sentier de la hêtraie que tout se referma. Les arbres et les fins branchages tout autour, le brouillard épais qui pesait depuis les hauteurs, et la terre noire sous ses pieds le firent frissonner. Il poursuivit, légèrement mal à l'aise, en s'enfonçant de plus en plus loin dans cet obscur tunnel. Il avait l'impression de ne pas être seul. Des pépiements d'oiseaux ou des frottements de bogues de châtaigne alternaient avec le bruit des pas d'un gros animal quelque part au fond du bois. Le brouillard et la brise emportaient les sons vers des directions imprécises, trompeuses.

Il avait grimpé sur une bonne distance quand il sentit qu'il avait chaud. Son cœur battait fort et sa respiration était irrégulière : il payait les trop nombreux cigares. Puis il regarda ses bottes incrustées de boue et il comprit le reste : il promenait avec lui au moins deux kilos de terre. Il les frotta contre la mousse et s'aperçut que la nuit allait tomber dans moins d'une heure. Alors, il descendit un bout de chemin et s'arrêta lorsqu'il entendit un bruit de branches brisées. Il pensa à un sanglier en fuite et, pendant un instant, il craignit que l'animal ne fonce sur lui. Mais le sanglier coupa par un couloir qui creusait en biais ce versant de la montagne, sans avancer à découvert sur le sentier, cherchant plutôt un abri au milieu du feuillage.

Soneri venait à peine de repartir qu'un tir fit trembler l'air, dont l'écho se répercuta dans toute la vallée comme un bruit de tonnerre. La balle était passée tout au plus à une dizaine de mètres, il avait entendu son sifflement et son impact contre les branches traversées de part en part. Il se coucha immédiatement dans l'herbe humide de rosée, attendant le deuxième tir qui ne vint pas. Puis il resta un instant dans cette position à se demander si le tir de fusil était dirigé contre le sanglier ou contre lui, jusqu'à ce qu'il trouve cette question insensée. Vingt minutes plus tard, il déboucha sur la route goudronnée et, avant même de sortir du brouillard, il entendit la fanfare qui jouait sur la place.

2

Derrière l'église, dans une impasse, on avait enterré tout ce qui avait disparu pendant la nuit. Le jour de la fête du village, en effet, la tradition voulait qu'on subtilise pour plaisanter quelques objets dans chaque maison, avant de les transporter au village pour qu'on les retrouve. Il y avait des outils agricoles, des vélos, des chapeaux, des voitures et même un poney qui mâchait de l'avoine dans un sac accroché à son museau. Un homme maugréait tandis qu'il essayait d'extraire une vieille moto d'un enchevêtrement de meubles, mais au moment où il y parvint et s'apprêtait à repartir, la fanfare arriva pour lui barrer la route.

Soneri attendit que les majorettes passent, puis les musiciens en livrée, avec chapeau et paillettes. Il ne comprenait pas pourquoi la solennité des tambours et des trombones lui donnait immanquablement envie de rire. Alors qu'il réfléchissait à cette question, Maini se détacha du cortège désordonné qui suivait le spectacle et lui prit le bras en l'entraînant dans la procession.

« Tu as quand même essayé, hein ! » s'exclama-t-il en jetant un coup d'œil à ses bottes crottées.

Soneri avait oublié de se changer, mais au village personne n'y ferait attention.

« Une petite trotte pour tester mon souffle, dit-il pour se justifier.

– Jusqu'où ?

– Au-dessus de Boldara, vers Montelupo.

– Pas mal, dit Maini sur un ton complaisant. Tu tiens le coup.

– Qui tire des coups de feu dans les alentours, sur les montagnes ? » demanda le commissaire à brûle-pourpoint.

Dans le vacarme de la fanfare, Maini prit son temps.

« Tu as entendu quelque chose ? » s'enquit-t-il après quelques instants.

Soneri hocha la tête sans le regarder.

« Où ?

– Là où je t'ai dit.

– Tu ne sais pas d'où venait la balle ?

– Elle est passée à dix mètres de moi. Il devait y avoir un sanglier dans un couloir, à en juger par le bruit qu'il faisait, expliqua Soneri.

– Ces montagnes sont devenues dangereuses, déclara Maini, je ne sais pas ce qui se passe depuis quelque temps.

– Le braconnage a toujours existé, concéda le commissaire, sans conviction.

– En plein jour ? Avec ce brouillard et au milieu de la réserve ? s'étonna son interlocuteur.

– Dans le brouillard, on peut tout faire, il permet tout.

– Bien sûr, même un meurtre, admit Maini. Personne ne peut te voir. »

Un frisson parcourut la nuque de Soneri, mais il se tut. Ils étaient de retour sur la place, après avoir fait un tour dans le village, où les vieilles femmes regardaient les musiciens, accoudées à la fenêtre. D'un grand étal, on distribuait de la *torta fritta* et de la charcuterie à la foule affamée qui s'y pressait. De l'autre côté de la place, les volontaires de l'office du tourisme préparaient des marrons chauds. C'est alors qu'apparut Delrio, le visage sombre. Il avait revêtu son uniforme et pris son service.

« Même aujourd'hui tu dois travailler », constata Maini.

Delrio haussa les épaules.

« Les ennuis ne s'arrêtent jamais.

– Que s'est-il passé ?

– Un de ces trucs… (Il s'interrompit et agita les mains dans un geste d'impatience.) Un de ces trucs incompréhensibles, finit-il par dire.

– Il y en a beaucoup », commenta Soneri.

L'agent de police lui lança un rapide coup d'œil, comme s'il souhaitait lui demander de l'aide.

« Cette nuit, certains ont fêté la Saint-Martin d'une étrange manière », se contenta-t-il d'expliquer.

Par « Saint-Martin », il entendait l'un de ces déménagements ou de ces vols commis pour rire.

« Les jeunes emportent des choses auxquelles, nous, on ne touchait pas, grommela Maini.

– On n'avait jamais vu un cercueil, dit Delrio, qui ajouta ensuite : Le plus beau dans tout ça, c'est que personne n'y avait fait attention parce qu'il était caché sous la bâche des Ghirardi. C'est quand le poney s'est mis à la tirer qu'il l'a découvert.

– Où l'avez-vous mis ? » s'informa le commissaire.

L'agent haussa les épaules.

« Où veux-tu que nous le mettions ? Dans la chapelle du cimetière.

– Y a-t-il une entreprise de pompes funèbres dans le coin ? demanda encore Soneri.

– Non, répondit Maini. Elle est à vingt kilomètres, en allant vers la vallée.

– Personne n'a jamais volé un cercueil, répéta l'agent. Ici, c'est un village de gens heureux. »

Soneri haussa à son tour les épaules et ne dit rien.

« Un truc comme ça, ça se prépare, réfléchit Maini. Ça ne s'improvise pas en une nuit. »

Sur la place, la fumée des marrons chauds se mêlait à celle de la friture. Ils passèrent devant les étalages où l'on vendait du gâteau aux châtaignes et du vin brûlé à des gens qui faisaient la queue. À cet instant, la fanfare se mit en rang et commença à jouer un autre morceau.

« T'as vu ? constata le commissaire. La joie est encore présente. »

L'agent lui lança un regard torve, comme s'il pensait qu'on se fichait de lui, puis il s'éloigna vers les musiciens au moment où les réverbères s'allumaient et révélaient que le brouillard était bien tombé.

« Il est inquiet, fit Maini en indiquant du menton Delrio, qui était englouti par la foule. Ici, au village, tout le monde l'est un peu, en dépit des apparences, ajouta-t-il après une brève pause.

– Je sais, c'est à cause des Rodolfi, confirma Soneri.

– Ici, nous sommes en vie grâce à eux et ce malgré tous leurs défauts… »

Il s'interrompit, vaguement embarrassé.

« Quelqu'un en disait du mal ? demanda le commissaire.

– Non… Non… Que des ragots, minimisa Maini. De simples bruits qui courent… Sur certaines affaires… Mais il y a aussi beaucoup de jalousie. Et puis qui peut faire des comptes chez ces gens-là ? Des sous, ils en ont tellement…

– Ils les font tourner et lever comme la *torta fritta* », observa le commissaire cependant qu'il regardait les losanges de pâte gonfler au contact de l'huile bouillante.

Maini le remarqua aussi et sourit, avant de redevenir sérieux.

« Mais ce cercueil… Qu'en penses-tu ?

– Qu'un cercueil vide attend toujours que quelqu'un le remplisse. »

Son interlocuteur baissa les yeux et changea de sujet.

« Si tu montes demain matin, tu as intérêt à partir dès l'aube, car ce sont les jours les plus courts de l'année.

– Et puis les champignons se cachent, constata Soneri, à moins qu'on en connaisse l'adresse précise.

– Dans les bois, il n'y a rien de précis : on va toujours au hasard, comme pour pisser. »

Soneri le regarda fixement pendant quelques instants et nota qu'il arborait une expression inquiète. Il était au village depuis quelques heures et la tension qu'on y respirait l'avait déjà envahi. L'idée des vacances sans prise de tête lui semblait compromise par cette atmosphère tendue et chargée de questions sans réponse. Peut-être Angela avait-elle raison quand elle disait que les soucis ne vivaient pas hors de nous, mais en nous, pour la simple raison que nous n'étions pas assez imperméables. Et il savait qu'il avait encore trop de failles.

Heureusement, il fut distrait par le prêtre qui avançait en tête de cortège, fendant la foule éparpillée sur la place. Seules de vieilles femmes le suivaient, tandis qu'autour de lui les enfants de chœur avaient le visage des bleus qui doivent endurer les premiers jours du service militaire.

« On dirait un enterrement, bougonna Volpi sur un ton caustique dès qu'il eut cédé son tour au stand des marrons chauds.

– Le prêtre ne va quand même pas s'en aller lui aussi ! » glosa un vieillard en remettant au goût du jour une vieille blague sur les déménagements de la Saint-Martin.

Mais dès que la procession se fut éloignée, le maire vint se planter face au commissaire.

« Bienvenue, dit-il en guise d'accueil. Vous êtes venu pour… »

Il s'interrompit avant de finir sa phrase. Soneri perçut le grand embarras qui se dessinait sur le visage du maire et le rassura :

« Je suis venu pour les champignons. »

L'autre sourit.

« Vous savez, avec tous ces mystères…

– Je m'en passerais bien pendant dix jours, précisa le commissaire.

– On a répandu des rumeurs, des impressions… Des choses inventées exprès… Je puis vous assurer qu'il ne s'est rien passé. Ce n'est qu'un contretemps sur lequel s'est greffée une série de ragots.

– On voit que vous avez de l'affection pour Rodolfi, ironisa Soneri, et que vous vous inquiétez facilement. »

Le maire le regarda avec attention, cherchant à déceler la moindre trace de moquerie dans l'expression du commissaire.

« Il a eu tort de coller ces affiches, poursuivit-il, c'était déjà arrivé qu'il s'absente du village.

– Effectivement, coller des affiches… reconnut Soneri.

– Vous voyez ? La bizarrerie nourrit les soupçons. Il suffisait de laisser courir.

– Il aurait mieux valu qu'il se montre, suggéra le commissaire.

– Certainement… Mais il n'a jamais vraiment apprécié la compagnie. Vous comprenez, avec tous ses engagements…

– Que pensez-vous faire ? demanda le commissaire. Peut-être auriez-vous intérêt à calmer le jeu.

– Et que croyez-vous que je fasse en ce moment ? Je fais le tour du village, je parle avec tout le monde, mais les montagnards sont méfiants. Vous les connaissez, n'est-ce pas ?

– Il semblerait que quelqu'un ait vu Rodolfi ce matin ou hier soir.

– Mendogni, répliqua le maire. Mais à présent il n'en est plus si sûr. Il a vu un homme qui ressemblait à Paride Rodolfi, mais il n'en mettrait pas sa main au feu. »

Soneri ouvrit grands les bras.

« Envoyez les carabiniers !

– Et sous quel prétexte ? Parce qu'un homme n'est pas rentré chez lui ? On finira par porter plainte contre moi pour fausse alerte.

– Il me semble qu'à propos d'alerte… » rebondit le commissaire en regardant vers la place où Mendogni venait justement d'arriver, entouré d'un groupe de curieux.

Le maire s'approcha et se mit à l'interroger, sa voix couvrant toutes les autres. Il avait entraîné Soneri vers cette déposition improvisée.

« J'ai dit que tu n'étais pas certain que ce soit lui, commença-t-il.

– Quand j'ai regardé, j'en étais presque sûr, bredouilla Mendogni, un peu irrité d'avoir répété trop souvent son récit. Mais si vous me demandez de le confirmer à cent pour cent, je dirais que non. Vous voyez la route de Campogrande ? Elle n'est pas si près de la villa du Talus.

– Et si ce n'était pas Paride, c'était qui ? demanda quelqu'un.

– Aucune idée, répondit Mendogni. Dans cette maison, il y a beaucoup de va-et-vient. On voit passer de grosses voitures et on ne sait pas qui se trouve à l'intérieur. »

Le maire semblait agacé parce que les mots de Mendogni, au lieu de rassurer, éveillaient encore plus de soupçons.

« La fille de Biavardi, intervint quelqu'un d'autre, dit qu'il n'est jamais rentré et qu'on n'a aucune nouvelle.

– Si on a mis des affiches, il doit bien y avoir une raison ! » répliqua quelqu'un.

Soneri écoutait ce brouhaha et dans son esprit défilaient des images déjà vues mille fois. Au début, tout était toujours si confus, contradictoire… Non pas qu'à la fin d'une affaire les choses fussent plus claires. Mais il ne voulait pas que cette histoire devienne « son » affaire, voilà pourquoi il profita de la discussion pour s'éloigner : il s'était obstinément imposé de rester en retrait.

L'obscurité, épaissie par le brouillard qui était descendu vers la plaine, avait entre-temps enveloppé le village. Aussi marcha-t-il jusqu'à l'auberge de Rivara dans l'intention de boire un verre de malvasia, mais lorsqu'il vit qu'elle était noire de monde, il poursuivit son chemin et se dirigea vers l'ancien bourg. En passant devant le bar de l'*Orme*, il jeta un coup d'œil à l'intérieur et constata que c'était aussi calme qu'un soir de semaine, ce qui le rassura. Cet établissement était fréquenté par les vieux du village et il avait l'air d'avoir vieilli avec eux.

Il entra et s'accouda au comptoir en allumant un *toscano*. À la table devant lui, quatre hommes jouaient à la belote en silence.

« Ce soir, il y a des feux d'artifice », grommela l'un d'entre eux.

Les autres haussèrent les épaules sans lever les yeux de leurs cartes.

« À qui peut être destiné le cercueil ? demanda un autre joueur.

– Pas à nous, j'espère. »

Soneri observait le flegme impassible des joueurs, quand il se sentit observé à son tour.

Il se retourna et reconnut Magnani, l'aubergiste de l'*Orme*.

« Si tu commences toi aussi à faire le tour du village, ça veut dire que ça sent le grabuge, lui dit-il en guise de salut.

– Cette fois, tu te trompes, répliqua le commissaire, mes enquêtes se limiteront au sous-bois.

– Tu vas avoir du boulot alors », le prévint Magnani, en remplissant deux verres de vin blanc sans attendre que Soneri lui passe commande.

Puis il leva le sien.

« À ta santé et à l'enquête.

– Pour ma santé, je vais éviter d'enquêter », répondit le commissaire qui leva son verre à son tour.

L'aubergiste montra ses mains ouvertes pour exprimer son indifférence.

« Je parlais des champignons.

– Tu as des infos à leur sujet ?

– Ça n'a jamais été une passion pour moi. Cette année, on m'a rapporté qu'il n'y a pas grand-chose à cause de l'été trop sec. Tu peux essayer plus haut, où il fait plus frais. À supposer qu'on en ait laissé.

– La zone a déjà été ratissée ? »

Magnani fit un signe éloquent.

« Il y en a qui montent tous les jours.

– Ils n'ont pas peur des tirs de fusil ? »

L'aubergiste le fixa et, en un instant, ils furent sur la même longueur d'onde.

« La montagne est grande, il y a de la place pour tout le monde.

– Où peut-on retirer le permis ?

– Là où on le retire d'habitude, à la mairie, l'informa Magnani, avant d'ajouter : Tu as bonne mine et tu n'as pas changé.

– Ici non plus, ça n'a pas changé, rétorqua Soneri en examinant le bar avec son mobilier démodé et ses murs abîmés par le dossier des chaises.

– Qu'est-ce que tu racontes ? Ici, on vieillit. À un certain âge, les années défilent.

– Tu es une institution.

– Oui, comme le *duomo*. Et j'ai le même âge que lui, à présent. »

Les quatre hommes continuaient à jouer, leur silence rompu seulement par quelques commentaires sur la partie.

« Le seul avantage de l'âge, c'est de pouvoir regarder ce qui se passe sans se prendre trop la tête. Et je suis vraiment curieux de voir comment ça va finir, commenta Magnani.

– Tu veux dire ici, au village ?

– Oui, ici.

– Tu crois que cette disparition cache quelque chose ?

– Je crois que quelqu'un triche et que le jeu risque de mal tourner, affirma l'aubergiste en observant les cartes jetées au centre de la table. On dirait qu'on est assis sur une fourmilière. »

Soneri écouta les mots du vieil homme et se souvint de la confusion qu'il avait éprouvée au moment d'expliquer à Angela ce qui se passait. C'était la même sensation qui envahissait son esprit à présent. Mais chaque fois qu'il tentait de demander des éclaircissements, tout le monde se montrait évasif. D'ailleurs, Magnani aussi se contenta de dire :

« La situation est compliquée… C'est difficile pour quelqu'un qui ne vit pas au village… »

Puis la porte s'ouvrit, un courant d'air imprégné d'humidité s'y faufila, et un vieux monsieur apparut, légèrement essoufflé, sa canne levée devant lui. Il annonça :

« On ne retrouve pas non plus Palmiro. »

Le quatuor occupé à jouer à la belote se retourna brusquement et laissa tomber les cartes : le vieux Rodolfi devait être bien plus populaire que son fils.

« C'est quoi ? Une hécatombe ? bougonna Magnani.

– Il est sorti dans l'après-midi pour promener son chien. La nuit venue, il n'est pas rentré. Puis le chien est revenu, mais sans son maître, raconta le vieil homme.

– On a commencé les recherches ? » demanda le commissaire.

L'homme fit signe que oui.

« Les carabiniers et les équipes de volontaires du village. »

Magnani resta figé et muet, absorbé par ses pensées. Les autres non plus ne parlèrent pas et tout ce silence semblait hurler la stupeur et le désarroi. Soneri sortit et fut happé par le brouillard qui s'engouffrait rapidement dans les rues du village, comme font les nuages sur les crêtes des montagnes. Il arriva sur la place et vit l'agitation qui vibrait à la lumière vacillante des réverbères. La mairie avait ouvert ses portes et les gens allaient et venaient sous le porche de l'entrée. L'ambulance de l'assistance publique passa, gyrophare allumé, mais roulant au pas.

« Ou bien il n'y a personne dedans, ou bien elle transporte quelqu'un pour qui ce n'est pas la peine de se dépêcher, marmonna Rivara qui était sorti lui aussi dans la rue.

– Il y a une heure, un coup de feu a été entendu, les informa Maini.

– D'où provenait-il ?

– De la Gambetta, près du sentier de la Croix. Mais on ne sait pas si c'est vrai : beaucoup n'ont rien entendu.

– Tu penses que ça peut être un tir de fusil… se hasarda à demander Rivara, qui craignit de conclure sa phrase.

– Tout est possible, à ce stade. »

Un type en fauteuil roulant, enveloppé dans une couverture, n'arrêtait pas de répéter que c'était à lui qu'ils devaient s'adresser, parce qu'il connaissait les parcours empruntés par Palmiro.

« Nous allions à la chasse ensemble », bredouillait-il, mais personne ne lui prêtait l'oreille.

« Ils ont essayé avec son chien ? demanda Rivara. Il est capable de les conduire où il se trouve.

– Je crois que oui, mais c'est une vieille bête et apparemment elle est épuisée.

– Peut-être qu'il s'est perdu au milieu de ces vapeurs », conclut l'aubergiste.

Un sentiment d'impuissance s'empara des gens qui attendaient debout dans le brouillard. Une voiture des carabiniers s'arrêta devant la mairie. Puis deux autres phares percèrent l'obscurité et se dirigèrent vers l'auberge de Rivara. Quatre jeunes gens du village descendirent du véhicule.

« On n'a pas voulu de vous ? demanda l'aubergiste.

– Ils sont déjà assez nombreux… répondit celui qui conduisait. Il faut des gens qui les connaissent, ces bois : pour moi, c'est du chinois.

– Où en sont-ils ?

– Ils ne le trouveront jamais avec ce brouillard, la nuit… Ils sont fous. Quelqu'un d'autre va finir par se perdre.

– Ils ne peuvent quand même pas le laisser mourir de froid.

– À cette-heure-ci, il ne le sent plus, le froid, décréta un second jeune homme descendu de la voiture.

– En haut, il y a encore plus de brouillard, intervint à nouveau le premier, si tu n'y es pas habitué, tu as même du mal à suivre la route goudronnée.

– Il y a des équipes ?

– Une camionnette des carabiniers est montée et s'est placée près du réservoir de l'aqueduc. Les autres ont les radios. »

Maini secoua la tête.

« Cette nuit, ils ne le trouveront pas.

– Ce n'est pas dit, démentit Rivara, il y a des gens qui connaissent les bois comme leur poche. Et Palmiro aussi, s'il a encore ses jambes…

– Les carabiniers ont emmené Ulisse, qui explore Montelupo depuis quarante ans.

– Il n'avait pas de portable ? demanda Soneri.

– Palmiro ? s'écria Rivara, surpris par cette question. Il n'a jamais voulu entendre parler de ces trucs-là. Il faisait encore ses comptes au crayon à papier ! Non, Palmiro est un homme à l'ancienne. Un homme qui tâtait les cochons, les prenait par les oreilles et les retournait comme des sacs.

– Et qui, si ça l'arrangeait, te truandait sur le poids », insinua avec malice un type de petite taille aux dents jaunies par la nicotine, qui s'appelait Ghidini et roulait ses cigarettes avec du papier.

Tout à coup le silence se fit et Soneri eut l'impression que l'homme avait touché un point sensible. Comme si cette remarque avait fait remonter à la surface quelque chose d'enfoui.

« Il faudrait grimper là-haut, lança Rivara.

– On ne servirait à rien, répliqua Maini. Soit Palmiro rentre à la maison sur ses jambes, soit il reste dans le bois.

– Il a peut-être trouvé un endroit où passer la nuit, se risqua à supposer Ghidini. Dans l'une des nombreuses cabanes de Montelupo ou dans les séchoirs à châtaignes…

– Les Albanais y sont déjà, ricana Rivara.

– Ce sont des légendes, l'interrompit Maini.

– Ils doivent pourtant y être si, comme on dit, c'est plein de cannettes et de bouteilles. Et puis quelqu'un y fait souvent du feu.

– Bah, Palmiro est capable d'avoir emporté avec lui son fusil de chasse, intervint Ghidini.

– C'est mieux, grommela l'aubergiste, il y a tellement de gens qui passent sur ces montagnes… Et ils ne sont pas tous fréquentables. »

Soneri scruta l'obscurité du côté de Montelupo, mais il ne vit rien. Pas même la silhouette imposante de la montagne qui surplombait le village.

À ce moment-là, une autre voiture arriva et le maire en descendit. Ils le reconnurent quand il fut à une dizaine de mètres et remarquèrent tout de suite son regard sombre.

« Alors ? » l'interpella Rivara.

Le maire s'arrêta.

« Rien de neuf, il reste introuvable. »

L'homme en fauteuil roulant répéta que c'était lui que l'on devait emmener sur les hauteurs, mais une fois encore, personne ne fit attention à lui.

« Ulisse n'a rien trouvé ?

– C'est grand, Montelupo », répondit le maire en ôtant son bonnet un instant pour se recoiffer.

Il transpirait malgré le froid.

« Et ce tir de fusil ? » lança Ghidini.

Le maire le toisa avec un fond de ressentiment.

« Je ne sais rien. Mais ce ne serait pas la première fois, répliqua-t-il avec agacement.

– Ils l'ont entendu avant qu'il fasse nuit et, à cette heure-là, Palmiro… »

Comme à l'accoutumée, la phrase resta en suspens. Le maire regarda fixement l'aubergiste, toujours aussi exaspéré, avant de se radoucir, soudainement résigné.

« Ça peut être tout ou rien, si c'est ce que tu veux dire.

– Le coup de feu a été entendu du côté de la Gambetta, vers la Croix, l'informa Maini.

– On dirait que quelqu'un répand exprès des rumeurs, commenta le maire, agacé.

– Et pourquoi écarter cette hypothèse ? » insista Maini.

D'un mouvement brusque de la tête, le maire l'invita à laisser tomber. Puis il se tourna vers Soneri, qui avait assisté à tout l'échange.

« Peut-être que vous pourriez nous être utile… finit-il par murmurer.

– Il y a déjà les carabiniers… En dehors de la ville, c'est de leur ressort », répondit le commissaire.

Le maire le dévisagea, une nouvelle fois découragé.

« On a là une affaire très étrange et l'adjudant… »

Mais lui non plus ne finit pas sa phrase.

« Que veux-tu que Crisafulli sache ? ricana Ghidini, traduisant ainsi ce que le maire n'osait pas dire. Ils devraient nous envoyer un gradé.

– Si l'affaire est grave, ils le feront », précisa Soneri.

Le maire le scruta avec le même accablement. Il ne savait que faire et il cherchait un soutien. Le silence tomba de nouveau tandis que le brouillard semblait se frotter aux choses. Un brouillard différent du brouillard de la ville : plus rapide, plus lourd, d'une texture plus épaisse.

« Au fond, il ne s'est rien produit, dit le commissaire pour dédramatiser. De quoi suis-je censé m'occuper ? D'un homme qui n'est pas rentré chez lui, probablement parce qu'il s'est disputé avec sa femme ? Ou d'un braconnier qui s'est sans doute perdu dans les montagnes lors d'une battue au sanglier ?

– C'est sûr, éluda Ghidini.

– Ou bien il y a autre chose ? » demanda Soneri après une pause.

Le silence, toujours. Un non-dit qui pesait continuellement sur leurs conversations.

« Personne n'y comprend plus rien », lança Maini.

Le maire, en revanche, sembla ignorer ces dernières remarques et revêtit de nouveau le masque de ses discours officiels.

« Le commissaire a raison, après tout, il ne s'est encore rien passé. »

Soneri ne savait pas si cela lui avait échappé ou s'il l'avait dit sciemment. Ce « encore » donnait l'impression d'avoir été prononcé pour laisser la tension s'accroître. Et, en effet, elle s'accrut, au point que le commissaire perdit patience.

« Parlez franchement, explosa Soneri, si vous savez autre chose, expliquez-vous. »

Le maire les regarda un à un, comme s'il voulait faire comprendre qu'il ne pouvait pas s'exprimer en public, puis il choisit de battre en retraite.

« Peut-être qu'on s'inquiète un peu trop », conclut-il avant de tourner les talons.

Pendant quelques instants, il y eut de l'électricité dans l'air, puis la voiture des agents de police arriva et Delrio en descendit.

« On tourne en rond », se plaignit-il en secouant la tête.

Il s'adossa à la voiture et alluma une cigarette.

« Vous feriez mieux de laisser tomber, intervint Ghidini. À cette heure-ci, ce qui est fait est fait. »

L'agent haussa les épaules.

« Nous avons le devoir d'essayer, répliqua-t-il. Imagine qu'il soit encore en vie…

– Mais dans ce cas il appellerait, suggéra Rivara.

– S'il a encore de la voix.

– Avez-vous entendu un tir de fusil du côté de la Gambetta ? demanda Ghidini.

– Un tir de fusil, non. Je dirais autre chose, grogna Delrio.

– De grosses bêtes ? ricana son interlocuteur.

– Je n'en sais rien, répondit l'agent de manière ambiguë. Ce n'est jamais clair.

– Peut-être de celles qui ont deux jambes, souligna Rivara.

– Avec ce brouillard... rouspéta Delrio. Ça devait être des sangliers.

– On n'a qu'à dire que c'étaient des sangliers, grommela Ghidini avec ironie, on n'a pas de raison d'avoir peur d'eux, au moins.

– Ulisse ne vous est pas utile ? demanda alors Maini.

– Il essaie d'explorer les sentiers qui conduisent à la vallée, mais il se plaint des carabiniers qui ne le lâchent pas d'une semelle : il dit qu'ils le perturbent plus que le brouillard. »

La radio de l'agent de police grésilla et il la porta à son oreille pour écouter le message : il était demandé qu'on prépare une ambulance, à envoyer au réservoir d'eau potable en cas de besoin. Au fond de la place, on apercevait à peine la lumière provenant de la fenêtre de l'hôtel de ville, où le maire devait patienter. À ce moment-là, les quatre jeunes gens arrivés peu avant repartirent, le cercle de leurs phares trouant la nuit exactement comme l'auraient fait deux torches fouillant l'obscurité.

« Il doit commencer à avoir la trouille », ricana Ghidini en faisant allusion à la fenêtre éclairée.

On lui répondit seulement par gestes, mais manifestement tout le monde avait compris et était d'accord. Soneri fit à son tour un geste interrogatif, mais Ghidini et Rivara se bornèrent à sourire.

« Pourquoi la trouille ? questionna-t-il.

– Si Rodolfi s'effondre, le maire ne restera pas debout, dirent-ils seulement.

– Ici, tout est lié à l'industrie de la charcuterie et les hommes politiques eux-mêmes sortent de là avec le cuir tanné », tenta de résumer Maini.

Ghidini, en revanche, leva la main droite et frotta le bout de son pouce avec son index et son majeur, référence évidente à l'argent. Que des gestes, éloquents et ambigus à la fois. Soneri, affranchi des procédures de son métier, laissa faire : il se sentait heureux d'être étranger à tout cela. Suivit alors l'intervalle silencieux habituel. Et quand la tension fut à son comble, le premier feu d'artifice fut tiré. Tout le monde se retourna vers le troupeau de maisons situé autour de l'église et contempla le brouillard qui se colorait par intermittence. Quant aux détonations, elles arrivaient avec retard, en décalage, comme les coups de tonnerre d'un orage.

« Vous trouvez que c'est le moment ? demanda Maini en indiquant les feux.

– Le maire a dit qu'ils pourraient servir à l'orienter s'il s'est perdu, expliqua Delrio.

– À supposer que Palmiro les voie, remarqua Ghidini.

– S'il ne les voit pas, il les entend, insista l'agent en observant les lueurs opaques, telle la glace colorée d'une granite.

– Je ne compterais pas là-dessus, intervint Rivara, les sons peuvent tromper dans ces montagnes et on pourrait obtenir l'effet contraire.

– Palmiro est expérimenté. Et puis il verra la lumière, j'en suis sûr, fit Delrio en dessinant un arc de la main tandis qu'un feu de Bengale restait suspendu de longues secondes dans l'air laiteux.

– J'ai l'impression d'être de nouveau en temps de guerre, lorsque Pippo allait en reconnaissance », dit Ghidini avec un frisson.

Puis une série d'explosions se fit entendre, exactement comme une rafale de mitraillette, suivie par une détonation sourde, une quinte de toux remontant d'énormes poumons catarrheux.

« Nous étions habitués à un tir de fusil de temps en temps… » bougonna Rivara.

Une grimace indéchiffrable se peignit sur tous les visages. Puis l'aubergiste, frissonnant à cause de l'humidité, mit fin à cette réunion improvisée et proposa de retourner dans le bar. Ils pénétrèrent en silence dans la clarté de l'établissement et plus personne ne parla. Sur la place, seules quelques personnes étaient restées, avec leur chien ; la lumière de la mairie était encore allumée, tandis que les dernières étincelles s'éteignaient, avalées par un abîme de brouillard. C'est alors que le clocher frappa huit coups, et Soneri se rendit compte que c'était l'heure du dîner. À ce moment-là, la sonnerie de son portable retentit et, pour répondre, il ressortit sous le regard des autres, qui l'observaient attentivement comme s'il était le prêtre disant la messe.

« Encore du brouillard ? attaqua Angela.

– Dans tous les sens du mot.

– Je déduis de cette réponse que l'histoire de Rodolfi commence à t'intriguer.

– Il n'est plus seul, à présent même le père s'est égaré.

– Palmiro ?

– Comment se fait-il que tu le connaisses ?

– Tout le monde le connaît ! Tu oublies que je suis avocate. C'est lui qui a créé l'entreprise.

– Tu crois que je ne le sais pas ?

– Bah alors, tu devrais savoir qu'il avale du feu, qu'il est fort comme un taureau et qu'il n'a peur de rien.

– Je sais… Je sais… dit le commissaire, agacé, pour mettre fin à cet échange. Mais maintenant il doit avoir peur du froid et de la nuit parce qu'il s'est perdu à Montelupo.

– Et c'est où, Montelupo ?

– C'est un sommet qui se trouve en face du village. Un endroit inaccessible… Beau, bien qu'un peu sinistre à cause de certaines légendes.

– Il est certain qu'ils commencent à disparaître un peu trop, ces Rodolfi, commenta Angela.

– Je crois qu'il va être difficile de le trouver. Avec le brouillard qu'il y a, ou bien il rentre tout seul chez lui, ou bien il reste dans les bois.

– Demain, tu n'as qu'à monter et comme ça, à la place des champignons, tu trouveras le vieux.

– Si le brouillard persiste, moi aussi je vais me perdre, si ça se trouve.

– Non, toi tu rentres toujours à la maison, comme les chats.

– J'ai l'impression de me revoir enfant, lorsque j'allais aux champignons avec mon père, soupira Soneri.

– Si tu commences comme ça, tu vas devenir mélancolique.

– Il m'apprenait le nom des arbres. Mais il n'a pas eu le temps de me les apprendre tous.

– Palmiro non plus, sans doute, ne parviendra pas à transmettre toutes les ficelles du métier à son fils, commenta Angela, gagnée par le doute.

– Il reviendra peut-être, relativisa le commissaire. Même si ici, au village, l'atmosphère est irrespirable.

– Ils ont peur que tout s'écroule. Tu as du pain sur la planche, commissaire.

– Certainement, demain matin, sur les hauteurs de Montelupo, au milieu des hêtres », dit Soneri pour clore la discussion.

Lorsqu'il revint dans le bar, il fut frappé par le silence. On entendait seulement les coups secs et intermittents du billard, autour duquel se déplaçaient deux garçons, et la faible musique plaintive d'un jeu vidéo.

Maini fit signe au commissaire :

« Il nous faudra veiller toute la nuit.

– On ne peut rien faire, intervint Ghidini, autant aller se coucher. »

Rivara offrit à boire. Tous en rang devant le comptoir, ils faisaient penser à un régiment de soldats. Puis la radio de Delrio grésilla.

« L'ambulance ? Elle est déjà sur la place. Le médecin ? Bien sûr qu'il y a un médecin, celui de garde est venu », répondit l'agent de police.

Un autre grésillement.

« Oui, on est en alerte, on attend les ordres. Que dis-tu ? Vous avez entendu une voix ? Vous n'en êtes pas sûrs ? Bah, au cas où, on est prêt. Ils disent avoir entendu une voix, mais ça pouvait être tout aussi bien le cri d'un animal, annonça Delrio.

– Il y en a qui ressemblent aux cris des êtres humains, admit Rivara.

– Comme les chats en chaleur, ajouta Ghidini.

– Pas moyen de savoir quelque chose de précis, dit le commissaire en secouant la tête.

– Ici, ce n'est pas comme en ville, essaya d'expliquer Maini, ces montagnes semblent faites exprès pour brouiller les pistes.

– Les montagnes n'ont rien à voir là-dedans, ronchonna Soneri.

– Ça pouvait être Palmiro qui appelait son chien. Il ne savait peut-être pas qu'il était déjà rentré à la maison, insista Maini.

– Il aime davantage son chien que son fils, fustigea Volpi.

– Le chien est plus fidèle », fit Ghidini.

Le commissaire écoutait, de plus en plus mal à l'aise, ces dialogues pleins d'allusions qui lui échappaient. On tournait sans arrêt autour du pot, en effleurant un sens confirmé par des signes, des rires et des clins d'œil, dans un jeu de mimiques qui, pour lui, équivalait désormais à une langue étrangère. Il sentait grandir en lui un sentiment d'étrangeté envers ces gens avec qui il aurait aimé avoir des relations fraternelles. Une communauté qu'il avait cru pouvoir réintégrer, mais il se trompait. Et maintenant, au contraire, il se sentait seul comme il l'était à la Questure et comme, sans doute, il l'était depuis toujours.

Il s'aperçut que Maini et les autres l'observaient et qu'ils avaient interrompu leur conversation. Le silence des premières heures retomba, tandis que l'attente devenait de plus en plus gênante. Il alluma son *toscano*, davantage pour vaincre son embarras que par envie. Une voiture qui déboula à toute vitesse sur la place mit fin à ce suspense insoutenable. C'étaient les jeunes gens de tout à l'heure qui descendaient en courant.

« Palmiro est rentré à la maison », annonça le conducteur.

La tension retomba d'un coup. Rivara fit un pas en avant.

« Qui l'a trouvé ?

– Personne, il s'est débrouillé tout seul. Au réservoir, il a croisé les carabiniers et a demandé si c'était lui qu'ils cherchaient. Il n'a même pas voulu qu'on l'accompagne, expliqua le garçon.

– Palmiro est un homme de fer ! s'écria Volpi.

– Il nous a fait perdre du temps pour rien, grommela Delrio, quant à lui, avant d'appeler aussitôt avec la radio : Alors ? Tout est fini ? On peut s'en aller ? »

L'agent resta longtemps à l'écoute, tandis que les autres chuchotaient pour ne pas déranger. Lorsqu'il eut coupé la communication, il constata que plusieurs paires d'yeux le regardaient de manière interrogative.

« Les feux d'artifice ont fait effet, il dit qu'il les a vus et qu'il a pu s'orienter, mais que, de toute façon, il était capable de retrouver son chemin même sans.

– Il doit être mort de fatigue…

– Apparemment, mais il faisait sombre et ils l'ont tout juste aperçu.

– Il avait son fusil ?

– Non, léger comme un oiseau.

– Est-ce qu'on lui a demandé au moins comment il s'est perdu ? »

Delrio ouvrit grands les bras.

« Il a dit qu'il voulait monter jusqu'au col pour voir s'il trouvait des bolets, et que le brouillard est arrivé tout à coup…

– Et il n'a rien ajouté d'autre ? s'étonna Volpi.

– Il a demandé à plusieurs reprises des nouvelles de son chien parce qu'il l'avait perdu de vue et qu'il avait continué à l'appeler en vain pendant tout ce temps.

– Alors c'était ça, la voix qu'ils ont entendue.

– À coup sûr.

– C'est une vieille bête, insista Ghidini, qui n'y voit pas très bien et ne marche plus beaucoup.

– Il s'est inquiété seulement pour son chien… murmura Delrio.

– Manifestement, il n'a plus que lui », fit remarquer Rivara.

L'un des garçons descendus de la voiture s'approcha du comptoir, y posa ses deux coudes et se pencha vers l'aubergiste.

« À ton avis, que peut bien faire un camion sur la nationale, à cette heure-ci ? »

Il avait parlé assez fort pour que tout le monde entende.

« Quel camion ? demanda Rivara.

– Un poids lourd frigorifique immatriculé à l'étranger. Le chauffeur semblait perdu au milieu du brouillard et il a demandé le chemin pour se rendre à l'usine de charcuterie.

– Il doit peut-être charger et il était en retard, essaya d'expliquer Volpi.

– Il n'y avait pas que le chauffeur. Ils étaient trois et on les a vus monter vers l'usine.

– À trois ? » demanda Rivara.

Le garçon fit signe que oui, en esquissant un léger sourire entendu.

« D'après moi, ils avaient l'intention de charger la marchandise maintenant.

– Ils doivent être vraiment pressés, dis donc, railla Ghidini.

– Je le crois aussi, confirma le garçon. Devinez pourquoi », lança-t-il pour conclure.

Personne n'osa répondre et le silence s'installa de nouveau. Puis le jeune homme salua tout le monde de la main et ouvrit la porte pour sortir, mais au même instant un tir de fusil se fit entendre de manière distincte. Tout le monde se précipita à l'extérieur.

« Ça provient du Talus ? demanda Delrio.

– Je ne saurais dire. Ou bien du Talus, ou bien de Campogrande, déclara Maini.

– Il se passe trop de choses, commenta Rivara d'un air grave.

– Au moins, sur ça, intervint Soneri, on peut tous être d'accord. »

Le maire était sorti de l'hôtel de ville et traversait à présent la place à grands pas. Delrio s'avança à sa rencontre.

Les deux s'entretinrent un moment dans le brouillard, puis l'agent de police revint dans le bar.

« Le maire a téléphoné aux carabiniers pour qu'ils aillent voir. Cette fois, c'est tout le village qui a entendu.

– Il était temps qu'ils commencent à y mettre leur nez ! s'exclama Volpi.

– De toute façon, ça ne donnera rien : le temps d'arriver et celui qui a tiré sera déjà hors de portée, dit Ghidini en secouant la tête.

– Avec ce satané brouillard… ajouta Rivara, plus sceptique encore.

– Ce n'est pas dit, ils sont déjà sur place », répliqua Delrio.

Une vingtaine de minutes passèrent, puis une lumière bleue clignotante éclaira le brouillard, qui parut encore plus épais. Le fourgon des carabiniers traversa la place et s'arrêta devant la mairie.

« Possible qu'ils aient déjà toute l'explication ? » demanda Maini.

Personne ne lui répondit et Soneri pensa alors au camion arrêté sur la nationale, avec trois personnes à l'intérieur : il fut pris par l'envie d'aller voir s'il était arrivé ou non à l'usine de charcuterie. Mais une fois encore l'attention fut captée par la radio de l'agent de police, qui se mit à l'écoute.

« C'est Palmiro qui a tiré, annonça Delrio.

– Sur qui ? demanda Rivara.

– Sur son chien, répondit l'agent, mais l'on comprenait aisément qu'il n'accordait pas trop d'importance à ce qu'il disait parce qu'une autre pensée le tourmentait.

– Alors il a perdu la tête, affirma Ghidini. Il a toujours eu un faible pour cet animal.

– Il a dit aux carabiniers qu'il était trop vieux et que la fatigue avait affaibli son cœur.

– Palmiro n'a jamais eu beaucoup de scrupules, rappela Rivara.

– S'il était vieux… Il voulait sans doute lui éviter de souffrir, supposa Delrio.

– Selon moi, il y a autre chose. Il a dû se sentir trahi, vu que son chien est rentré à la maison et l'a laissé errer seul sur les hauteurs de Montelupo. Ils n'étaient pas nombreux, ceux sur qui il pouvait compter, dit Maini.

– Bah, il n'y avait plus rien à faire, quand les carabiniers sont arrivés, il l'enterrait déjà, conclut l'agent de police.

– Il n'y a plus grand-chose à faire, quoi qu'il en soit, intervint Rivara, et on a fait beaucoup de bruit pour rien. Au bout du compte, à part le chien de Palmiro, tout le monde est vivant et bien au chaud.

– Et le camion qui s'est rendu à l'usine ? » demanda l'un des garçons, resté assis alors que les autres s'étaient levés.

Tous haussèrent les épaules en guise de réponse.

3

Il faisait encore nuit quand Soneri descendit pour le petit déjeuner. La veille au soir, il était rentré un peu tard et avait trouvé son couvert encore dressé. Sante lui avait mis de côté du potage aux légumes, et quand le commissaire le vit apporter son plat recouvert d'une assiette pour le garder chaud, lui revinrent du fond de la mémoire des souvenirs de sa mère en robe de chambre, de trains en retard et d'une maison déjà plongée dans le silence de la nuit tombée. C'est ce qu'il cherchait dans cette vallée des Apennins dans laquelle ses ancêtres, pendant des décennies, avaient traversé les saisons où la chaleur de l'été succédait aux neiges de l'hiver, en arrachant les genévriers de pleine terre et en déboisant les forêts.

« À un certain âge, avait proféré Sante d'un ton sentencieux, on aime revenir là d'où on est parti, si dans sa jeunesse on a parcouru le monde. »

Et pour Sante, la ville était déjà le monde. Il suffisait de s'éloigner de la vallée pour faire de chaque compatriote un disparu. Soneri sentait qu'il y avait une part de vérité dans son raisonnement : c'est justement pour ça qu'il avait décidé de revenir. Et à présent, il regardait par la fenêtre de l'*Écureuil* les bois de Montelupo coiffés de brume laineuse, éprouvant une obscure attraction pour cette montagne qui depuis des jours se dérobait. Il grimperait le long de son dos immense comme un minuscule parasite errant. Il attendait seulement que le jour se lève pour avoir quelques heures de pleine lumière. Sante lui avait préparé un sachet de copeaux de parmesan, quelques tranches de jambon enveloppées dans du papier et une miche de pain. Il fourra le tout dans un sac en bandoulière et se mit en route avec la certitude de répéter le même geste que son père, son grand-père et combien d'autres encore, probablement.

Il arriva rapidement au réservoir de l'aqueduc, après avoir pris le temps d'adapter son souffle en montant la route vicinale. Un voile de brouillard le frôla en plongeant dans le vide qui s'ouvrait vers le village. Puis il prit le chemin de terre pour Boldara. Il marcha encore pendant une demi-heure, dans un tunnel de branches, sur un matelas de feuilles. Dans une clairière, il s'arrêta un instant et se retourna : on voyait, très loin, les maisons dans leur vaste sillon où elles semblaient avoir fini leur course après avoir déboulé des versants de la montagne à la manière de n'importe quelle autre chose tombée des hauteurs. Il quitta le sentier et commença à explorer le sous-bois en déplaçant les feuilles. Il sonda pendant quelque temps les cépées le long des pentes où l'on avait coupé le bois les années précédentes, mais il les trouva dépouillées. À en juger par la terre qui manquait, quelqu'un était certainement déjà passé. Durant presque deux heures, il suivit des pistes de sangliers et des traces de chevreuils, jusqu'à ce qu'il trouve, derrière un tronc situé à flanc de montagne, une colonie de trompettes-de-la-mort. Sombres et fuselées, elles avaient vraiment un aspect sinistre, mais il suffisait de savoir les poêler.

Brusquement, la lumière s'affaiblit et un brouillard épais envahit le bois. Soneri décida de descendre et c'est alors qu'il entendit un son amorti de pas qui s'enfonçaient dans le feuillage humide. De temps en temps, on distinguait le bruit sec d'une branche cassée, comme si quelqu'un piétinait des branchages morts à l'ombre des hêtres. Il descendit encore en posant prudemment ses pieds pour ne pas briser le silence profond dans lequel chaque bruit, même minime, s'amplifiait. Il traversa un maquis de chênes rouvres dont les feuilles sèches restées sur les branches rendaient le chemin encore plus sombre. Un peu plus bas, il perçut à nouveau un bruit, soudain cette fois : la fuite d'une proie alarmée. Une silhouette humaine apparut brièvement dans son champ de vision, mais comme à travers une vitre opaque. Peut-être quelqu'un qui avait capté trop tard la présence du commissaire et cherché refuge dans le brouillard, ne laissant dans le regard de l'autre qu'une ombre incertaine.

Soneri suivit le chemin situé en aval du ruisseau Macchiaferro jusqu'à atteindre les bois de charmes et de châtaigniers sauvages, prêts pour la coupe automnale. Ce visage déformé par l'humidité qui en dissolvait les contours était resté gravé dans son esprit : à peine une ombre apparue et avalée aussitôt par le brouillard. Quand il rejoignit la route pour Boldara, il se souvint des Albanais et des autres voyageurs qui parcouraient les montagnes. On en parlait désormais comme d'un danger qui avait remplacé la peur ancestrale des bêtes sauvages, de la foudre ou de la grêle. Il reprit son souffle au réservoir d'eau potable. Dans la lumière qui annonçait déjà l'après-midi, il s'assit, ouvrit son sac pour manger quelques copeaux de parmesan et constata la maigreur de sa récolte : il n'avait que ces quelques trompettes-de-la-mort. Tout au plus deux cents grammes, qui se réduiraient de moitié une fois sur le feu.

Quand il eut fini le parmesan, il passa au jambon. Dans une petite bouteille, il avait emporté un quart de barbera qui avait reçu la bénédiction de Sante. Il contempla Montelupo, qui lui apparut comme une énorme bête transpirante, tandis que lui revenaient en mémoire des haltes pour des repas frugaux sur un rocher ou contre un tronc lorsqu'il suivait son père pendant la saison de la chasse. Tout avait changé, sauf Montelupo avec sa croupe caillouteuse. Il passa en revue les contours des montagnes qu'il connaissait sur le bout des doigts ; son regard finit sa course en contrebas, sur la route qui conduisait à la villa du Talus. Une ambulance descendait lentement, avec prudence, et Soneri repensa à la phrase de Rivara : elle roulait doucement soit parce qu'elle voyageait à vide, soit parce que la vitesse n'importait plus à celui qu'elle transportait. Peu après, elle fut suivie par deux autres voitures, tandis qu'à l'extérieur de la villa il lui sembla percevoir une animation insolite. Il avala une gorgée de vin et décida de rentrer en se laissant porter par la pente. La fatigue le raidit dès qu'il atteignit la plaine, mais désormais il était à portée de tir de l'*Écureuil*, où Sante faisait les cent pas dans la cour et ne remarqua pas son arrivée. Lorsqu'il vit Soneri, il se contenta de le fixer d'un air absent. Le commissaire le scruta à son tour et croisa le regard vide d'un aveugle.

« J'ai marché toute une matinée pour deux cents grammes de trompettes-de-la-mort, l'informa Soneri.

– Des trompettes-de-la-mort, répéta Sante. Comme si vous aviez su.

– Quoi ?

– Ce qui est arrivé à Palmiro.

– Il s'est encore perdu ?

– Définitivement, répliqua Sante. Ce matin, on l'a trouvé pendu à une poutre du hangar. »

Le commissaire se tut un instant. Il ressentait le besoin de réfléchir, d'ordonner les faits qui se succédaient, mais il y renonça.

« Vous pensez qu'il s'agit d'un suicide ou bien d'autre chose ? » se borna-t-il à demander.

Sante tordit sa bouche vers le bas pour répondre qu'il ne savait pas.

« J'ai entendu dire qu'il a planté un gros clou de charpentier dans la poutre, qu'il y a attaché la corde et qu'il s'est laissé tomber. On a retrouvé le marteau posé sur le rebord de la fenêtre : il a construit sa potence tout seul.

– Il faut du cran, murmura le commissaire.

– Palmiro n'en manquait pas : quand il décidait quelque chose, personne ne parvenait à le lui ôter du crâne. Il ne s'arrêtait devant rien.

– Il aurait pu s'en remettre au froid de Montelupo », raisonna à voix haute Soneri, qui pensa soudain au cercueil volé et aux tirs de fusil dans les bois.

Il commençait à mettre en relation certains faits entre eux et, même s'il ne le souhaitait pas, la curiosité grandissait en lui.

« À votre avis, pourquoi a-t-il fait ça ? » demanda-t-il à l'aubergiste.

Sante interrompit son va-et-vient et demeura immobile, lui tournant le dos. Puis il haussa les épaules dans un geste éloquent.

« Vous m'avez dit que c'était un homme déterminé et sûr de lui, insista Soneri. Un type comme lui, ça doit avoir de bonnes raisons pour se tuer. »

Sante se retourna lentement, affichant une expression embarrassée.

« Qui sait ? parvint-il à chuchoter. Les affaires, peut-être… »

Il prononça ces mots avec inquiétude, en desserrant à peine les dents.

« L'usine de charcuterie ne marchait pas bien ? »

Encore un geste plein d'embarras, de maladroites gesticulations comme pour saisir un sens qui fuyait telle une mouche importune.

« On raconte tellement de choses ici, au village… Qui peut savoir comment allaient les affaires chez les Rodolfi ? Ici, ça jase beaucoup, mais il faut faire le tri. Et moi, pour ce qui est des affaires, il n'y a que les miennes que je connais bien », conclut Sante.

Soneri perçut un ton amer dans cette dernière réflexion, une fêlure douloureuse. Ils restèrent l'un devant l'autre pendant quelques instants, en silence, avant qu'Ida n'appelle son mari depuis le pas de la porte. La femme salua le commissaire sans son amabilité habituelle, et il entendit le couple s'éloigner à l'intérieur de l'établissement en marmonnant. Il monta alors dans sa chambre et se changea. Lorsqu'il ressortit, il vit la petite corbeille en osier qui contenait les trompettes-de-la-mort. Il l'ouvrit et examina les champignons de couleur sombre, petits mais fuselés, dont les extrémités échancrées ressemblaient en tout point aux instruments d'une fanfare. Ils avaient l'air cimmérien de ceux qui grandissent dans la pénombre des régions du nord, dans l'humidité des tombes. Ils donnaient vraiment l'impression de porter malheur, si bien qu'il s'en débarrassa dans un fossé.

Quand il arriva au village, il faisait déjà sombre dans le soir précoce de l'automne. Il aperçut Maini qui marchait sur la place, mais il n'eut pas le temps de s'approcher, car il entendit qu'on l'appelait : le maire était sorti brusquement de la pharmacie comme s'il avait guetté le commissaire pour l'arrêter.

« Il s'est passé quelque chose maintenant, commença-t-il. On n'en est plus seulement aux bavardages.

– Le suicide est une affaire privée, répondit Soneri. La plus privée qui soit. »

Le maire fut surpris par cette réponse, et le commissaire eut l'impression qu'il ne considérait pas ce drame seulement comme une affaire privée.

« Ce n'est pas un suicide comme les autres, balbutia-t-il, ça ne peut pas l'être si celui qui se tue est Palmiro Rodolfi.

– Devant la mort, nous sommes tous égaux. Et même devant le désespoir, rétorqua le commissaire. Reste à comprendre pourquoi Palmiro était désespéré, ajouta-t-il.

– Je crois que c'est à cause de son petit-fils, murmura le maire.

– Son petit-fils ?

– C'est un garçon difficile. Il ne pense qu'aux belles voitures, à dépenser de l'argent et il ne fiche rien. Et en plus, dernièrement… (Le maire fit une pause et baissa le ton comme s'il était à l'église.) Il paraît qu'il avait commencé à se droguer. »

Le commissaire songea à la décadence de la troisième génération, née corrompue par le bien-être.

« Qui l'a retrouvé ?

– Sa belle-fille. Tous les matins, elle montait dans son appartement pour vérifier que tout allait bien. Elle l'aimait comme un père, conclut le maire.

– Et où était son fils ? le brusqua le commissaire.

– C'est lui qui l'aurait détaché du clou.

– Qui l'aurait ? » répéta Soneri.

Le maire ouvrit grands les bras.

« C'est ce que j'ai entendu dire, mais allez savoir ce qui s'est passé…

– Les carabiniers ont interrogé Paride ?

– L'adjudant m'a dit que lorsqu'il était arrivé, Paride était déjà parti. Ils le cherchent, mais il ne s'est pas encore manifesté. Son épouse a indiqué qu'il s'était réfugié dans leur maison des Bois, bouleversé.

– Mais quelqu'un l'a rencontré ?

– Oui, il paraît que oui. Même si je ne saurais vous dire qui. »

Soneri alluma son *toscano* et réfléchit. Sur le visage du maire était apparue la même gêne que chez Sante : quelque chose qui ressemblait à de la peur.

« Que puis-je y faire ? résuma-t-il au bout d'un instant. Il ne me semble pas qu'il y ait matière à enquêter, à part sur les raisons de ce suicide.

– C'est ce que tout le monde se demande, admit le maire.

– Mais ça reste quand même une question pour les prêtres ou les psychologues, et ce n'est pas mon métier. »

L'homme resta immobile alors que des courants d'air chargés de brouillard balayaient le fond de la place comme en altitude.

« Ce sont des choses que vous savez sans doute mieux que moi, continua Soneri.

– Non, non. Moi je ne sais rien du tout, éluda le maire d'un ton coupable que le commissaire avait entendu mille fois pendant les interrogatoires exténuants à la Questure. Je vous demande juste de discuter avec l'adjudant. Sans engagement… par courtoisie, ajouta-t-il.

– Une âme en peine, cet Aimi, commenta Maini en faisant allusion au maire qui s'éloignait, engoncé dans un ample imperméable tout froissé.

– Je ne comprends pas ce qu'il attend de moi, murmura le commissaire.

– Ici, au village, tout le monde voudrait comprendre, expliqua Maini.

– Comprendre ? (Soneri secoua la tête avec perplexité.) Je pense que vous savez beaucoup de choses. Vous avez seulement peur, peut-être », ajouta-t-il.

Il se rendit compte après un instant qu'il avait fait une distinction entre lui et les autres. La limite qu'il avait perçue tant de fois dans sa relation avec eux apparaissait à présent comme une frontière. D'une certaine manière, il se sentit libéré d'une ambiguïté poisseuse.

Maini fit semblant de rien : la réaction typique des montagnards face à des sentiments complexes. Tout décanterait lentement jusqu'à se traduire par une bribe de méfiance supplémentaire.

« Il s'est tué comme Capelli, le commerçant », rappela-t-il en changeant de conversation.

Soneri en avait entendu parler, mais il ne se souvenait plus de l'histoire. Ses amnésies aussi contribuaient à son impression d'être un étranger.

« Lui aussi s'était pendu à une poutre, l'informa Maini.

– Il avait fait faillite, dit à tout hasard le commissaire en s'accrochant à quelques souvenirs.

– À cause du jeu. Après la guerre, il avait gagné de l'argent, mais ça lui était monté à la tête.

– Palmiro et lui se connaissaient ?

– Le fait est, justement, qu'ils étaient amis », lui révéla Maini.

À cet instant, le portable du commissaire sonna ; il répondit tranquillement.

« Angela, tu peux me rappeler dans cinq minutes ? »

Il entendit un bourdonnement métallique déformé par la mauvaise qualité de la ligne et appuya sur la touche pour raccrocher. Puis Maini et lui, sans qu'aucun des deux le décide, entrèrent chez Rivara et prirent place. L'aubergiste les regarda.

« Il s'est retiré du monde comme Capelli », dit-il à son tour.

Il s'adressa ensuite au commissaire, comme s'il informait un étranger de passage :

« Le marchand de fromages. »

Soneri sentit grandir encore la frontière qui le séparait du village, comme une vraie muraille. Puis Maini précisa :

« Même le mot qu'il a laissé dit la même chose que l'autre.

– Le mot de Capelli, on ne sait pas qui l'a lu. Il paraît qu'il ne savait ni lire ni écrire. C'est pour ça qu'on l'avait arnaqué avec les lettres de change, expliqua l'aubergiste.

– L'adjudant de l'époque a raconté que Capelli avait demandé qu'on le lui rédige avant de se pendre. Certains pensent que ce sont carrément ses créanciers qui l'ont écrit.

– Que dit le mot laissé par Palmiro ? » s'interposa Soneri.

Rivara ouvrit grands les bras. Puis il se pencha vers lui et baissa la voix.

« Un client qui connaît un gradé a appris qu'il n'y avait qu'une phrase : “Enterrez-moi là-haut, à Montelupo, sous un genévrier, ma place est là-bas.” Rien d'autre.

– Capelli aussi voulait reposer à Montelupo, mais ensuite son épouse l'a enfourné dans une tombe, d'une part parce que la mairie s'en est mêlée, d'autre part parce qu'elle n'était avec lui que par intérêt, rappela Maini.

– Ils étaient attachés à Montelupo : c'était leur monde, ajouta l'aubergiste. Ils allaient faire paître les moutons jusqu'au gîte du Bec. Tous les deux et le Maquisard.

– Eh, le Maquisard… soupira Maini. Maintenant, c'est le dernier survivant de la couvée.

– Parce qu'il n'a pas gagné d'argent. C'est le fric qui détruit les gens, dit l'aubergiste d'un ton sentencieux.

– Capelli, en revanche… reprit Maini, qui parut fouiller dans sa mémoire. Il a commencé par récolter le lait des étables avec une brouette, puis il est devenu fromager, avant de refiler le boulot pénible aux autres, de porter des cravates et de se déplacer en Fiat Millecinque pour vendre en ville des meules entières de parmesan. Il spéculait beaucoup et il gagnait de l'argent.

– L'ennui, c'est que lorsqu'ils arrivent d'un coup, les sous te conduisent à la ruine. On a l'impression qu'il y en aura toujours, constata Rivara.

– Ce n'est pas le jeu qui l'a ruiné, mais les lettres de change et son ignorance, précisa Maini. Il savait ce qu'il pouvait perdre et il se refrénait. Mais quand on lui a proposé de signer au lieu de payer comptant, il ne s'est pas méfié, et on a mis la main aussi sur sa maison.

– L'ignorance est toujours en cause, bougonna l'aubergiste. Autrefois, on te roulait avec les lettres de change, maintenant avec les promesses des banques, les actions, les obligations. On te dit d'acheter et tu te retrouves ensuite avec des bouts de papier sans valeur entre les mains.

– C'est toujours la même histoire, la même escroquerie qui se répète, renchérit Maini.

– Les gros poissons qui mangent les petits, résuma Rivara. Capelli en a croqué, lui aussi…

– Après la guerre », confirma Maini.

L'aubergiste secoua la tête.

« Pas seulement. Il s'était mis d'accord avec les fascistes et jamais aucun détachement des Chemises noires n'est resté sans parmesan pour sa soupe. En échange, il pouvait en vendre une partie au marché noir à des prix d'usure.

– C'est avec ça qu'il se faisait du fric, reconnut Rivara.

– Les affaires n'ont que faire des bonnes manières, réfléchit à voix haute Maini. L'argent, les amis et la justice aux orties.

– Et le Maquisard ? » insista le commissaire.

Rivara se mit à rire.

« Il n'avait pas le sens des affaires, lui, et il ne l'a toujours pas maintenant qu'il a vieilli. C'est un homme des bois, avec sa hache et son fusil, conclut-il. On l'appelle ainsi parce qu'il n'a jamais quitté les Madoni, où il vit seul à présent, au milieu de maisons abandonnées qui tombent pierre par pierre après chaque hiver, expliqua-t-il.

– Tout le monde est parti, ajouta Maini, certains à Turin, d'autres à Milan ou à Parme.

– C'est un homme qui est devenu aussi sauvage qu'un sanglier, continua l'aubergiste. Non pas que Rodolfi et Capelli ne l'aient pas été aussi, mais leur instinct les a ensuite poussés à attraper de l'argent plutôt que du gibier. Du bois sur le feu, ils en ont mis plus que le Maquisard, avant de se pendre au clou. »

Soneri alluma son *toscano* et les deux autres l'observèrent comme s'il effectuait un tour de prestidigitation.

« Capelli a été le plus précoce : à trente ans, il était déjà riche et, à la halle de Parme, il s'enrichissait chaque fois plus en achetant et en revendant des tonnes de fromage, rappela Maini. Il savait attendre le bon moment pour faire des affaires, il avait du flair.

– Ces derniers temps, l'interrompit Rivara, il ne touchait plus aux fromages, il envoyait pour ça ses hommes de main pendant qu'il restait au bureau. Mais lorsqu'on s'éloigne de son univers et que l'on ne voit plus que de la paperasse, on est fini.

– En effet, conclut Maini, la paperasse l'a ruiné. »

À ce moment-là, le fils de Rivara, Stefano, entra, salua et s'assit à l'écart. Alors que tous étaient convaincus qu'il garderait le silence, il se leva brusquement et dit :

« Le camion, celui qui s'était perdu dans la nuit, hier… il a embarqué son chargement. Ce matin, il est reparti vers l'autoroute.

– Faut croire que le mauvais temps l'avait retardé et qu'il devait livrer le plus tôt possible », répondit son père en essuyant le comptoir.

Le jeune homme secoua la tête d'un air dubitatif.

« Et les deux autres ? Eux aussi étaient pressés ? »

L'aubergiste et Maini se regardèrent sans comprendre et ne dirent mot, tandis qu'en leur for intérieur quelques certitudes devaient s'écrouler.

« Cette histoire de camion est plutôt étrange », reconnut le commissaire en essayant de ranimer la discussion.

Mais personne ne voulut rompre le silence, jusqu'à ce que Maini change de conversation.

« Ça s'est bien passé ? Tu as rempli ta gibecière ? demanda-t-il.

– Juste deux cents grammes de trompettes-de-la-mort, déclara Soneri.

– Je les aime pas, répondit Maini en s'assombrissant.

– Les champignons ou les trompettes du Jugement dernier ?

– Ni les uns ni les autres.

– Je comprends. Avec un nom pareil… Mais elles sont excellentes, assura le commissaire.

– Un truc qui pousse dans l'obscurité, au milieu des ténèbres… marmonna Maini pour se justifier.

– Il faut bien qu'elles plaisent à quelqu'un, vu que j'en ai bavé pour en trouver », insista le commissaire.

Son interlocuteur haussa les épaules et ne dit plus rien.

Le portable qui sonnait libéra tout le monde du silence gêné dans lequel ils avaient sombré.

« J'ai laissé passer un quart d'heure, entonna Angela d'une voix énervée.

– Nous parlions de Palmiro.

– Encore ? Mais tu ne devais pas aller aux champignons ?

– Il s'est pendu. »

Angela se tut quelques instants.

« Je ne l'aurais jamais cru… Je ne l'imaginais pas capable de… murmura-t-elle enfin, sans trouver de mots pour traduire ses pensées.

– Personne ne l'imaginait, confirma Soneri. C'est une histoire très étrange à laquelle je ne comprends rien.

– Si toi, qui es de là-bas, tu n'y comprends rien…

– Je l'étais, la corrigea le commissaire. À présent, tant de choses ont changé… c'est comme si je n'y avais jamais vécu.

– Ça ne doit pas être drôle de se sentir étranger chez soi. Mais les gens que tu connais ? Tes amis ? »

Un malaise profond et un sentiment de la vanité de toute chose envahirent Soneri et lui ôtèrent les mots de la bouche. À cet instant précis, les questions d'Angela l'amenèrent à réfléchir à la méfiance et au détachement qu'il percevait chez ses compatriotes. À croire que toutes les années à se fréquenter n'avaient jamais existé. Mais pendant quelque temps, l'attention accordée à l'histoire des Rodolfi avait pris le pas sur cette désagréable impression de séparation.

« Il aurait mieux valu que j'aille à la mer, où personne ne me connaît, grommela le commissaire. En plus, la mer me plaît davantage en hiver, quand ne restent que ceux qui l'aiment vraiment.

– Maintenant, ça va être difficile pour toi de rester à l'écart, annonça Angela.

– Le maire insiste pour que j'aille trouver l'adjudant, mais moi je l'évite comme la peste. De toute façon, il n'y a aucune raison d'enquêter : Palmiro s'est pendu et on dit que son fils s'est enfermé chez lui, là-haut aux Bois, où il vit seul, à ce qu'il paraît ; même si ça me semble improbable vu que les carabiniers ne l'ont pas trouvé. Il n'y a pas eu de crime, à ce que je sache. Et s'il y avait eu un vrai meurtre, ce n'est certainement pas l'adjudant qui s'en occuperait. On ferait venir une pointure des carabiniers.

– Mais c'est une affaire qui ne sent pas bon, constata Angela.

– Comme un animal en décomposition. Je m'attends à ce qu'il se passe autre chose.

– Je pourrais travailler un peu l'avocat qui défend les intérêts des Rodolfi et te donner quelques infos, proposa-t-elle.

– Le travailler comment ? demanda le commissaire.

– Comment travaille-t-on un homme ? Tu devrais le savoir.

– Comme tu le fais maintenant, pour me rendre jaloux.

– Je perds mon temps, coupa-t-elle, de toute façon tu ne mords pas à l'hameçon. Quoi qu'il en soit, je suis plutôt en bons termes avec l'avocat et je pourrai peut-être en tirer quelque chose. Demain, le suicide de Palmiro sera dans tous les journaux.

– Justement. C'est bien pour ça que ton homme de loi risque d'être coincé.

– S'il est coincé, ça voudra dire que tu n'as pas de raison d'être jaloux », suggéra Angela en jouant sur les mots.

Soneri n'eut pas le temps de ranger son portable dans sa poche qu'il vit un adjudant venir à sa rencontre. Il pensa rentrer dans le bar comme si de rien n'était, mais le carabinier lui adressa un signe de la main, et il dut s'arrêter pour l'attendre.

L'homme se présenta en affichant un sourire jovial.

« Adjudant Crisafulli », proclama-t-il selon le rituel militaire, avec la pose figée d'un bleu.

Il était aussi grand que le commissaire, il avait la peau sombre, les cheveux noirs et les yeux de la même couleur, étincelants, très vifs.

« On m'a dit que vous étiez le seul à trouver des champignons en cette période de l'année, commença l'adjudant.

– Je ne crois pas, répliqua Soneri avec un sourire, ne sachant pas s'il devait prendre cette introduction comme une naïveté ou comme une plaisanterie.

– Moi, je ne m'y connais pas, poursuivit l'autre, je ne sais même pas faire la différence entre une salade et des tomates. J'ai toujours vécu en ville, je suis de Naples.

– Et vous avez atterri ici ?

– Si on veut gagner du galon et avoir un meilleur salaire, il faut savoir accepter le purgatoire. Au moins, on est tranquille et on ne court pas de risques. À part le climat.

– Depuis quelques jours, c'est un peu moins vrai », insinua le commissaire en faisant allusion à l'histoire des Rodolfi.

L'adjudant jeta un rapide coup d'œil autour de lui et déclara ensuite :

« Cette situation me laisse perplexe.

– Vous en savez certainement plus que moi.

– Absolument pas. Au contraire, en parlant avec le maire je me suis dit, justement, que je pouvais vous demander conseil, vu que vous êtes d'ici et qu'en ce moment vous n'êtes pas en service. En fin de compte, ici, même si tout le monde me respecte, moi je ne suis qu'un carabinier du Sud, vous comprenez ? »

Soneri fit signe que oui.

« Ne croyez pas que j'aie beaucoup plus de chance. Sur vous, je n'ai que l'avantage de connaître le dialecte, le nom des montagnes et des lieux. Aujourd'hui, cela fait trop longtemps que je suis parti d'ici. »

Crisafulli appela Rivara d'un geste.

« Ça vous dit, un café ? » proposa-t-il au commissaire.

Ce dernier fit signe que oui, distraitement, avant de demander :

« Mais vous, l'avez-vous vu, Paride ?

– Pas personnellement. Mes collègues le cherchent. Les membres de sa famille disent qu'il est chez lui, bouleversé par le suicide de son père, mais il ne répond ni quand on sonne à la porte ni quand on l'appelle au téléphone. »

Soneri se tut, tandis que l'aubergiste posait les tasses devant eux.

« Ce qui m'inquiète, poursuivit l'adjudant, ce n'est pas tant ce qui est arrivé aux Rodolfi, mais tout le reste.

– On dirait un village en attente de jugement », réfléchit le commissaire à voix haute, choisissant une comparaison ayant trait à leur métier.

Crisafulli eut un très bref sourire.

« Ils chient tous dans leur froc parce qu'ils ont peur de ce qui peut arriver aux Rodolfi. Et le destin de cette famille, c'est aussi le leur.

– Alors ils sont fichus, parce que le vieux s'est pendu.

– Ça faisait longtemps que Palmiro ne maîtrisait plus rien. C'est le fils qui commande.

– Après avoir accusé le coup, il se reprendra et il continuera de faire tourner la baraque, non ? »

L'adjudant avala son café d'un coup, posa la tasse et observa dehors le jour qui se mourait dans le brouillard.

« Commissaire, il se peut que ce soit comme vous le dites, mais vous savez très bien qu'il y a quelque chose qui cloche. Vous croyez que ces affiches n'éveillent pas les soupçons ? Vous ne trouvez pas étrange que le vieux se soit pendu après avoir disparu et être réapparu juste pour s'accrocher à un clou ? Et les tirs de fusil ? On n'est pas sourds.

– Hier, j'ai été témoin de l'un de ces tirs. Il est passé à quelques mètres de moi, confirma Soneri.

– Où ? s'alarma immédiatement Crisafulli.

– Vers Montelupo, au-dessus de Boldara », répondit-il.

Il se rendit compte aussitôt que l'adjudant ne savait pas du tout où se trouvait l'endroit.

« Vous voyez ? Et chaque fois qu'on a enquêté, on a été incapables de trouver la moindre trace. Pas même une cartouche vide.

– Crisafulli, je suis d'accord avec vous que le contexte présente quelques étrangetés, mais vous savez bien que tout ça, c'est du vent, tant qu'on n'a pas la preuve que quelqu'un a commis un délit.

– Bien sûr que je le sais ! s'écria l'adjudant. Mais c'est justement pour ça que je sollicite vos conseils et votre aide. Je crains qu'il n'arrive ici quelque chose de grave, vous comprenez ? ajouta-t-il dans un murmure pour que les autres n'entendent pas. Mieux vaut prévenir que guérir, vous ne croyez pas ? »

Soneri acquiesça.

« Pour les maladies, on consulte, mais ici, qui pourriez-vous consulter ?

– Personne, je suis dans une impasse. Et si vous aussi, peut-être… »

Soneri finit son café, écarta la tasse en la poussant vers un coin de la table, posa les coudes et se pencha vers Crisafulli en chuchotant :

« Mais vous, que savez-vous des Rodolfi ?

– Bon sang ! Si je pouvais y voir clair… grommela le carabinier. J'ai entendu dire que depuis quelque temps les salaires sont payés en retard, mais les employés ont tous nié que ça n'allait pas. Ils affirment que ça a toujours été comme ça et qu'il y a plus de travail qu'avant, aussi bien à l'abattoir qu'à la maturation. Quelqu'un m'a parlé d'opérations boursières ayant mal tourné, mais dans le rapport des collègues qui s'occupent du pôle financier, rien ne transparaît.

– Et le fils de Paride ? On en parle comme d'un pauvre type, demanda Soneri.

– Les gens exagèrent, relativisa l'adjudant. C'est un enfant gâté qui dilapide l'argent en voitures et coups d'éclat, mais il ne me semble pas très différent des autres fils à papa.

– Et alors, sur quoi voulez-vous enquêter ? résuma le commissaire, une pointe de soulagement dans la voix. C'est ce que j'ai expliqué au maire : ça a tout l'air d'une situation normale, d'un village avec quelques ragots et quelques mystères. »

Crisafulli s'agita nerveusement sur sa chaise, peu convaincu, mais il ne trouva rien à objecter.

Maini, Rivara et son fils gardaient aussi le silence, et Soneri eut la sensation désagréable d'être épié. C'est alors que l'adjudant se leva, prit son chapeau et lui tendit la main.

« Ce fut un plaisir, dit-il comme à regret. Passez me voir à la caserne à l'occasion. »

Le commissaire le regarda sortir d'un pas cadencé, comme sur un air de marche militaire, et il songea à combien pesaient les impressions dans une enquête. Assez pour vous garder sous tension, mais pas bien lourd devant un juge qui exige des faits et des preuves. Tandis qu'il voyait disparaître Crisafulli dans le brouillard de la place, il se représenta son état d'esprit : il s'était souvent trouvé lui-même confronté à cette anxiété, cette impatience qu'il se produise quelque chose. Un éternuement qui n'arrive pas, un symptôme sans maladie, la recherche vaine d'une prise avant la chute.

Son estomac gargouilla si fort qu'il sursauta, et il se leva alors à son tour et se dirigea vers la sortie. Il se retourna pour observer les hommes installés à table et découvrit le bar sous un jour nouveau, comme s'il venait juste de se réveiller après un léger somme. Puis il se rappela qu'il avait déjeuné de manière frugale d'un peu de parmesan et de jambon, et il prit le chemin de l'*Écureuil*.

La moitié de la salle était plongée dans l'obscurité et seules quelques tables étaient dressées, où deux messieurs dînaient en chuchotant sans relâche. Sante arborait le même air préoccupé que le matin, inquiétude qui se manifestait par une sorte de sollicitude maladroite. Quand ils eurent terminé le sanglier accompagné de polenta, l'unique couple de clients s'en alla, et Sante commença à graviter autour du commissaire comme une planète imprévisible. Enfin, il s'assit devant lui, le regarda dans les yeux et demanda :

« Qu'avez-vous fait des champignons ? »

Le commissaire ne s'attendait pas à une telle question, posée tout bas comme dans une sacristie.

« Je les ai jetés dans le fossé », répondit-il avec indifférence.

Sante poussa un soupir de soulagement.

« On dit qu'ils portent malheur, s'excusa-t-il, et avec l'histoire de Palmiro… Moi je n'y ai jamais cru, mais vous êtes le premier à avoir trouvé des trompettes-de-la-mort cette année, et juste le jour où il s'est pendu à un clou…

– Je ne vous imaginais pas superstitieux. Ce sont des champignons comme les autres. Excellents, qui plus est, le rassura Soneri.

– Beaucoup de gens du village les arrachent quand ils les voient. Ils disent que c'est pour conjurer le mauvais sort et pour chasser les malheurs.

– Conneries ! jura le commissaire pour couper court.

Sante le scruta sans conviction. Soneri sortit un *toscano* et lui en offrit un autre. Ils allumèrent leurs cigares avec la même allumette, en les retournant longtemps sur la flamme, et ils gardèrent le silence un moment pour en apprécier l'arôme. Toute parole était superflue. Puis le silence commença à peser et ce tête-à-tête devint gênant. Si Sante restait là, il devait y avoir une raison, mais Soneri ne pouvait deviner ce qu'il voulait lui dire. De nouveau ces sensations, celles qui tourmentaient Crisafulli… Il était persuadé que l'aubergiste souhaitait se confier, mais s'il lui avait demandé, Sante aurait nié aussitôt. Et le commissaire, comme Crisafulli, serait resté empêtré dans ses impressions sans preuves.

Ce fut Ida qui brisa la glace en émergeant de la cuisine.

« Pas grand monde, ce soir, constata Soneri.

– Des gens pressés, admit-elle. Depuis quelques semaines, il y a moins de travail et je ne sais pas pourquoi.

– C'est la période creuse, dit Soneri en guise d'explication.

– Bah ! Comment le savoir ? On dirait que les gens n'ont plus envie de manger. Même les camionneurs sont moins nombreux, comme s'ils avaient changé d'itinéraire.

– Et c'est comme ça depuis peu ? »

Les deux se consultèrent en silence. Ce fut l'épouse qui prit l'initiative :

« La baisse d'activité a commencé quand les rumeurs sur les Rodolfi se sont propagées, expliqua Ida avec un zeste de colère.

– Quel rapport avec eux ?

– Ici, ils comptent beaucoup, surtout au niveau économique... »

Le commissaire hocha la tête, tandis que la femme regardait son mari avec une anxiété croissante. Elle manifestait une impatience palpable, mais Soneri n'arrivait pas à en déterminer la cause. Sante lui jetait des coups d'œil nerveux, mais il semblait bloqué.

« L'argent... » commença-t-il.

Puis, comme s'il avait avalé sa salive de travers, il rougit et sa voix s'éteignit.

Son épouse aurait volontiers pris la parole. Sa langue frémissait, mais l'obéissance à une vieille habitude l'obligeait à laisser parler son mari. Ce dernier essaya une nouvelle fois, en vain. Ce qu'il avait à révéler semblait si difficile, presque honteux, qu'il en était paralysé. Jusqu'à ce que sa femme s'écrie :

« Mais allez ! Dis-lui ! »

Ainsi exposé, l'homme commença à bafouiller :

« Depuis que vous êtes arrivé, je veux vous en parler. »

Le commissaire fit un signe de la main pour l'inviter à continuer.

« Il est question d'argent », éclaircit aussitôt Sante.

Un autre signe de Soneri lui fit comprendre qu'il l'avait compris. « Argent ou sexe », répétait toujours Nanetti, le chef de la Police scientifique. Au bout du compte, tout se réduisait à ça.

« Ici, au village, on se connaît et on se fait confiance... reprit Sante, qui suivait le fil précaire d'un raisonnement peut-être trop complexe pour être déroulé sans confusion. Et puis, les Rodolfi... poursuivit-il. Ce sont des gens riches qui ont fait beaucoup pour le village... »

Son épouse lui décocha un regard agacé, tandis que Soneri, lui aussi, commençait à perdre patience du fait de tous ces préambules. Mais Sante avait besoin de temps avant de se jeter dans le vide.

« Nous avons tous confiance en eux, ajouta encore l'homme en cherchant ses mots.

– Bref, nous lui avons donné de l'argent », intervint Ida de manière si brusque que cela ressembla à une gifle.

Son mari lui adressa cependant une œillade reconnaissante.

« Avez-vous déjà entendu parler d'argent mis en nourrice ? » demanda-t-il ensuite, soulagé.

Soneri fit signe que oui.

« Une forme de prêt.

– Oui, c'est ça, confirma Sante.

– Et maintenant, vous craignez pour votre argent ?

– Nous avons toujours confiance, mais avec toutes ces rumeurs...

– Vous lui avez donné beaucoup ? »

L'homme fixa son épouse en fronçant les sourcils, comme s'il éprouvait une douleur soudaine.

« Beaucoup, oui, se borna-t-il à répondre sans préciser. Nous ne sommes pas les seuls, ajouta-t-il ensuite comme pour souligner une circonstance atténuante.

– Qui d'autre ?

– Plus qu'on ne peut l'imaginer, mais il est inutile que vous essayiez d'en faire une liste, parce que personne ne vous le dira jamais.

– Et qu'est-ce qui les en empêcherait ? »

Sante haussa les épaules.

« On ne parle pas des affaires.

– Et vous, alors ?

– Vous êtes originaire de ce village, même si à présent vous ne savez plus rien de la vie d'ici. Et puis, au fond, murmura Sante, nous sommes des parents éloignés. »

Le commissaire acquiesça, même s'il était incapable de reconstruire la généalogie des liens familiaux.

« Malgré tout, expliqua l'homme, cela me coûte d'en parler. C'est que l'idée…

– Je ne comprends pas pourquoi…

– Parce que je pense que j'ai fait une connerie, dit tout à coup Sante avec une lueur de désespoir dans les yeux.

– Vous m'avez dit que vous aviez confiance. Ou bien vous l'avez perdue ?

– Tant que Palmiro était là… Il était comme nous, il parlait le dialecte… Mais maintenant ?

– Et puis la manière dont il est mort n'est pas pour nous tranquilliser, intervint Ida. Nous n'aurions jamais imaginé qu'un gars comme Palmiro puisse se pendre.

– C'est ce qu'on dit toujours des gens qui se suicident.

– Oh, mais vous ne le connaissiez pas ! Il couchait avec des femmes comme s'il avait vingt ans et certains jurent que même avec sa belle-fille…

– Tais-toi ! tenta de l'interrompre Sante. Qu'est-ce que tu racontes ? »

La femme se tut, mais son visage affichait une méchanceté sévère qui valait le plus impitoyable des jugements.

– À vous, qui a demandé de l'argent ? Le vieux ou Paride ?

– Paride, on ne le voit jamais. C'est Palmiro qui est venu. C'est lui qui devait frapper aux portes : il avait gardé ses relations de l'époque où il était fromager.

– Quelles garanties vous a-t-il données ? »

Sante haussa de nouveau les épaules.

« Je vous l'ai dit : la confiance. Nous écrivions dans un cahier les mouvements d'argent avec les dates et il signait, voilà tout. »

Le commissaire ne put cacher son inquiétude, et l'homme sembla s'affaisser.

« Ça ne vaut rien, vous le savez ? »

L'aubergiste hocha la tête.

« Depuis combien de temps ça dure ?

– Depuis de nombreuses années, intervint Ida avec un signe de la main qui indiquait une vieille habitude.

– Si tout s'est bien passé pendant tout ce temps, pourquoi avoir peur à présent ? » demanda le commissaire.

Le visage de Sante s'illumina un instant avant de retrouver son air soucieux aussitôt après.

« Je vous l'ai expliqué, c'est à cause de la mort de Palmiro. Personne ne pensait… Et ce fils qui ne s'est jamais montré… Les rares fois où nous l'avons rencontré, il nous a parlé avec des termes si difficiles que nous n'avons rien compris. Il a l'habitude de discuter avec des banquiers et des personnes qui manipulent de l'argent du matin au soir. Nombre d'entre eux se rendaient à la villa où nous leur apportions des repas préparés. Des gens qui ne m'ont jamais plu…

– Je comprends que vous ayez eu confiance, mais de là à prêter de l'argent à l'aveuglette… »

L'homme soupira en regardant son épouse. Plus il avançait dans ses révélations, plus il semblait certain de sa propre ruine.

« Palmiro parvenait à nous convaincre. Et puis il répétait toujours : “Si nous grandissons, vous grandissez aussi, tout le village grandit." Qui pouvait lui donner tort ? Après la guerre, ici, c'était la misère noire. On aurait eu l'impression d'être des traîtres si on avait refusé, vous comprenez ?

– Parle-lui aussi des intérêts ! » dit Ida d'une petite voix.

Sante soupira.

« Bah, il nous donnait plus que la banque.

– Beaucoup plus ?

– Ça dépendait. On négociait comme pour les parts de fromage. Si quelqu'un hésitait, il augmentait le taux, puis il faisait quelques calculs de tête et il nous expliquait combien on gagnerait après cinq, dix, quinze ans. C'était difficile de résister.

– C'était un requin en affaires, confirma Ida en fendant l'air de la main.

– Ça vous est arrivé de toucher quelque chose ?

– Si quelqu'un le souhaitait, Palmiro remboursait. C'est arrivé parfois, mais dans la plupart des cas, il relançait. "Si tu prolonges de cinq ans, je t'augmente d'un demi-point", disait-il. Suivait alors une kyrielle de calculs pour t'assommer avec des chiffres.

– Donc personne ne récupérait son argent ?

– Presque tout le monde, ici, pouvait très bien se passer de cet argent, et ce pécule, on l'amassait pour les enfants, pour s'acheter quelque chose une fois vieux, ou par prudence. Au village, notre mentalité nous pousse à épargner. On peut vivre dans des baraques de fortune, mais avoir des sous de côté nous rassure. »

Soneri eut l'impression de revoir son père et sa crainte du « lendemain », où tout peut arriver. Comme le paysan qui craint la grêle, la sécheresse ou la maladie des vaches boiteuses.

« Vous verrez que Paride fera en sorte de vous rembourser, fut tout ce que trouva le commissaire pour tranquilliser Sante.

– Bah… grommela celui-ci sans conviction, espérons… »

Soneri décida d'aller se coucher, mais le regard presque implorant de l'homme le retint quelques minutes encore.

« Que puis-je faire ? » lui demanda-t-il.

Sante baissa la tête et murmura :

« Rien. »

4

Bien avant que la nuit se retire, le ciel parut se dégager. Soneri quitta la rue bordée de maisons et se retrouva face à Montelupo, où s'amoncelait encore une masse de brouillard aussi épais que la mousse d'une lessive. Il passa entre les maisons fermées de la colline du Talus et tourna en direction du sentier qui montait à la Croix. De ce côté plus ombragé, où l'humidité de l'aube suintait des arbres dénudés, peut-être aurait-il la chance de tomber sur un bolet. Il dépassa la chapelle qui abritait la Madone du Rosaire, lieu de pèlerinages au mois de mai, et traversa l'âpre végétation qui avait poussé sur l'argile de la basse vallée et d'où émanait une odeur âcre de nature sauvage. Il s'arrêta pour reprendre son souffle, là où commençait le bois de charmes. On ne voyait plus les dernières habitations et, au cœur de cette épaisse forêt, il se sentait à la fois proie et chasseur. Il regarda vers les hauteurs et aperçut les langues de brouillard encore accrochées au versant comme la fumée d'un incendie. Au-dessus du sentier, une terrasse de roche arénifère avait cédé sous l'affront de l'humidité, glissant vers la vallée et dessinant une cicatrice profonde dans cette partie du bois.

Si ses jambes parvenaient à le soutenir, il arriverait aux gîtes et ensuite au refuge du lac Sacré, à quelques dizaines de minutes du sommet. Mais avant, il voulut explorer la partie à mi-côte et les profonds ravins humides de rosée, dans l'ombre qui resterait inaccessible au soleil rasant de l'hiver. Il descendit en s'agrippant aux troncs, s'escrimant à raviver le souvenir de mouvements appris bien des années auparavant lors des excursions avec son père. La troisième fois qu'il se baissa, il les vit : une grande colonie de trompettes-de-la-mort semblait entonner un *miserere* derrière un énorme chêne chevelu.

Les mots de Sante lui revinrent à l'esprit, mais ne l'impressionnèrent pas. Il s'inquiéta plutôt de ne pouvoir trouver personne pour lui cuisiner ces champignons. Il décida de les laisser où ils se trouvaient, lorsqu'il entendit quelque chose briser des branchages dans le sous-bois. Ce devait être un sanglier humant l'air dans les alentours et qui avait perçu sa présence. Aussi Soneri s'arrêta-t-il et tendit-il l'oreille. C'est alors que, devant lui, il vit un bout de terrain qui semblait labouré. Il écarta les feuilles et découvrit une seconde famille de trompettes-de-la-mort broyées à coup de bâton.

Quelqu'un devait vraiment croire qu'elles portaient malheur. Peu après, il entendit les broussailles se casser au passage du sanglier, et quand il fut sûr que l'animal était parti, il remonta vers le sentier, d'où il était désormais impossible d'apercevoir la vallée.

Un gros écheveau de brouillard tomba et rendit le paysage plus gris. Les gîtes étaient proches, mais il eut peur de se perdre. Et puis il craignait ces tirs de fusil de chasseur à l'affût, dont il ignorait la cible. Il aperçut enfin les contours des édifices en pierre, rien d'autre que des remises pour les outils et une résidence d'été pour la période de l'alpage, quand sur les cols se mélangeait l'écho des idiomes de cette frontière hostile entre la mer et la plaine. À l'intérieur, il trouva un tas d'immondices. Des canettes vides, des bouteilles cassées, des restes de boîtes de conserve et des sacs en plastique. Mais aussi des traces de la présence récente de quelqu'un, dont témoignaient les restes de feu dans la cheminée et les pauvres couchettes sur des planches en bois.

Lorsqu'il sortit, le brouillard s'était dissipé et il décida alors de continuer. Midi sonnerait dans une heure. Il aurait le temps d'arriver au lac Sacré, de voir si le refuge était ouvert et de redescendre. Ce jour-là encore, il rentrerait bredouille, sans le moindre bolet. Il pressa le pas sur le chemin muletier, avant de déboucher en plein air, en altitude, là où le bois disparaissait brusquement pour laisser place aux rochers et à la mousse. Il faisait froid et Soneri songea que les premières neiges ne tarderaient pas. Cette pensée et la vue du refuge lui rappelèrent son père et sa démarche un peu de guingois, comme s'il poussait seulement d'une jambe, qui en disait long sur son expérience, sa fatigue et sa vie difficile.

L'établissement était encore ouvert, dans l'attente que l'automne se meure, et Baldi, le gérant, résistait derrière son comptoir avant qu'une autre saison ne s'achève. Ses moustaches et ses cheveux étaient blancs. Il était encore agile, bien que plutôt trapu.

« C'est la chasse qui te pousse à rester ici ? demanda Soneri après l'avoir salué.

– La saison est terminée, désormais, répondit l'homme.

– La chasse au chevreuil, je veux dire.

– Pas terrible. Ils sont devenus malins et ils descendent de plus en plus vers la vallée, à l'intérieur de la réserve.

– Les truites du lac, alors ?

– Ça ne mord plus beaucoup maintenant. On dirait qu'elles sentent l'hiver arriver.

– On le sent nous aussi. Tu fermes quand ?

– Dans quelques jours. Ou avec les premières neiges, ce qui revient au même.

– Tu penses que c'est pour bientôt ?

– Tu ne sens pas l'air ? Le matin, ici, ça gèle fort. »

À cet instant, deux hommes à l'air négligé entrèrent, et l'un d'eux s'adressa à Baldi avec un accent étranger. Le vieil homme leur servit du café et deux verres de grappa.

« On a du gibier étranger maintenant, cracha-t-il avec un certain mépris, en dialecte, pour que les autres ne comprennent pas.

– Qu'est-ce qu'ils font ici ? demanda le commissaire. Même aux gîtes j'ai vu qu'il y a du monde qui passe.

– Un peu de tout. Ils viennent de Ligurie et de Toscane, et ils transportent toutes sortes de trucs. J'en ai vu monter carrément avec des valises.

– Les carabiniers le savent ? »

Baldi haussa les épaules.

« Ils sont même venus les contrôler, mais ils les ont toujours trouvés réglo. La marchandise, ils la planquent avant.

– Ils vendent à qui ?

– Bah, on entend tellement de choses ! Ils la livrent à d'autres, qui ensuite l'acheminent en ville. Ils l'écoulent en partie au village, vu qu'il y a des jeunes qui la consomment.

– Des toxicos ? Ici ? »

L'homme haussa de nouveau les épaules.

« Tout a changé. Ils s'ennuient. L'hiver dure longtemps et il n'y a rien pour occuper les esprits. Alors, ils cherchent autre chose. S'ils avaient faim comme ceux-là… » conclut Baldi en pointant les étrangers du menton.

Soneri repensa à son père. Quand il partait au travail avec trois poires et un quignon de pain pour tout repas… Puis il changea de sujet :

« Est-ce que le Maquisard passe de temps en temps ?

– Ça fait un bail qu'on ne le voit pas. Son univers, c'est le bois, ici on est trop à découvert. À une certaine altitude, la montagne ne garde pas les secrets. On voit tout ce qui se passe, mais il y a très peu de gens qui regardent. »

Il fallut à Soneri quelques secondes pour saisir le sens de la remarque, le temps de s'allumer un cigare. Il ne parvint pas, cependant, à dissiper toute l'ambiguïté de ces mots.

« Que fait-il qu'on pourrait voir d'ici ? » demanda le commissaire sans réfléchir, d'instinct.

De nouveau un haussement d'épaules.

« Rien, mais ici, il ne trouverait pas ce qu'il trouve dans les bois.

– Les sangliers, tu veux dire ? »

Baldi le regarda en souriant et murmura :

« Oui, les sangliers… »

Soneri devina qu'il y avait sans doute autre chose, mais s'abstint de creuser plus avant. Cela aurait été vain et il aurait eu ainsi la désagréable sensation qu'on se moquait de lui.

« Personne ne connaît Montelupo comme lui, il s'y sent comme chez lui, poursuivit le gérant d'un ton débonnaire. Qui peut le choper, à ton avis ? Delrio ou

Volpi ? » conclut-il en mettant dans sa voix une pointe d'impertinence.

Les deux étrangers se levèrent, payèrent et sortirent. Le commissaire vit que l'un d'eux prenait l'argent d'une liasse de billets enroulés qu'il avait dans sa poche, conformément aux anciens usages des intermédiaires.

« On ne sait plus qui vadrouille dans ces montagnes, ronchonna Baldi dès qu'ils furent partis.

– Tu as peur ?

– J'ai mon fusil sous le comptoir, t'en fais pas, dit-il. Et je vise toujours bien. »

Du lac montait une brume semblable à la vapeur d'une casserole avant l'ébullition.

« On t'a raconté ce qui se passe au village ? demanda Soneri.

– Une sale histoire, ce suicide de Palmiro : je n'aurais jamais cru qu'il puisse se pendre. Tu savais que le Maquisard et lui étaient amis ? »

Le commissaire fit signe que non.

« Je savais que c'était l'ami de Capelli, qui lui aussi a fini par s'accrocher à un clou.

– Du trio, il ne reste plus que le Maquisard. Ils venaient des Madoni et leurs familles étaient parmi les plus pauvres de ces vallées. Des gens qui avaient la faim chevillée au corps, dévorés par l'envie de s'en sortir, proféra Baldi d'un ton sentencieux.

– Tu penses qu'il pourrait se tuer, lui aussi ?

– Non, si personne ne l'y pousse. Lorsque son heure viendra, il tombera dans le bois et il sera déjà mangé par les vers quand les chiens le trouveront. Il aime son univers, et à lui, le fric n'a pas fait perdre la tête.

– Où je peux le trouver ?

– Partout à Montelupo. Il rentre chez lui seulement quand il fait nuit, s'il ne décide pas de rester à l'affût dans un cabanon. Il n'y a que sur ces sentiers qu'on a une chance de le croiser. Quand il en a envie, il parle, sinon il prend un autre chemin dès qu'il a flairé quelqu'un.

– De quoi vit-il ?

– Il ne manque pas de viande, ricana Baldi en faisant allusion au braconnage. Pour le reste, il vend des bûches et du charbon de bois : il est le seul encore capable d'en fabriquer.

– Il était resté en relation avec Palmiro ?

– Ils ne se voyaient pas beaucoup, je crois. Ils se rencontraient quand ils arpentaient Montelupo, mais ils étaient devenus trop différents : l'argent creuse des fossés difficiles à franchir. Autrefois, par contre, ils étaient vraiment inséparables. Puis Palmiro s'est marié avec Evelina, sur qui aussi bien le Maquisard que Capelli avaient des vues, et quelque chose s'est brisé entre eux.

– Une histoire de femmes…

– C'est plus compliqué que ça, grommela Baldi. C'est l'argent de Palmiro qui lui donna l'avantage. Capelli aussi en avait, mais il fréquentait les prostituées.

– Elle était si belle que ça, cette Evelina ?

– Tout le monde l'aurait voulue, à l'époque, et le Maquisard avait perdu la tête pour elle. On dit qu'elle aussi était très tentée. D'ailleurs, c'était le plus vigoureux des trois. Mais ses parents l'ont convaincue de miser sur sa beauté. Pourquoi aurait-elle dû aller se terrer dans un bois quand elle avait la possibilité d'épouser un type qui lui permettrait de vivre comme une princesse ? conclut Baldi.

– Si tu dis qu'il lui plaisait plus que l'autre… »

Le gérant fut pris de ricanements. Il sortit une bouteille de malvasia et remplit deux verres.

« Les bons sentiments comptent pour du beurre quand il est question d'intérêt. Et un beau corps vaut son pesant d'or, pourquoi le vendre au rabais ? »

Cette fois, c'est le commissaire qui haussa les épaules.

« L'argent ne vaut pas une vie malheureuse.

– Ah ! s'écria Baldi, on s'habitue à tout. De tous les animaux, l'homme est celui qui s'adapte le plus facilement.

– Et le Maquisard l'a mal pris ? demanda Soneri à tout hasard.

– Très mal, confirma Baldi. D'abord parce qu'il savait qu'au fond c'est lui qu'elle aimait. Ensuite, parce que celui avec lequel il avait partagé tant d'aventures, pour la première fois, lui volait quelque chose d'important. Mais ce qu'il ne digéra pas, c'est de constater qu'ils avaient désormais des préoccupations opposées. Palmiro pensait à l'argent. Aux affaires en ville, à acheter des cochons et à vendre des jambons. Le Maquisard, lui, imaginait que leur solidarité de pauvres ne pouvait pas se rompre. C'est pourquoi il n'a jamais trahi les valeurs de son adolescence, alors que l'autre s'est endurci et assombri en suivant son propre intérêt.

– C'est toujours comme ça entre celui qui éprouve des sentiments et celui qui ne pense qu'aux choses matérielles », résuma le commissaire en contemplant le lac et la surface lisse de l'eau effleurée par un voile de brouillard.

Baldi se remit à rire.

« Moi je n'ai jamais cru aux sentiments. Evelina excitait le Maquisard comme elle le faisait avec les deux autres, c'est tout. Mais comme en ce bas monde on ne veut pas appeler les choses par leur nom, on parle d'amour et de toutes ces conneries. »

Soneri réfléchit quelques instants. Un peu déconcerté, il constata que le gérant n'avait pas tout à fait tort. S'il pensait à Angela, il ne pouvait pas nier qu'il la désirait physiquement. Et il ne comprenait même pas ce qu'était l'amour, tellement différent de l'affection. Il n'y avait pas de mot plus ambigu et plus galvaudé.

Il resta un moment à méditer, tandis que Baldi versait encore du malvasia pour finir la bouteille et la ranger avant de fermer. Le regard du commissaire erra dans la salle du refuge jusqu'à rencontrer la pendule. Ce n'est qu'alors qu'il s'aperçut qu'il était une heure.

« Je suis en retard, dit-il, il faut que je descende avant que la nuit ou le brouillard ne tombent.

– Tu as jusqu'à quatre heures pour éviter l'obscurité. Avec le brouillard, par contre, on ne sait jamais. »

Lorsqu'il fut à la porte, Soneri se retourna.

« Même ici on entend les tirs de fusil ?

– Presque tous les jours. Ils tirent de la moyenne montagne jusqu'au sommet.

– Tu penses que ce sont des braconniers ou que c'est plutôt le Maquisard ?

– Bah ! Le Maquisard installe des pièges et les braconniers ne sortent pas quand il y a du brouillard.

– Et donc ? »

Baldi haussa les épaules pour la énième fois et il avait une expression impénétrable.

« Reviens me voir, cria-t-il dans sa direction, pendant une semaine je serai encore ouvert. »

Soneri atteignit les gîtes en se laissant porter par la pente. La terre molle et la couche de feuilles amortissaient le choc des pas. Il lorgna à l'intérieur en passant, mais il n'aperçut pas âme qui vive. Alors, il se précipita presque au pas de course vers la vallée quand il retrouva le sentier dans l'herbe rase des hauteurs. Le bois l'attendait plus loin et quand il y pénétra, une nappe de brouillard lui ôta presque toute visibilité. Il fut contraint de ralentir, tandis que tout devenait flou et que la peur commençait à lui serrer la gorge. Il se souvint des conseils de son père : toujours descendre, parce que toutes les descentes conduisent vers un fond de vallée, où coule un torrent. Il suffit de suivre l'eau et on tombe forcément sur une maison. Après un quart d'heure de marche, le brouillard disparut presque d'un coup. Soneri s'était écarté du sentier, mais de peu. Il se remit sur la piste et essaya de profiter de la lumière qui était revenue, même si elle avait perdu sa force en cette fin d'après-midi.

Il traversa un bouquet de châtaigniers et le brouillard réapparut. Il sentit ses moustaches trempées, et les arbres aussi ruisselaient comme s'il pleuvait. Il n'eut pas le temps de relever la capuche de son Montgomery qu'il entendit la détonation de l'autre côté d'un sommet surmonté d'un rocher massif comme une dent de sagesse. Le brouillard effrangé se dissipa peu après, quand le commissaire tenta de s'éloigner de ce qui pouvait devenir un champ de bataille. La lumière venue d'en haut accrut sa crainte d'être pris pour cible. Il s'accroupit en regardant dans la direction d'où semblait provenir le tir. Mais des nuages de brume vagabonds s'élevaient en se frottant aux cimes des arbres au rythme de la brise. Il se mit presque à courir et arriva à la colline du Talus en sueur. Lorsqu'il toucha le bitume, il était épuisé et affamé. Il se rendit à l'*Écureuil* et monta dans sa chambre en évitant Sante.

Il le croisa peu après, une fois redescendu. À son expression, il comprit qu'il n'avait pas de bonnes nouvelles.

« Un nouveau carabinier est arrivé, expliqua-t-il.

– Un gradé ou une recrue ?

– Un capitaine. »

Soneri resta silencieux quelques instants.

« Ça veut dire qu'il y a du nouveau ?

– Je n'en sais rien, mais si une pointure est venue, ça veut dire qu'il a dû se passer quelque chose de nouveau. Et je n'ai pas l'impression que ce soit positif.

– Peut-être que Crisafulli veut s'en laver les mains…

– Ça se peut, concéda l'aubergiste, sceptique. Quoi qu'il en soit, hier dans la nuit, deux autres camions sont arrivés et ont chargé sans l'aide des ouvriers.

– Qui les a vus ?

– Moi. Je n'arrivais pas à dormir à cause des soucis dont je vous ai parlé. Alors, je suis monté dans la mansarde et j'ai regardé par la lucarne : je les ai vu arriver, faire une manœuvre et repartir. Six personnes en tout, et en trois heures ils avaient terminé.

– Les gens qui travaillent là-bas ne sont pas au courant ?

– Ils disent que tout est comme d'habitude. Que rien n'a changé. »

Soneri, perplexe, secoua la tête.

Sante choisit de détourner la conversation.

« Pas de champignons ? demanda-t-il.

– J'ai trouvé ceux que vous n'aimez pas. »

Sante fronça les sourcils.

« Encore des trompettes-de-la mort ? Cette année, on ne ramasse qu'elles.

– Vous devez vraiment les détester : il y en a qui n'en laissent même pas aux sangliers.

– Elles portent malheur. Et en effet… » dit l'aubergiste en levant une main dans un geste éloquent.

Puis il se dirigea vers la cuisine, où Ida l'appelait. Pendant quelques secondes, le commissaire demeura à sa place, respirant le parfum qui provenait des casseroles, et il sortit ensuite dans le brouillard qui transportait, lui, l'humidité du bois. Il arriva sur la place et vit que, devant la vitrine du bar *Rivara*, se trouvait Maini, qui parlait avec Volpi et Delrio. Ce dernier était en uniforme et gesticulait. Soneri passa droit son chemin avec l'intention de s'arrêter à l'*Orme* du vieux Magnani. L'histoire du Maquisard lui était restée fichée dans la tête. Mais sous le petit porche de la mairie, il tomba sur Crisafulli.

« Je vous cherchais, commença l'adjudant, je suis passé à l'*Écureuil*, mais vous n'y étiez pas. »

Le commissaire comprit alors comment Sante avait appris la nouvelle de l'arrivée du capitaine.

« Je vais aux champignons, répondit Soneri. En évitant les tirs de fusil », ajouta-t-il ensuite en souriant.

Le carabinier saisit l'allusion et ne parut guère l'apprécier.

« Nous l'avons entendu, il était quinze heures vingt-quatre.

– Vous les notez tous ?

– Bien sûr. Nous les répertorions. Jusqu'à présent, nous en avons compté seize, mais il pourrait y en avoir eu plus. La personne qui tire ramasse les cartouches, parce que nous n'en avons même pas trouvé une. Seulement quelques marques sur les troncs provoquées par les grosses balles pour sangliers tirées avec des fusils à canon lisse.

– Je vois que vous avez enquêté à fond. Ce sont des munitions mortelles, pas des plombs.

– Elles font un sacré dégât. Si vous voyiez dans quel état elles réduisent ces pauvres bêtes. Mais les nouvelles ne concernent pas les tirs, ajouta Crisafulli.

– Je sais qu'un capitaine est arrivé », le devança Soneri.

Le militaire demeura d'abord silencieux, surpris.

« Vous tenez ça de qui ?

– Je ne devais pas être aux aguets ? Adjudant, je ne fais qu'exécuter les ordres », ironisa le commissaire.

D'un signe, le carabinier l'invita à ne pas insister.

« Ils ont envoyé ici le capitaine Bovolenta, après avoir lu mon rapport.

– Crisafulli, le réprimanda Soneri, vous êtes le premier enquêteur qui se fiche de sa carrière. S'il s'agit bien d'une affaire, il fallait la garder pour vous. Vous imaginez le foin que ça pourrait déclencher ? Et vous vous retrouveriez à la télévision.

– J'ai trois enfants, commissaire. Ici, ils sont bien, ils grandissent en bonne santé… Après, je serais muté dans une grande ville…

– Vous avez raison, on s'en fout », dit en riant Soneri, dans un mouvement de sympathie pour lui.

Au fond, il pensait la même chose.

« Il y a une autre raison à l'origine de la venue du capitaine, annonça ensuite Crisafulli.

– J'imagine. Connaissant les carabiniers, je suppose qu'ils n'enverraient jamais un gradé sur la base de simples craintes, dit le commissaire.

– Il paraît que Paride Rodolfi ne parvient pas à rembourser un prêt.

– Aux banques ?

– Les banques ont cédé à leur tour le prêt à leurs clients. Bref, moi je ne pige rien à ces trucs. Obligations, crédits… pour moi, c'est du chinois. Je ne comprends même pas mon compte en banque…

– Moi non plus, c'est l'une des choses les plus complexes qui existent, admit Soneri. Ça veut dire qu'ils font faillite ?

– Non, j'ai parlé avec l'avocat de la famille : il a dit qu'ils payeront. Il ne s'agirait que d'un incident comptable, et il a assuré que l'argent est bien là.

– Comment s'appelle l'avocat des Rodolfi ?

– Mario Gennari.

– Et il n'y a pas un administrateur délégué, un président ?

– Le président était Palmiro Rodolfi, répondit Crisafulli. L'administrateur délégué est son fils, Paride.

– Et où est-il ?

– Franchement, je l'ignore. Sa femme continue de dire qu'il est chez eux, aux Bois, mais je crois qu'elle nous a menti dès le début. Ou alors, elle aussi l'ignore, vu les relations orageuses avec son mari : il paraît qu'ils passaient des semaines entières sans se voir. L'avocat Gennari suppose qu'il est parti pour résoudre cette affaire d'obligations. La société aurait de l'argent sur un compte étranger, dans un de ces pays où l'on ne paye pas d'impôts, et il est allé le débloquer.

– Comment est-ce possible que personne ne sache rien ? Vous avez entendu ceux qui travaillent pour les Rodolfi ?

– Ils disent que tout va bien, ils semblent étonnamment calmes. J'ai même parlé de manière informelle avec les directeurs d'agence des banques du village :

ils m'ont assuré que l'entreprise Rodolfi est solide et qu'elle a seulement besoin d'argent pour se développer davantage. Hier encore, ils vendaient des obligations émises par la société et elles se sont arrachées comme des petits pains.

– Soit c'est un gros foutoir, soit c'est une bulle de savon, l'interrompit le commissaire.

– Pour le moment, c'est une bulle de savon, répondit Crisafulli, mais je ferai en sorte que Bovolenta la touche, comme ça, quand elle éclatera, il se retirera, et si c'est le foutoir, ça me retombera dessus », conclut-il avec un clin d'œil.

Soneri, qui avait cru que c'était un pur, se retrouvait face à un Napolitain rusé.

L'*Orme* exhalait une bonne odeur de bois qui se mêlait à celle des cigarettes sans filtre que Magnani fumait en somnolant derrière le comptoir. Cette fois, il y avait plus de monde, et certains clients étaient debout, dos au mur, comme sur la place à la belle saison. Quand le commissaire entra, tout le monde se tut, à la manière des élèves lorsque l'instituteur fait son apparition. Il y avait en eux un mélange de respect et de méfiance qui le fit se sentir étranger dans un lieu où tout lui rappelait l'enfance et ses parents. Il scruta les visages qu'il reconnaissait, mais sur lesquels le temps avait déposé une couche d'hostilité craintive.

« Tu as un tas de clients ce soir, dit Soneri en préambule, s'adressant à Magnani.

– Dans cet endroit, il n'y a pas d'hospice et l'*Orme* en fait office, ricana ce dernier avec amertume. Et je me mets dans le lot. »

Le commissaire leva une main brusquement pour balayer sa dernière remarque.

« Je suis à peine plus jeune que ton pauvre papa », lui rappela Magnani.

Cette phrase le frappa. Il se revit enfant, dans ce bar alors plein de jeunes, avec sa crème glacée recouverte de chocolat que son père lui achetait le samedi. La force du souvenir lui fit l'effet d'un coup qui le plia en deux, tandis qu'un hématome d'angoisse enflait sous son diaphragme, lui coupant le souffle pendant quelques instants.

Magnani s'en aperçut et se tut en attendant que ça passe. Dans la salle, tous les autres avaient recommencé à discuter et à jouer aux cartes.

« Aujourd'hui, c'est le premier jour où on ne parle pas des Rodolfi, l'informa-t-il ensuite pour le détourner de ses pensées mélancoliques.

– Il s'est montré ? demanda Soneri.

– On a vu sa femme. Elle était à la pharmacie et, à ce qu'il paraît, elle a dit que Paride serait de retour dans quelques jours. Il a dû partir précipitamment pour régler une affaire urgente, même s'il aurait voulu rester un peu seul après la mort de son père.

– Il a des problèmes pour rembourser un prêt, précisa le commissaire.

– Eh, sourit Magnani avec ambiguïté, c'est un risque qu'on court… (Il s'interrompit, subitement rembruni.) Cette nuit, trois garçons d'un hameau des alentours sont morts.

– Comment ?

– En voiture. Ils rentraient bourrés… Est-ce qu'il y a une mort plus stupide ?

– Ils roulent vite… constata le commissaire d'un ton fataliste. Et puis ils prennent de la came, ajouta-t-il en fixant Magnani.

– J'en ai entendu parler. C'est la faute de tous ces étrangers qui n'apportent que de la merde.

– Ils vendent ce que les autres cherchent. Je pensais qu'ici certaines choses n'existaient pas.

– Ils ont tout et ils s'ennuient. Et la télévision leur bousille le crâne, maugréa Magnani. Ils n'ont jamais mis un pied dans un bois et ils ne veulent pas entendre parler de continuer le métier de leurs parents. Dès qu'ils le peuvent, ils s'en vont, et ici ne restent que les plus crétins. Pas nombreux, mais crétins. »

Il s'interrompit pour boire une gorgée d'un verre de vin qu'il gardait sous le comptoir, mais il s'était renfrogné.

« Montelupo va à la dérive, grogna-t-il. Il n'y a personne pour nettoyer les fossés, drainer, s'occuper de la forêt. En haut, il y a de plus en plus d'éboulements. Au lieu de couper du bois, ils installent le gaz. Tu sais quoi ? Ils ont trop d'argent et ils dépensent pour quelque chose qu'ils pourraient avoir gratuitement. Nous, désormais, continua-t-il en faisant allusion aux gens dans la salle, on n'est plus capables de rien et on n'a pas d'autre choix que de parler tous les jours dans le vide. C'est notre croix et nous en mourrons.

– À Montelupo, il y a le Maquisard », lui rappela Soneri.

Le visage de Magnani s'illumina.

« Il est le seul à résister, mais il est entouré par cette racaille d'étrangers… Il faudrait tous les renvoyer chez eux.

– Je ne crois pas qu'ils se croisent, ni lui ni eux n'aiment la conversation.

– Ils ne se croisent peut-être pas, mais il ne les supporte pas quand même. Les bois servent à travailler, pas à se cacher.

– Moi j'y ramasse des champignons, déclara Soneri. Ce n'est pas un travail.

– Ça l'est, pourtant. Celui qui ramasse les truffes en vit. Mais cette année… dit l'homme en secouant la tête.

– On ne trouve que des trompettes-de-la-mort, l'informa le commissaire.

– Ici, personne ne les mange, elles portent malheur.

– À propos de morts, rebondit Soneri, on a fini par savoir d'où venait ce cercueil qu'on a trouvé à la Saint-Martin ?

– Tu parles ! répliqua Magnani, personne ne s'est manifesté pour le réclamer, si bien que le prêtre a commencé à dire qu'il encombrait dans la chapelle et qu'il fallait le placer ailleurs.

– Et donc ? »

Son interlocuteur le regarda d'un air indécis et dubitatif. Il était sur le point de lui dire quelque chose, mais il s'interrompit aussitôt. Puis, face à la tranquillité et à la fermeté du regard de Soneri, il murmura :

« Dedans, on a mis Palmiro. »

Soneri pensait que ce ne pouvait pas être seulement une coïncidence lorsque Magnani reprit :

« Ils ont sauté sur l'occasion. Une belle bière en châtaignier verni… C'est la belle-fille qui a dit oui, mais il paraît que Paride aussi était d'accord. »

Le commissaire secoua la tête : toute cette histoire lui semblait grotesque. Quelque chose de pernicieux se cachait sous une apparence de normalité.

« À moi aussi ça a semblé bizarre, continua Magnani en devinant ses pensées, mais si tu réfléchis bien, il n'y a rien d'absurde. Il y avait un cercueil sans proprio qu'on ne savait pas où mettre. Il y avait un mort auquel donner une sépulture… Pourquoi ne pas profiter de cette opportunité ? Ici, au village, il y a des gens qui ont acheté leur bière avec dix ans d'avance et, en attendant, ils y ont entreposé de la farine.

– Tout semble lié au hasard… murmura Soneri. Ce qui est étrange, c'est que les événements s'enchaînent comme les perles d'un collier. Ça n'arrive jamais. »

Magnani haussa les épaules.

« Oui, mais quand le diable pointe le bout de ses cornes… »

Le commissaire confirma son scepticisme d'un nouveau haussement d'épaules. Puis, comme avec Baldi, il demanda au vieux :

« Où puis-je rencontrer le Maquisard ? »

L'aubergiste fit des moulinets avec ses mains.

« Où peut-on trouver une buse ? Le ciel est plus grand que Montelupo, mais à Montelupo, il est plus facile de se cacher.

– Il doit bien y avoir des lieux où il traîne plus souvent, non ?

– Autour du lac Bicchiere ou au Malpasso. Ou alors aux gîtes de Badignana.

– Ce sont trois endroits éloignés, constata Soneri.

– Il marche beaucoup et puis il a des abris partout, où parfois il passe la nuit. C'est une espèce de sauvage, précisa Magnani. Un type qui n'a pas froid aux yeux. Son père avait donné un coup de poing à un gros bonnet du Parti fasciste et lui avait coupé le souffle. »

Il en parlait avec fierté. On eût dit que le Maquisard était tout ce qu'il n'avait jamais été.

« Il est comment ? demanda alors Soneri. Physiquement, j'entends.

– Un animal de cent dix kilos qui pourrait te tuer d'un coup de poing. Solide comme un coffre-fort.

– Unique en son genre.

– Il porte toujours un béret de chasseur alpin, avec la plume, ajouta Magnani.

– Ça lui arrive de venir ici ?

– C'est toujours sa fille qui descend au village. Il est devenu farouche.

– Depuis que Palmiro et Capelli l'ont lâché ? demanda le commissaire en aspirant une bouffée de son *toscano* qu'il avait allumé entre-temps.

– Bah, beaucoup de choses ont commencé à ce moment-là, c'est sûr. Avant que ces deux-là ne s'enrichissent, ils étaient comme cul et chemise. Une fois, le Maquisard a sauvé la vie à Palmiro, là-haut, au lac Bicchiere, rappela Magnani. Il y était tombé parce qu'il n'avait pas identifié une veinure dans la glace, qui avait cédé d'un coup. Le Maquisard s'est étendu à plat ventre en risquant lui aussi de finir à l'eau et il l'a sorti à la force des bras. Depuis, Palmiro lui filait de l'argent tous les ans un peu avant Noël, à l'occasion de l'anniversaire de cet événement.

– Même dernièrement ? Vu que ça ne va pas vraiment bien…

– Un peu de fric, c'était pas grand-chose, tu sais. Et puis qui a dit que ça allait mal ? J'ai entendu dire que les Rodolfi ont un fonds où sont déposés des millions et des millions.

– Et puis on peut faire appel aux villageois », insinua Soneri.

Magnani se raidit comme s'il avait été piqué par une guêpe.

« Des broutilles. On ne peut pas tirer grand-chose d'un village de paysans et de commerçants. Et désormais, tout le monde travaille pour les Rodolfi.

– Palmiro est probablement venu ici aussi, se risqua à dire le commissaire.

– C'était son bar. Il y venait quand on n'avait pas encore ouvert l'autre», affirma Magnani avec rancœur.

Au même instant, la porte s'ouvrit et une vieille femme poussa à l'intérieur un fauteuil roulant dans lequel, enveloppé dans une couverture, était assis l'homme qui prétendait être l'ami de Palmiro, le soir de sa disparition. La femme l'installa près du poêle au prix d'une manœuvre laborieuse, lui ôta la couverture en la repliant et s'adressa à Magnani :

« Pas de vin, hein. »

Puis elle sortit sans rien ajouter tandis que son mari grommelait une malédiction.

« Ne te fâche pas, Berto, lui dit quelqu'un du groupe, de toute façon dans tous les foyers ce sont les femmes qui portent la culotte. »

Le vieux ne répondit pas, impassible comme une bûche.

« Elle l'amène ici tous les après-midi, comme ça elle s'en libère, expliqua l'aubergiste, avant d'ajouter : Il n'a plus toute sa tête.

– C'est vrai qu'il a été très ami avec Palmiro ?

– Plus qu'un ami, c'était son employé fidèle. Son homme à tout faire : tueur de cochons, fromager, jardinier, chauffeur… Mais il n'était pas comme le Maquisard et Capelli, qui traitaient Palmiro d'égal à égal. Il recevait des ordres de lui. »

Le *toscano* de Soneri s'était éteint et, tandis qu'il le rallumait, il leva les yeux vers la salle, pleine de tous ces vieux parmi lesquels son père aussi aurait pu se trouver, s'il avait été un brin plus chanceux. L'angoisse le saisit : il y avait des moments et des lieux où il percevait douloureusement le passage inexorable du temps et le sentiment inévitable de fin, de vanité de tout. Il décida de sortir brusquement, comme il pouvait le faire parfois. Il croisa en dernier le regard vitreux de Berto, qui souleva tout juste une main desséchée pour le saluer.

Une fois dehors, il empoigna son portable et composa le numéro d'Angela. C'est une voix ensommeillée qui lui répondit.

« Je te dérange ? Tu es en bonne compagnie ? lui demanda-t-il en s'efforçant d'être ironique.

– Oui, de dossiers illisibles, répondit-elle, un peu agacée. Toi, tu as ta voix de premier de la classe, ce qui me fait penser qu'en réalité tu dois être triste. Qu'est-ce que tu as ?

– Rien, des choses passagères, dit-il pour relativiser.

– Passagères, mais avec la fréquence de passage d'un autobus.

– Écoute, éluda Soneri, tu connais l'avocat Gennari, pas vrai ?

– On a été à l'université ensemble.

– C'est l'avocat des Rodolfi.

– Bravo, commissaire ! Tu crois que je ne le savais pas ? J'avais l'impression de te l'avoir dit.

– Je sais, c'était juste un préambule. Ici, on raconte qu'ils sont en rupture de liquidités et qu'ils ne parviennent pas à rembourser une dette. Bref, ils sont au bord de la faillite.

– Je vois que finalement tu as cédé : tu recommences à enquêter, et les champignons, aux oubliettes !

– Mais non ! C'est une histoire pleine de mystères, mais ce ne sont que des faits privés. Seulement, Sante, le patron de l'*Écureuil*, est très inquiet et il m'a demandé d'y voir un peu plus clair.

– Et que vient-il faire là-dedans ?

– Palmiro demandait aux villageois de placer de l'argent en nourrice.

– C'est quoi ce truc ?

– C'est un prêt, mais à l'ancienne, comme on en faisait autrefois dans les villages. Quelques feuilles sur lesquelles noter les mouvements, le taux d'intérêt appris par cœur, une signature et une poignée de main.

– Et il y a des gens qui font encore ces choses-là ?

– Tu sais comment c'est, dans les villages tout le monde se connaît… Ils ont confiance. Et puis ici, les Rodolfi sont au-dessus de tout soupçon.

– Si on le racontait, personne n'y croirait.

– C'est un système qui a marché pendant longtemps et il n'est jamais rien arrivé. Ici, l'honnêteté est encore une valeur, répondit Soneri avec une pointe d'orgueil.

– Tu es sûr ? Le monde, à présent, est le même partout, commenta Angela avec scepticisme. Et il n'est pas beau à voir.

– C'est une histoire compliquée. Il y a quelque chose que je ne parviens pas à cerner, murmura le commissaire.

– Gennari ne veut rien laisser paraître, mais lui non plus n'y voit pas très clair. Surtout sur le plan financier.

– Qu'est-ce qu'il t'a dit ?

– Je n'ai pas eu le temps de le cuisiner, mais au premier abord il a été craintif et réticent. Le connaissant, ce n'est pas bon signe.

– Il y a vraiment une crise, alors…

– Il l'a admis à la fin et il m'a laissé entendre qu'il n'était pas optimiste. Lui-même ne connaît pas toute la vérité. Il dit que personne ne comprend plus rien aux comptes sauf, peut-être, Paride Rodolfi et ses collaborateurs les plus proches.

– Tu penses qu'il y a une solution ? On parle d'un compte à débloquer…

– Je ne sais pas. Mon impression, en parlant avec Gennari, c'est que tout va se casser la figure. Je te le dis sur la base de mes intuitions : tu sais que nous, les femmes, nous avons un instinct particulier…

– Ce serait une catastrophe pour ces gens : ruinés et sans travail.

– À mon avis, ce fonds dont ils parlent n'existe pas. C'est une astuce pour gagner du temps, faire taire les créanciers et chercher désespérément du fric pour colmater. Ce n'est pas la première fois que les Rodolfi se comportent ainsi, tu le savais ? »

Soneri marmonna un « non » entre ses dents, parce qu'une nouvelle émotion forte s'était emparée de lui, pareille à celle qu'il avait éprouvée peu avant à l'*Orme*. L'image de la marque Rodolfi lui était revenue en tête, celle qui avait représenté à ses yeux, depuis son enfance, la sécurité et la solidité. Mais en cet instant s'y concentrait tout un monde perdu emportant aussi le présent dans l'éboulis de ses gravats.

« C'est peut-être justement pour ça que le vieux allait demander de l'argent, poursuivit Angela. Je ne comprends pas pourquoi il n'envoyait pas son fils : au fond, c'est lui qui est à l'origine de tout ce bazar.

– Mais s'il connaît à peine les villageois ! dit vivement Soneri. On ne le voit jamais, il se donne des airs de *manager* et il ne parle pas le dialecte : il préfère l'anglais.

– Un vrai parvenu.

– Palmiro, au contraire, était resté l'un d'eux. Il ne les intimidait pas et on lui faisait confiance, parce qu'il buvait du vin et avait les mains calleuses. S'il te plaît, essaie de trouver quand la société a connu sa dernière crise financière avant celle-ci, la pria Soneri.

– À vos ordres, commissaire, fredonna Angela. Il faudra que je fasse en sorte que leur avocat se déboutonne…

– Déboutonne-le si tu veux, l'important est que toi tu restes boutonnée.

– Ce qui est sûr, c'est que tes doigts n'usent pas mes boutonnières. Tu ne m'as même pas demandé si on se voyait.

– Tu dis que la montagne te rend triste…

– Si j'y reste longtemps. Mais je n'ai pas l'intention d'y passer mes vacances.

– Alors, viens quand tu veux. J'ai une chambre double.

– D'accord, commissaire, mais ne me traite pas comme ton assistant Juvara. »

Quand il eut raccroché, un parfum de minestrone s'échappant d'une fenêtre vint chatouiller les narines de Soneri, qui regarda sa montre et décida de rentrer à l'*Écureuil*. C'était l'heure du dîner et le village semblait désert. Il parcourut les ruelles et, à la manière dont le gravillon d'un jardin crissa, il eut la sensation que quelqu'un, dans l'ombre des arbres, le suivait. Quand il se retourna, il repéra une silhouette imposante enveloppée dans un pardessus couleur chamois qui marchait trente mètres derrière lui. Sur le coup, il n'y prêta pas attention, mais peu après, il eut la certitude qu'on le filait. Il bifurqua vers la place, vit le clocher de l'église un peu plus haut et s'attarda contre le parapet depuis lequel on voyait la vaste étendue du fond de la vallée, où dormait la partie nouvelle du village, tout en pavillons et hangars méthodiquement disposés en rangées perpendiculaires évoquant une forêt reboisée. Son poursuivant s'arrêta à son tour, feignant de l'intérêt pour le panorama enfin dégagé, sans brouillard. Soneri revint sur ses pas et décida de le croiser. Lorsqu'il fut assez près, il s'aperçut qu'il s'agissait d'une femme. Elle avait des chaussures d'homme, basses, et des cheveux très courts, tandis que le reste était recouvert par son ample pardessus. Elle était grande, manquait un peu de grâce, mais elle avait l'air fier.

« Vous êtes le commissaire Soneri ? » demanda-t-elle.

Il fit signe que oui en faisant tourner le *toscano* qu'il venait de sortir de sa boîte.

« Et vous, qui êtes-vous ?

– Gualerzi Lorenza, répondit-elle, commençant par son nom de famille comme pendant l'appel à l'école. Mon père m'a demandé de vous dire qu'il vous attend demain matin à Badignana, parce qu'il a des choses à vous communiquer. Il est persuadé que vous savez déjà où se trouve cet endroit. »

Soneri hocha la tête.

« Mais qui est votre père ?

– Je pars du principe que tout le monde le sait. En réalité, au village, on le connaît surtout par son surnom. »

Le commissaire toisa la femme et commença à se faire une idée.

« De manière générale, on a tous un surnom.

– Mon père est le Maquisard. Ça vous dit quelque chose ? »

Son idée était juste, ce physique imposant était comme une marque de fabrique.

« Qu'a-t-il à me dire ?

– Je ne sais pas. Il parle peu, même avec moi. Comme je suis tous les jours au village, il m'a demandé de vous faire la commission.

– Vous m'avez suivi ?

– Je suis sortie du travail et je vous ai vu entrer à l'*Orme*. Alors, je vous ai attendu dans le jardin et j'ai marché derrière vous.

– Vous pouviez entrer au lieu de prendre froid. »

La femme haussa les épaules.

« Si vous viviez aux Madoni, vous n'auriez certainement pas froid. Tous les soirs, on se couche dans des chambres glacées sans chauffage, expliqua-t-elle, un peu piquée. Mon père n'a jamais voulu entendre parler de quitter cet endroit, ni même de prendre ses aises. Nous avons un poêle qui ne sert qu'à cuisiner. »

Le commissaire la dévisagea et ce n'est qu'alors qu'il remarqua comme elle était mal habillée. Outre le pardessus trop grand, les chaussures étaient usées et les bas d'un gris souris auraient convenu à une vieille dame. Il comprit que sur elle avaient pesé des usages d'un autre temps, qui aujourd'hui la faisaient ressembler à une miséreuse dont les femmes du même âge se moquaient sûrement.

« Où travaillez-vous ?

– Chez les Rodolfi, répondit-elle comme si ça allait de soi. Presque tout le monde travaille chez les Rodolfi, ajouta-t-elle.

– Dans les bureaux ?

– J'aimerais bien ! se plaignit-elle. Non, service du salage et du tannage des jambons.

– C'est de la crise que veut me parler votre père ? Il craint pour votre poste ou que vous ne soyez pas payée ? »

La femme se rembrunit et, après quelques instants, elle répondit :

« Je ne sais pas, je ne sais jamais ce que veut faire mon père.

– On ne vous paie plus depuis quelques mois, pas vrai ? » insista le commissaire.

Elle nia d'un signe de tête et fit tout à coup mine d'être pressée.

« Demain, papa vous expliquera tout. Maintenant, je dois y aller, je suis en scooter et j'ai peur d'être prise par le brouillard là-haut. »

Il n'eut même pas le temps de l'arrêter, car elle s'enfuit à grandes enjambées comme seule une montagnarde habituée à vivre dans les bois pouvait le faire.

Il songea à Badignana, aux gîtes, aux bergers qui descendaient du sommet après avoir franchi le col. Aux tartines de fromage mangées pendant les haltes avec son père, souvent taciturne et absorbé par ses pensées, les yeux rivés vers les hauteurs et les cimes pour emplir son regard de ce qu'il trouvait sans doute plus fraternel. Il devinait un rapport intime avec ces montagnes dans les yeux des montagnards, qui disent tout ou rien. Ce rapport que lui n'avait jamais eu parce qu'il n'avait pas assez souffert sur ces rochers.

Tandis qu'il marchait vers l'*Écureuil*, il se sentit de nouveau plongé dans un mystère qui l'impliquait corps et âme, bien plus motivé que pour une enquête officielle. Il ouvrit la porte de la pension, s'assit à table et Sante lui versa un minestrone qui avait un parfum identique à celui qu'il avait respiré peu avant au milieu des maisons. Il mit du pain dans son assiette et, quand il eut mangé les pâtes, il fit chabrot comme faisait son père.

5

Il dormait profondément lorsqu'il entendit claquer un volet. Dans son demi-sommeil, le bruit lui parut lointain, comme provenant d'un rêve. Puis il se répéta plusieurs fois, jusqu'à le réveiller complètement. Il faisait encore sombre et le réveil électronique sur la table de chevet indiquait six heures dix. Il s'assit sur le lit et ce n'est qu'à ce moment-là qu'il comprit ce qu'était ce battement : pendant la nuit, le vent s'était levé et avait nettoyé le ciel en balayant toute trace de brouillard. Il se lava et s'habilla. Dès qu'il entendit Sante s'affairer en bas, il descendit pour prendre son petit déjeuner.

L'aubergiste lui apporta son café au lait, du pain frais que le commissaire trempait dans son bol et de la confiture de prunes faite maison, puis il demanda doucement :

« Vous avez des nouvelles ?

– Celles que j'ai ne sont pas bonnes, mais elles ne sont pas sûres non plus, répondit le commissaire de manière sibylline. Ce soir, j'en saurai peut-être plus », ajouta-t-il en pensant au rendez-vous de Badignana qu'il attendait avec une certaine curiosité.

Sante se tut et resta là, debout, près de Soneri.

« Ce prêt… balbutia-t-il ensuite avant de bredouiller : Je veux dire… c'est vrai qu'ils ne l'ont pas, l'argent ?

– On ne sait pas encore, dit le commissaire en essayant de louvoyer, les Rodolfi affirment qu'ils l'ont.

– Mais où est Paride ? » s'exclama l'aubergiste avec une pointe de colère dans la voix, et Soneri comprit que c'était la question que tout le monde se posait.

Celle qui concentrait les appréhensions d'un village peuplé de créanciers.

« Sante, dit le commissaire en détachant les syllabes et en se retournant pour être plus convaincant, je ne le sais pas. Je suis ici en vacances, s'excusa-t-il après quelques instants, les carabiniers et le capitaine qui est venu jusqu'ici en savent beaucoup plus. Il doit bien avoir fait quelque chose, non ?

– C'est qu'avec vous, je suis plus à l'aise, murmura l'homme d'un ton affligé, je vous ai vu grandir quand j'étais jeunot. »

Soneri se leva et lui mit une main sur l'épaule.

« Vous verrez que tout va s'arranger, le rassura-t-il, j'essaierai d'en savoir plus et je vous tiendrai au courant. »

Sante baissa la tête et acquiesça de manière reconnaissante, bien que sans conviction.

Lorsque le commissaire se mit en route, il entendit le vent froid et vif balayer la vallée. Le gel, descendu des montagnes, avait atteint le village, où même les flaques d'eau étaient recouvertes d'une couche de glace.

Il voulait monter en partant de Case Rufaldi pour gagner du temps. Un chemin charretier à travers les bois qui vous faisait transpirer, qui grimpait presque jusqu'au sommet sans vous concéder un seul mètre de répit, avant de tourner vers le plateau de Badignana. La fille du Maquisard n'avait pas précisé l'heure du rendez-vous, mais – à bien y repenser – peut-être était-ce lui qui l'avait oubliée. Aussi, dans le doute, voulait-il arriver là-haut de bonne heure pour ne pas risquer de rater cette opportunité.

Au croisement de la Pierre, il reprit son souffle dans un endroit aéré. Le ciel dégagé et le soleil naissant éclairaient la forêt d'une lumière nouvelle. Il l'explora sans toutefois s'éloigner du sentier et tomba sur une colonie de clavaires qu'il cueillit délicatement. Puis, sur une cépée, il dénicha un peloton de girolles. Le brouillard des jours passés avait redonné vie au sous-bois, mais le gel, à présent, le rendrait stérile. Il se remit en route au milieu d'une hêtraie qui réfléchissait les premiers rayons du soleil sur la belle couleur cuivrée de ses feuilles sèches. Tout à coup, un chien s'approcha de lui en aboyant et, aussitôt après, il entendit le sifflement de son maître, encore invisible au cœur du bois. C'était un chien d'eau romagnol aux nombreuses boucles blanches.

« Il ne va rien vous faire », le rassura une voix qui lui sembla familière.

Il se retourna et vit Ghidini qui descendait d'une piste de sangliers perdue parmi les branchages.

Le chien trotta jusqu'à son maître et se remit à renifler au milieu des feuilles.

« Le pauvre, poursuivit l'homme, avec ce gel, il ne sent plus les odeurs. Il faudra qu'on se déplace sur les versants les plus ensoleillés, en espérant que ça dégivre rapidement.

– En bas, la glace ne lâchera pas prise de sitôt, constata le commissaire.

– Je le crains aussi. Je crois que je me suis déplacé pour rien. Vous, par contre, dit Ghidini en indiquant la direction où le commissaire avait trouvé les champignons, vous avez été plus chanceux.

– Je pensais être à l'abri des regards dans le sous-bois.

– Un coup de chance. Mais ne vous faites pas d'illusion : il y a plus d'yeux que vous ne croyez. »

Le commissaire s'attarda pour déchiffrer les intentions de son interlocuteur. Cela ne lui plaisait pas qu'on le suive pour voir où il allait. Il alluma son *toscano* en s'appuyant contre le tronc lisse d'un hêtre.

« Ça, ça vous coupe le souffle, observa Ghidini en faisant allusion à son cigare. Je suis le premier à le savoir, moi qui en fume quarante par jour, ajouta-t-il en sortant son paquet de cigarettes tordues à force de rester dans sa poche. C'est comme avoir un réservoir troué : on va moins loin.

– Il suffit d'en avoir conscience et de ne pas exagérer, comme pour tout, rétorqua Soneri.

– Les Rodolfi, par contre, je crois qu'ils ont vraiment exagéré, insista Ghidini qui semblait avoir attendu depuis le début pour placer cette remarque.

– Je ne sais pas, c'est probable, fit le commissaire avec indifférence.

– Ils ont fait les rois du monde avec l'argent des autres. Tout le monde est capable de ça.

– Vous leur avez prêté de l'argent, vous aussi ?

– Non, moi non, je n'en ai jamais eu, répondit l'homme avec une pointe de colère. C'est pour ça que mes enfants n'ont pas été embauchés à l'usine de charcuterie. Ils sont partis en ville, mais c'est mieux comme ça.

– Tout le monde dit du bien des Rodolfi. Sans eux, le village serait déjà mort depuis longtemps.

– C'est tous des traîtres. Ils se taisent par intérêt et commodité. Mais maintenant, beaucoup ont le feu aux fesses. Ils découvrent ce qu'ils sont : des moutons qui seront tondus. Pendant des années, ils ont obéi en allant jusqu'à voter pour ceux que leur indiquaient les Rodolfi. Et Aimi, le maire, est un employé. Paride le fait venir à la villa du Talus et lui donne ses ordres. C'est comme ça qu'ils ont fait des affaires avec les pavillons, dans la partie nouvelle du village.

– On a les hommes politiques qu'on mérite, l'interrompit Soneri, qui commençait à trouver cet épanchement agaçant.

– C'est peut-être vrai, bougonna Ghidini d'une voix plus basse, mais ce n'est pas de ma faute si un village entier se laisse berner.

– Opposez-vous, révélez ces choses en public. Si vous ne les racontez qu'à moi, vous n'obtiendrez rien.

– Je n'arriverai pas à changer ce que les gens pensent, répéta Ghidini en secouant la tête. Les intérêts sont de leur côté.

– Ce sont les règles du jeu : le consensus s'obtient aussi avec l'intérêt. Je te donne une chose et tu m'en donnes une autre. Vous, demanda à brûle-pourpoint le commissaire, vous n'auriez pas voté pour le maire si les Rodolfi avaient embauché vos enfants ? »

L'homme réfléchit un instant, puis sourit avec amertume.

« Qui sait ? Vous avez peut-être raison, et à la fin on finit par plier. Je l'aurais fait pour le bien de mes enfants, mais sur les Rodolfi, je n'aurais pas changé d'avis.

– C'est probablement comme ça aussi pour les autres », commenta sèchement le commissaire.

On entendit le chien aboyer au loin dans le bois.

« Voyons s'il a trouvé quelque chose de bon », dit Ghidini, et Soneri en profita pour reprendre sa route.

Un peu plus loin, il vit le soleil poindre derrière la crête des montagnes et eut le sentiment d'être en retard. Avant de tourner vers Badignana, au croisement du Trou de Neige, il regarda autour de lui. Il scruta longuement le bois situé en aval et, finalement, il conclut qu'il s'agissait de précautions inutiles. Si quelqu'un l'avait épié, il n'aurait pas pu l'éviter. Baldi avait raison : à une certaine altitude, la montagne ne sait pas garder les secrets. Le plateau au bout duquel se trouvaient les gîtes des bergers lui sembla bien plus grand que dans ses souvenirs. Au milieu de cet espace, dans le soleil brillant de l'automne, il se sentit dépaysé. Vu la lumière éblouissante qui tombait du ciel limpide, il était peu probable que le Maquisard l'attende bien longtemps, gâchant ainsi les meilleures heures de journées qui mouraient vite derrière les montagnes. Aussi arriva-t-il essoufflé, courant presque entre les cabanes quittées depuis peu par les troupeaux et par les vaches, dont on sentait encore l'odeur âcre.

Il ouvrit des portes donnant sur des pièces vides qui conservaient une senteur de la chaleur estivale. Il chercha du regard quelqu'un dans ce petit village d'animaux et de gens où le gel pénétrait déjà. Il finit par s'asseoir sur une pierre plate en fixant les sommets derrière lesquels commençait un autre monde fait d'oliviers et de chênes verts annonçant la mer. Il alluma son cigare et pensa avec rancune au temps qu'il avait perdu avec Ghidini. Tandis que le soleil dégivrait le peu de terre prisonnière des rochers, il entendit des pierres rouler et il leva les yeux vers le col du Ticchiano, où deux personnes marchaient du pas tranquille de ceux qui marchent depuis des heures. Ils passèrent sans se retourner ; ce devaient être deux Arabes, à en juger par leur habillement. Ce n'est qu'après avoir dépassé les gîtes qu'ils se retournèrent pour l'observer comme des chiens craintifs. Puis ils disparurent le long du versant. Il entendit alors la voix d'un homme qui l'appelait. Une voix nonchalante, à peine plus qu'un souffle. Il était arrivé derrière lui sans qu'il s'en aperçoive, marchant dans la direction du vent, et maintenant il le regardait, debout, calme. Soneri lui tendit sa boîte à cigares, mais l'homme refusa d'un signe et sortit son papier et son tabac pour rouler une cigarette.

« Le Maquisard est là ? » demanda le commissaire.

L'homme ne leva même pas les yeux de ses mains calleuses, auxquelles il semblait impossible de pouvoir demander un travail de précision, et il fit un geste pour dire qu'il était parti.

« Il m'avait donné rendez-vous ici », expliqua Soneri.

Il n'eut pas de réponse, car l'inconnu semblait exclusivement occupé à allumer sa cigarette, en l'abritant de sa main à cause du vent. Il attendit donc patiemment qu'il finisse.

« Vous êtes resté seul, ici », constata-il ensuite.

Pour toute réponse, il eut droit à un autre geste, qui indiquait peut-être un va-et-vient.

« Le Maquisard passe souvent ? »

L'homme fit signe que oui en fumant, le regard perdu vers l'horizon de rochers.

« Il est où maintenant ? »

La réponse fut un énième geste en direction de l'endroit où avaient disparu les deux individus cinq minutes auparavant, mais cette fois il accompagna son geste de quelques mots :

« Vers le lac Palo.

– Je peux le rejoindre », dit Soneri de manière à la fois interrogative et affirmative.

L'inconnu sourit avec suffisance, puis il secoua la tête pour le décourager.

« Je connais les lieux, affirma le commissaire, légèrement piqué.

– Personne ne parvient à suivre le Maquisard », murmura l'homme comme pour s'excuser.

Il passa une main sur son visage et on entendit le frottement des callosités contre la barbe hirsute. Il donnait l'impression d'être embarrassé. Parler après de longues périodes de silence écoulées dans la solitude au milieu de ces rochers devait lui coûter un grand effort.

« Il m'a dit de vous dire d'aller faire un tour aux châtaigneraies de Pratopiano, finit-il par lancer.

– Rien d'autre ? »

L'homme fit signe que non, en tenant sa cigarette, désormais réduite à un tas de cendres, entre son index et son pouce. Puis il tira sa dernière bouffée et jeta le mégot sous une pierre.

« Dites au Maquisard que j'ai besoin de le voir », l'exhorta Soneri en employant le ton qu'il aurait employé avec l'un de ses assistants.

L'autre se contenta de tourner rapidement les yeux vers lui en signe d'assentiment.

« Quoi qu'il en soit, je reviendrai ici pour le rencontrer. Vous resterez là encore un peu ? »

L'homme écarta les bras, timidement.

« Ça dépendra de la saison. »

Le commissaire se mit en route après avoir salué d'un geste de la main, mais tandis qu'il marchait l'inconnu se fit plus attentif et lui adressa un signe à peine perceptible.

« Ne tardez pas pour aller à Pratopiano. Si vous descendez du Malpasso, continua-t-il avec un filet de voix, vous pourrez y arriver aujourd'hui, même avant qu'il fasse noir. »

Il y avait une sorte de sollicitude dans sa voix et Soneri eut la sensation qu'il devait en savoir plus qu'il ne le montrait. Il le scruta un bref instant et jugea inutile de poser d'autres questions. En un éclair, l'homme s'était déjà retourné et avançait d'un pas assuré en enjambant un tas de roches sur lesquelles le soleil de midi semblait ricocher.

Soneri se dirigea donc vers le Malpasso, en traversant un terrain pierreux situé sous les sommets, qui s'effritait d'année en année au contact du froid glacial. Dans cette cuvette sans air, la chaleur se faisait sentir et il pensa à l'été de la Saint-Martin, après des jours de brouillard. Il leva les yeux vers le ciel et il le vit limpide, cristallin, voilé seulement par quelques nuages très fins effilochés par le vent. Un bref instant, il se sentit partie intégrante de ce ciel, heureux comme un faucon qui s'ébat dans les airs. La solitude et la violence de la lumière anéantirent en lui toute pensée, ne laissant place dans son esprit qu'à un sentiment ancestral d'appartenance à ces lieux.

Cette pureté se troubla légèrement à l'amorce de l'après-midi. Le soleil avait dépassé son zénith et ses rayons baignaient déjà dans le crépuscule hâtif de novembre. Soneri passa sous le sommet du mont Fou depuis lequel, avec la clarté hivernale, on pouvait apercevoir le halo bleu foncé de la mer de La Spezia, et il s'élança dans la descente sinueuse et escarpée du Malpasso. Une demi-heure après, le bois l'accueillit. Il considéra qu'il lui restait une heure et demie de lumière, et il allongea le pas. Il se sentait bien. Pour la première fois, il s'aperçut qu'il avait oublié les lubies de ses collègues de la Questure. Il arriva au ruisseau Macchiaffero, qui traversait le sentier, et il le passa à gué en équilibre sur les pierres. Il se pencha et plongea les mains dans l'eau limpide et glacée pour éprouver les mêmes sensations qu'adolescent, quand il parcourait les montagnes en été, échauffé par la montée et par la soif impérieuse de voir et de conquérir ces sommets.

Au fond du Malpasso, il se retourna, appréciant la majesté de Montelupo et des autres cimes dont la roche grise se détachait contre le ciel qui s'assombrissait. Il ne parvenait jamais à discerner où se situait la frontière entre l'hostilité de l'altitude et la limite de la vie, ne serait-ce que celle, timide, de la mousse. Une frontière floue et toujours mouvante, comme la neige à la fin de l'hiver. Comme cette recommandation transmise par le Maquisard à l'inconnu de Badignana. De l'endroit où il se trouvait à présent, on voyait les châtaigniers de Pratopiano encore couronnés des bogues blondes restées sur les branches. Tout était incertain sur les montagnes, où un lieu-dit n'avait jamais une adresse précise, mais fluctuait entre des dimensions délimitées par les yeux et l'esprit.

Il était dans le bois déjà détrempé par l'exsudation vespérale de la terre. Tandis qu'il regardait autour de lui, il se demanda ce qu'il devait remarquer ou chercher à cet endroit. Il scruta le ciel et vit le coucher du soleil qui venait clore rapidement une journée brève et pleine de lumière, semblable à un feu de paille. Soudain, il entendit des aboiements plus bas. Il se déplaça vers le bord du sentier et scruta le sous-bois d'où s'élevait une humidité odorante de feuilles mortes, mais il ne vit rien. Puis il distingua des bruissements de feuilles et quelqu'un qui rappelait son chien d'un sifflement précis, rythmé, comme un signe établi à l'avance. Il discerna même le bruit fait par l'animal qui remontait le sentier en explorant les fourrés et il pensa instinctivement à Ghidini. Néanmoins, il ne put apercevoir personne. Il descendit vers Corticone, où le sentier remontait Montelupo depuis l'ouest, et il ne se rendit compte qu'après quelques minutes qu'il avait suivi l'aboiement sans faire attention à la direction. Lorsqu'il s'avisa qu'il s'était trompé, il fut saisi par une odeur nauséabonde transportée par un souffle de brise. C'était une puanteur qu'il connaissait bien. Au cours de sa carrière, il l'avait perçue des dizaines de fois émanant d'appartements fermés, de coffres de voitures ou de talus de plages au milieu des pierres et des ordures. Il accéléra le pas, les narines dilatées pour humer l'air comme un setter. L'odeur de plus en plus forte le guidait infailliblement vers un vallon, une sorte de ravine très escarpée où devaient se réfugier les sangliers dans les après-midi de canicule estivale. L'air semblait en effet plus lourd et plus humide, épaissi par un voile d'eau très fin qui s'évaporait d'une cascade située non loin. Il descendit avec difficulté dans cette sorte de serre glacée, en s'agrippant à la broussaille. Lorsqu'il fut presque au fond, il le vit. Entre deux rochers détachés de la montagne, un cadavre gisait, en décomposition et déjà légèrement enflé, le visage à demi-caché par la boue, comme si la terre avait voulu se l'approprier sans sépulture. Des chiens et des sangliers devaient lui avoir arraché et mordu les bras et les jambes, à en juger par les nombreuses traces de piétinement.

Le commissaire s'approcha du corps en se bouchant le nez et en marchant en équilibre sur les pierres pour ne pas abîmer d'éventuels indices. Il ne parvenait pas à apercevoir le visage de la victime, si ce n'est en partie, mais il s'agissait d'un homme habillé avec soin, équipé pour un tour en montagne. Son anorak avait été mordu et tout autour était éparpillée une auréole blanche de plumes d'oie, immobiles dans cette ravine sans vent. Les dents des animaux n'avaient atteint que certaines parties des jambes, mais il n'y avait pas de sang par terre, signe qu'ils avaient agi plusieurs heures après le décès. Soneri examina encore ce corps en regrettant l'absence de Nanetti, le chef de la Police scientifique. À un mètre, derrière un arbuste, il remarqua une tache sombre où de nombreux animaux avaient gratté : il aurait parié que le sang était là et que le corps devait s'être affalé à cet endroit après avoir dévalé la pente. Un pressentiment lui traversa l'esprit alors qu'il essayait d'enlever le portefeuille de la poche postérieure du pantalon. Lorsqu'il l'ouvrit et qu'il vit le visage d'une femme et d'un enfant, il en eut la confirmation : les affiches de la Saint-Martin avaient menti. Paride Rodolfi n'avait pas disparu, il était là, dans les bois de Pratopiano, mais raide mort, déjà gonflé et décomposé comme une vieille bête terrée pour mourir à l'ombre d'un vallon.

Le portefeuille était bien rangé, mais il n'y avait aucune trace d'argent : pas même une petite pièce. Quand le commissaire entreprit d'inspecter les alentours du cadavre, l'obscurité descendit très rapidement au fond de la ravine. De là au village, il y avait plus d'une heure de marche et il n'y arriverait pas avant la tombée de la nuit. Il resta ainsi, seul dans cette puanteur, tandis que le ciel se refermait en éteignant la dernière lumière à l'ouest. Il avait retrouvé tout à coup son rôle d'enquêteur, mais il voulut s'en libérer en se persuadant que les tracas d'une enquête complexe comme celle-ci ne le concerneraient pas. Aussi prit-il son portable et composa-t-il le numéro de la caserne des carabiniers.

« Passez-moi l'adjudant Crisafulli », ordonna-t-il au caporal, en remarquant avec désappointement qu'il avait récupéré son ton de fonctionnaire.

Quelques instants plus tard, Crisafulli lui répondit d'une voix traînante.

« Qu'est-ce qu'il y a, commissaire ?

– J'ai trouvé le corps de Paride Rodolfi.

– Putain ! s'écria l'adjudant, avant de couvrir le combiné pour communiquer quelque chose à l'intérieur du bureau. Et où est-il ?

– À Pratopiano. Vous voyez où sont les châtaigneraies ? »

Au bout du fil, il n'entendit qu'un grognement. Il se souvint des recommandations des formateurs de l'école de police, de nombreuses années auparavant : la connaissance du territoire, avant toute chose. Et dans une zone comme celle-ci, tout se passait dans les bois désormais.

« On monte de la route forestière de Boldara ? demanda l'adjudant.

– Oui, mais ensuite vous devez la parcourir à pied et il faut au moins une heure.

– Comment faire dans ce noir ?

– J'essaierai de vous guider, mais dépêchez-vous parce que ici ça pue.

– Entendu, je vais tout de suite prévenir le capitaine Bovolenta et le juge. Mais lui, il prendra son temps. »

Soneri s'éloigna pour moins sentir la puanteur. Malgré le froid piquant qui arrivait jusqu'au fond du gouffre, on entendait dans le silence les insectes qui s'attardaient, de manière obscène, sur le cadavre transformé en festin. Le commissaire réfléchissait à la fin de celui qui avait été l'homme le plus riche de la vallée, un industriel puissant qui tenait sous sa botte des hommes politiques, des professionnels de la finance, des banquiers. Des gens encore plus obscènes que les bestioles qui bourdonnaient dans l'obscurité. Ce n'était pas la première fois qu'il lui arrivait de s'émouvoir devant la mort, mais c'était nouveau dans un bois qui lui était familier. Et il ne s'agissait pas seulement de pitié. Il sentait en lui un vide énorme et un grand désarroi. Paride était mort, cette journée extraordinairement lumineuse était morte dans un crépuscule hâtif, et un inutile petit fagot de souvenirs était tout ce qu'il lui restait. Vivre l'instant, la plénitude du soleil de la Saint-Martin sur le plateau désert de Badignana l'avait comblé de joie pendant un court répit. Le bonheur avait montré son chatoiement, puis s'était rabougri sur-le-champ, comme un bourgeon tardif. Heureusement, la lune était sortie derrière les hautes crêtes de Montelupo.

Il remonta à quatre pattes la ravine pour s'éloigner encore un peu des relents et observer la vallée. Il discerna la route de Boldara et remarqua la camionnette des carabiniers qui montait en éclairant de ses phares les versants. L'odeur arrivait là aussi, transportée par la brise. On voyait les branches se balancer doucement au fur et à mesure que la lune remontait le ciel plein d'étoiles. Tout à coup, il entendit un froissement au fond du gouffre où gisait le cadavre, mais il ne parvint pas à entrevoir quoi que ce soit. Il redescendit alors avec prudence, en s'arrêtant à une vingtaine de mètres. De cette distance, on n'apercevait que des ombres, de sombres formes auxquelles on pouvait attribuer les identités les plus fantasques. Il attendit patiemment que la lune dissipe l'obscurité. Il distingua alors un chien blotti près du cadavre, dans une veille qui devait durer depuis le moment du décès.

Il s'approcha prudemment et s'arrêta quand l'animal se dressa, l'ayant repéré. C'était un limier de taille moyenne, très maigre et sale. Soneri s'agenouilla et essaya de l'appeler. Le chien remua la queue timidement et ne bougea pas quand le commissaire s'avança encore. Après l'avoir flairé à distance, il se laissa caresser. Il avait un collier à mailles métalliques avec un médaillon sur lequel était gravé son nom : « Dolly ». Soneri observa la chienne et songea que c'était le seul être vivant resté fidèle à Paride Rodolfi. Il sortit de la poche de son Montgomery un copeau de parmesan et le lui tendit. L'animal l'avala tout entier comme si c'était un comprimé, puis commença à renifler le commissaire. Il le suivit aussi lorsqu'il se déplaça pour répondre à son portable. L'adjudant Crisafulli lui demandait des indications pour la route.

« De Boldara vous devez prendre le sentier qui va au Malpasso, expliqua Soneri.

– Avec ce noir… se plaignit le carabinier. Et on fait comment pour vous reconnaître ? poursuivit-il dans le jargon militaire des messages par téléphone.

– Je vous attends au bord du chemin. Vous devrez passer par où je me trouve et peut-être qu'on va se rentrer dedans, plaisanta le commissaire, pour ensuite ajouter : De toute façon, je verrai les torches, non ?

– Bah oui ! rétorqua Crisafulli, légèrement pédant. On ne monte pas à l'aveuglette, à ce que je sache. »

Manifestement, il voulait montrer au capitaine Bovolenta, qui le suivait certainement dans la montée, qu'il était sûr de lui. On entendait d'autres voix à part celle de l'adjudant qui haletait en grimpant le long du sentier. Soneri aperçut enfin la lueur des torches dans les endroits les plus découverts. Mais ils marchaient doucement, comme des promeneurs. Alors il se rassit et sentit la truffe humide de Dolly s'approcher de son cou avec délicatesse. Il sortit de sa poche le sachet contenant les copeaux de parmesan et l'ouvrit en l'étendant par terre. La chienne mangea tout en quelques secondes : elle devait être à jeun depuis des jours, et cela permit également au commissaire d'estimer depuis quand le cadavre était resté à cet endroit. Son portable sonna de nouveau.

« Il reste combien de temps ? s'informa l'adjudant, tandis que Soneri le voyait agiter sa torche quelques mètres plus bas.

– Vous êtes presque arrivés, plus que cinq minutes à peu près. »

Il entendit, plus loin, quelqu'un jurer et Crisafulli tonner l'un de ses « putain » malgré son souffle court.

Peu après, des hommes se présentèrent, mais il ne vit pas combien ils étaient, parce que l'adjudant lui avait planté le faisceau de la torche dans les yeux. Soneri lui fit signe de la baisser, mais à ce moment-là Dolly commença à aboyer et à grogner. Il la calma en la caressant et les militaires s'immobilisèrent à quelques mètres.

« Vous faites quoi, commissaire, vous allez à la chasse ? dit Crisafulli en préambule.

– C'est elle qui y allait, répondit-il en indiquant la chienne, tant que son maître était en vie.

– Vous dites que…

– Elle était près de lui. »

L'adjudant regarda la chienne et agita sa torche par inadvertance, déclenchant un autre grognement. Le commissaire la tranquillisa à nouveau et se retourna vers les autres militaires, parmi lesquels il reconnut le caporal. Avec eux se trouvait un homme de petite taille et très soigné de sa personne, qui semblait sortir de chez le barbier : le capitaine Bovolenta.

Soneri conduisit le groupe vers le fond de la ravine et remarqua l'embarras avec lequel ils affrontaient la descente en se tenant aux branches et en glissant à plusieurs reprises. À mi-chemin, Crisafulli ne put retenir une exclamation de dégoût à cause de la puanteur qui devenait de plus en plus forte. Lorsqu'ils arrivèrent au fond, les torches commencèrent à fouiller le terrain au milieu des racines et des feuilles mortes. Le commissaire prit celle de l'adjudant et la pointa d'un geste précis sur le cadavre. À la lumière puissante de la lampe, il vit des détails qu'il n'avait pas réussi à relever dans la pénombre. Les blessures infligées par les dents des animaux sur les jambes apparaissaient plus profondes que ce qu'il pensait et, à en juger par la terre déplacée, on comprenait que le cadavre avait été traîné et malmené. Tout à coup, le capitaine Bovolenta se fit remettre la torche du caporal et balaya lentement le corps et le terrain alentour. Quand le faisceau de lumière éclaira le visage plongé dans la boue, le spectacle sinistre de l'œil à moitié ouvert de Rodolfi montra la mort dans toute son obscénité.

« Pour cette nuit, je ne crois pas qu'on puisse faire grand-chose, conclut finalement Bovolenta. Nous n'avons ni l'équipement ni les cellules photoélectriques. Crisafulli, neutralisez la zone et laissez sur place les deux caporaux pour surveiller. Appelez une patrouille d'une autre caserne en renfort pour assurer la relève. Par précaution, téléphonez aussi au magistrat de garde, mais je pense qu'il sera d'accord. Demain matin, dès qu'il fera jour, nous continuerons. Prévenez les techniciens en identification criminelle. »

Le capitaine avait donné ses ordres d'une voix calme, précise et sur un ton qui était sans appel. Avant de s'en aller, il s'adressa encore à l'adjudant :

« S'il vous plaît, n'oubliez pas le magistrat. »

Puis, il se retourna pour la première fois vers Soneri depuis que Crisafulli les avait présentés.

« Vous descendez avec nous ? »

Mais dès que le commissaire eut dit oui, le capitaine se dirigea vers le sentier, armé de la torche, sans attendre. Soneri lui emboîta le pas et, après une dizaine de mètres, il entendit les griffes de Dolly cliqueter sur les pierres. La chienne le suivit jusqu'à Boldara et hésita seulement quand il fallut monter dans la camionnette, comme si elle ne faisait pas confiance aux hommes portant l'uniforme. Soneri l'installa derrière les sièges, et quand ils furent partis, Bovolenta demanda :

« Qu'en pensez-vous ?

– Il s'est produit ce que tout le monde présumait, répondit le commissaire sur un ton énigmatique.

– Tout le monde était convaincu qu'il était mort ?

– Personne ne peut jurer avec certitude de l'avoir vu vivant ces jours-ci. Seulement des rumeurs qui ont circulé, et vous comprenez que… conclut Soneri avec un geste éloquent.

– Son épouse disait qu'il était parti pour l'étranger… Elle mentait, souligna le capitaine.

– Il est possible que Paride lui ait menti et ne soit jamais parti », suggéra le commissaire.

Son interlocuteur hocha la tête en regardant les flancs de la montagne sur lesquels la lune répandait une lumière étincelante.

« Demain, nous verrons comment il a été tué, poursuivit Bovolenta. Vous avez pu vous faire une idée ?

– Je ne sais pas, dit Soneri en haussant les épaules. Si je devais émettre une hypothèse, je dirais un tir de fusil. C'est ce qui me semble le plus évident.

– À cause de tous les coups de feu que l'on entend ? Vous pensez que ça a été l'un d'eux ?

– Peut-être. Mais, ici, ils tirent avec de grosses balles, alors que le cadavre ne présente pas de perforations. »

Bovolenta bougonna son assentiment. Il se pencha ensuite vers Crisafulli qui conduisait sans mot dire en les écoutant.

« C'est vous qui prévenez les membres de la famille ?

– D'accord, capitaine », répondit l'adjudant.

À un moment donné, on entendit le cri d'une chouette au milieu du bois et Dolly, derrière les sièges, se dressa en aboyant.

« Et qu'allez-vous faire d'elle ? demanda le capitaine.

– Je la reconduirai chez elle, si elle a encore un maître, répondit Soneri.

– Il lui en reste un ?

– Le fils de Paride, mais il est mal en point, intervint l'adjudant.

– Et sa femme ?

– Oui, il y a aussi sa femme, bafouilla Crisafulli sans rien ajouter d'autre.

– De toute façon, il a d'autres chiens, expliqua le commissaire. Il aimait aller à la chasse, comme son père.

– Les chiens ont un rôle important dans cette histoire. L'un d'eux a été tué en tant que témoin gênant, ironisa Bovolenta.

– Si les chiens parlaient, vous auriez déjà résolu cette affaire. »

Ils arrivèrent au village.

« Vous voulez dîner avec moi ? lui proposa le capitaine.

– Merci, mais je n'ai pas prévenu l'auberge qui me loge et ils doivent m'avoir mis quelque chose de côté : chez eux, je suis comme chez moi, se justifia-t-il.

– J'ai appris que vous étiez d'ici, dit Bovolenta en lançant un coup d'œil rapide en direction de Crisafulli, qui était assis au volant.

– Oui, mais c'est comme si je ne l'étais pas, souligna le commissaire, j'en conserve seulement la connaissance des lieux et quelques souvenirs », conclut-il en proie à une amertume soudaine qu'il ne parvint pas à dissimuler tout à fait.

Bovolenta l'observa attentivement et répliqua :

« Je comprends », comme s'il connaissait bien cet état d'esprit, avant d'ajouter : « Mais au village, personne ne savait que les choses se passaient mal pour les Rodolfi ?

– Si on le savait, on se taisait par intérêt. Entre le village et les Rodolfi, les liens sont très étroits. »

Le carabinier hocha la tête d'un air songeur, jusqu'à ce que Soneri lui tende la main.

« À bientôt, le salua-t-il en descendant de la camionnette.

– À demain matin, le corrigea Bovolenta. Nous serons sur place dès qu'il fera jour.

– Mais cela ne me concerne plus, l'enquête vous appartient.

– Alors considérez-vous convoqué en tant que témoin. C'est vous qui avez trouvé le cadavre, n'est-ce pas ? »

À ce moment précis, Crisafulli démarra et repartit avant que le commissaire n'eût la possibilité de répondre. Ce dernier aperçut le capitaine ébaucher un salut militaire et observa la camionnette qui s'éloignait. Cent mètres plus loin, toutefois, elle s'arrêta. L'adjudant descendit, ouvrit la porte arrière, et Dolly bondit à l'extérieur en courant vers le commissaire. Tandis qu'il la caressait, il pensa que la chienne aussi avait déjà oublié Paride Rodolfi. La vie continuait, après tout.

6

Bien avant l'aube, il descendit dans la salle à manger, puis il sortit dans le froid piquant. Le matin paraissait plus sombre que le soir dans l'ombre épaisse des montagnes. La lune s'était couchée depuis un bon moment, en ne laissant que la lumière ténue des étoiles. Dolly le flaira immédiatement et courut vers lui dans un élan qui l'attendrit. Il fut surpris ensuite par la voix de Sante, qui l'interpella depuis le seuil :

« Je lui ai donné les restes d'hier soir », affirma-t-il en indiquant la chienne.

Soneri retourna à l'intérieur. Sa table était prête pour le petit déjeuner et l'aubergiste l'attendait.

« Ça va mal, l'informa-t-il dès qu'il se fut assis. Ces camions qui font des rotations depuis quelques jours sont revenus pour reprendre la marchandise avant qu'il ne soit trop tard.

– Les jambons ? »

Sante acquiesça.

« Et tout le reste. Tout ce qu'il a été possible d'emporter pour récupérer les sommes dues. Même les machines, à ce qu'il paraît.

– C'est une sale histoire, confirma Soneri.

– Je ne reverrai jamais mon argent. Et les autres ne le reverront pas non plus. Ceux qui l'ont prêté, se plaignit-il sur un ton qui oscillait entre les larmes et la colère.

– Paride non plus vous ne le reverrez pas, annonça sèchement le commissaire.

– Il est mort, pas vrai ? Je l'ai imaginé dès le jour des affiches.

– Tué là-haut, à Pratopiano.

– À Pratopiano ? Et que faisait-il là-bas ?

– Je ne sais pas. Il s'y trouve depuis quelques jours et il pue déjà. »

Sante sembla réfléchir. Puis il murmura : « Il fallait le dire », mais il prononça ces mots comme si la nouvelle de la mort de Paride le dédommageait partiellement d'une vengeance qu'il ne pouvait accomplir.

Alors Soneri comprit combien de haine devait se dissimuler dans le cœur de cet homme à cause de l'argent perdu, des tromperies dont il avait été victime et de la confiance mal placée.

« Ne dites rien, recommanda Soneri. Les carabiniers se chargeront de prévenir tout le monde. Ce sont eux qui enquêtent.

– Hier, j'ai vu un grand remue-ménage, expliqua Sante, et j'ai deviné qu'il avait dû se passer quelque chose.

– À quelle heure avez-vous vu les camions ? dit le commissaire en changeant de sujet.

– Tard, vers minuit. Ils ont fini à quatre heures.

– Vous êtes resté debout jusqu'à cette heure-là ?

– Comment pourrais-je dormir avec tous les soucis que j'ai en tête ? Vous savez ce que ça veut dire de perdre presque toutes ses économies ? »

Soneri hocha la tête sans rien dire. Il ne savait jamais quoi dire face aux malheurs. Il ne lui venait à l'esprit que des idioties et des banalités. Il laissa passer quelques secondes, puis il saisit le panier en osier et le tendit à l'aubergiste.

« J'ai trouvé pas mal de clavaires et de girolles, annonça-t-il pour esquiver ces discours moroses, donnez-les à Ida si ça lui fait plaisir de les cuisiner. »

Sante saisit la corbeille, la vida en silence et la remplit à nouveau avec le déjeuner du commissaire : de la charcuterie, du fromage, du pain et quelques fruits.

« Vous trouverez de l'eau sur votre parcours. À Pratopiano, elle est même meilleure », dit-il.

Soneri le salua, sortit et s'éloigna dans le noir. Dolly se colla à lui sans le lâcher d'une semelle. Par moments, elle disparaissait pour suivre une piste, puis elle réapparaissait en débouchant à l'improviste des buissons. À mi-côte, il entendit le bruit de la camionnette qui montait, mais les carabiniers seraient obligés de s'arrêter à Boldara, où il fallait continuer à pied. Crisafulli se rangea et le capitaine Bovolenta se pencha à la fenêtre comme le soir précédent.

« Vous avez de bonnes jambes, je vois.

– Il le faut, quand on enquête, répondit Soneri.

– Malheureusement, continua le militaire, les temps ont changé.

– Vous avez sans doute raison, admit-il en pensant à son assistant Juvara, toujours le nez sur son ordinateur, mais ici ça compte encore », conclut-il en indiquant les bois et le dos âpre de Montelupo sur lequel s'annonçait une nouvelle journée lumineuse.

Lorsqu'ils attaquèrent le sentier, on entendit dans la vallée le vrombissement d'un autre quatre-quatre et Crisafulli déclara :

« Le magistrat est en chemin. J'ai alerté également le personnel de la morgue pour la levée du corps. »

Les deux caporaux de garde accueillirent avec soulagement leurs collègues et Soneri. Ils indiquèrent que la nuit avait été pleine de bruits et que, pour cette raison, ils avaient armé plusieurs fois leurs mitraillettes.

Soneri sourit devant les visages imberbes des deux jeunots d'une vingtaine d'années, venus de la ville et qui croyaient encore aux fables peuplées de forêts profondes. Les techniciens en identification criminelle et le magistrat arrivèrent enfin : c'était Percudani, un montagnard avec lequel Soneri était en bons termes, qui écopait du problème.

« Mais qui enquête, ici ? » fit semblant de s'étonner le substitut du procureur.

Le commissaire indiqua les carabiniers.

« J'allais aux champignons, j'ai senti une mauvaise odeur…

– Quelle coïncidence ! » commenta Percudani sans grande conviction.

Les premiers relevés confirmèrent ce que Soneri avait déjà remarqué : la tache près du corps était bien une tache de sang, et le cadavre avait été traîné jusque-là par les animaux qui l'avaient déchiqueté.

Lorsque Percudani donna l'ordre de retourner le corps, il fut évident que Paride Rodolfi avait été tué par un tir de fusil en pleine poitrine. Entre le sternum et l'estomac, il y avait un petit cratère où se mêlaient du sang coagulé, de la boue et des lambeaux de vêtements. Le corps, rigide comme une statue d'argile, fut ensuite enveloppé dans une toile et transporté avec difficulté par les brancardiers hors de la fosse, puis le long du sentier. De temps en temps, on entendait les branchages taper contre le métal de la civière.

Quand le groupe eut disparu dans la descente, Bovolenta, Soneri, Crisafulli et le magistrat se retrouvèrent en rond autour de l'empreinte boueuse laissée par le cadavre. Ce n'est qu'alors qu'ils aperçurent dans la fange, d'où provenait encore une puanteur insupportable, un entortillement effroyable de vers couleur cire qui grouillaient, orphelins de leur repas. L'adjudant détourna son regard, dégoûté, tandis que Percudani feignait de s'occuper des formalités de l'enquête auprès des techniciens en identification criminelle. Le seul qui soutint sans trouble apparent ce spectacle fut Bovolenta, droit dans son col empesé et les yeux froids sous sa visière.

« C'est ça, la mort, déclara-t-il au bout d'un moment. Et elle est encore plus laide que ce que nous imaginons. »

Le commissaire garda le silence, tout en continuant à observer cet amas grouillant.

« Et heureusement qu'il fait froid… continua le capitaine qui, pour dédramatiser ou par cynisme, ajouta ensuite : N'oubliez pas cet endroit, commissaire. Des bolets prodigieux y pousseront. »

Entre-temps, d'autres techniciens étaient montés, équipés comme des spéléologues et dirigés par un type à lunettes qui avait l'air d'un expert-comptable. Ils étaient occupés à ratisser les pentes de la gorge et la zone alentour en quête d'indices.

« Ils auront un goût de saindoux, répliqua Soneri avec amertume, envahi tout à coup par une tristesse si profonde qu'elle tuait dans l'œuf toute pensée.

– Il a fini comme un revendeur de drogue », dit Bovolenta comme s'il pensait tout haut.

L'esprit du commissaire fut alors traversé par des flashs de lui enfant, de Palmiro Rodolfi qui lui remettait le cadeau d'entreprise le jour de l'Épiphanie, de son père, gêné et reconnaissant, de tout un village admiratif de ceux qui avaient su fonder une société florissante qui prodiguait de la richesse à tous.

« L'auriez-vous imaginé ? » continua le capitaine en s'acharnant involontairement.

Soneri haussa les épaules en signe de dénégation.

« Je vous l'ai dit : à présent, je suis un étranger, ici. Tout a changé. »

Il prononça ces derniers mots avec une émotion que Bovolenta ne put ignorer.

« Mon père a travaillé pour les Rodolfi. Comme tout le monde au village, expliqua le commissaire.

– Mort comme un petit trafiquant entubé, répéta à mi-voix le capitaine, avant d'ajouter : Quand la victime a autant de dettes, le mobile est clair, mais il y a aussi beaucoup d'assassins potentiels. Là est la difficulté. »

Le commissaire ne dit rien. En cet instant, il pensait à tout sauf à un mobile. Il n'avait jamais été aussi proche d'un cadavre et dans le même temps aussi éloigné, dans son esprit, d'une enquête.

« Vous avez trouvé quelque chose ? demanda Bovolenta au technicien en chef.

– Même pas une demi-cartouche, répliqua l'homme. Quelques empreintes… » ajouta-t-il sans donner à la chose une grande importance.

La mauvaise odeur devint tout à coup insupportable. Soneri observa le jour qui se levait dans toute sa splendeur sur les bois dégarnis, enluminés de teintes en clair-obscur, et il eut envie de quitter ce trou humide.

« Si vous avez besoin, vous savez où me trouver », dit-il alors brusquement pour prendre congé.

Bovolenta lui tendit la main en se raidissant ; avant qu'il s'en aille, néanmoins, il lui adressa un regard qui aurait sans doute voulu être cordial, mais qui n'exprima que de l'embarras.

« Je serais heureux de dîner avec vous un de ces soirs. »

Soneri accepta sans un mot et s'engagea dans le sentier, accompagné de Dolly, qui courait encore derrière lui. Elle était devenue son ombre et cela l'inquiétait. Il ne voulait pas que la chienne s'attache trop à lui. Elle avait déjà perdu son maître, et il n'avait pas l'intention de lui infliger un autre deuil. Ni de se faire du mal, vu que cet animal lui était sympathique. Avec les bêtes, il se comportait comme avec les personnes : il essayait depuis toujours de se protéger de la souffrance. Il ruminait ces pensées en dévalant le sentier sans prendre garde aux obstacles qui entravaient parfois le chemin. Dans une sapinière, dont les branches touffues retenaient la nuit, il faillit heurter une patrouille de carabiniers qui montaient à Pratopiano, chargés d'équipements et essoufflés. Il se rangea sur le côté pour les laisser passer et ressentit soudain comme un nœud à la gorge, une angoisse accablante et poisseuse. À Boldara, il y avait d'autres carabiniers ; tout Montelupo en était plein, et cela lui rappela les récits de son père sur les rafles de 1944 le long de la Ligne gothique. Il reconnut également un groupe de journalistes relégués près du réservoir d'eau potable, mais il les évita en passant le plus loin possible.

Il cherchait le silence pour digérer la mélancolie qui l'avait envahi. Il avait besoin de temps, comme la terre argileuse des Apennins lasse de la pluie. Dès qu'il fut en mesure d'apercevoir le village, il entendit monter une sorte de bourdonnement, une agitation diffuse et continue qui, de loin, ressemblait au bouillonnement du moût. Il imagina que la nouvelle de la mort de Paride s'était ébruitée au village. Mais lorsqu'il s'approcha, il réalisa que ce tourbillon incessant n'avait aucun sens. Cela lui rappelait la démarche titubante des ivrognes. Il traversa la place, où stationnait une humanité dépareillée et égarée, saisissant au passage des fragments de murmures. Puis il prit la route pour Campogrande, qui conduisait à la villa du Talus. Durant toutes ces années, il n'avait fait qu'effleurer ce lieu, qui imposait un respect intimidant. Mais il avait à présent une raison d'y entrer. Dolly, en effet, trottait près de lui, prouvant qu'elle connaissait très bien le chemin.

À mesure qu'il avançait, la villa disparaissait derrière le mur d'enceinte et l'épaisse végétation. L'un des défis les plus intrépides des gamins consistait à passer en vélo, lancer quelques pierres avec leur fronde au-delà du mur et s'enfuir ensuite par la descente, en entendant au loin les chiens des Rodolfi aboyer rageusement. Mais à présent, il semblait que le silence était définitivement tombé sur la villa. Il ne perçut aucun bruit à l'intérieur, pas même lorsqu'il appuya sur la sonnette. Un certain temps s'écoula, puis Soneri refit une tentative. Tandis qu'il attendait une réaction, il alluma son cigare et contempla la vallée baignée de soleil et Dolly qui frétillait autour de lui, agitée comme un premier jour de chasse.

Le portail s'ouvrit enfin, et dans l'entrebâillement de la porte apparut un Asiatique de petite taille et à l'air plutôt triste, qui l'observa en restant immobile, sans souffler mot.

« Je suis venu ramener le chien », annonça le commissaire.

L'autre continua à le fixer encore pendant une poignée de secondes avant de tourner son regard vers Dolly.

« Ne pas savoir pour chien, répondit-il d'une voix fluette.

– Il appartenait à M. Rodolfi. »

Le Philippin resta silencieux, mais il paraissait interloqué.

« Vous pouvez appeler Madame ? » insista Soneri.

Le Philippin, toujours mutique, traversa la cour à petits pas en direction de la maison, où il disparut. Le commissaire en profita pour entrer et observer ce lieu qui lui était resté interdit pendant de si nombreuses années. Il s'attendait à le trouver bien plus somptueux qu'il ne l'était : une vieille maison de maître dans laquelle on reconnaissait encore la grange et l'étable transformées en résidence. L'ensemble conservait un air rustique où transparaissaient les goûts paysans et sans fioritures du vieux Palmiro.

Tout à coup, la porte s'ouvrit et une femme entre deux âges à la beauté sévère voilée de tristesse apparut. Elle avait les cheveux noirs, longs jusqu'aux épaules, qui semblaient ébouriffés par le vent et, lorsqu'il fut près d'elle, Soneri eut la sensation qu'un autre type de désordre devait habiter l'intimité de cette femme. Il le percevait au contraste entre la fierté du regard et la couleur vive des lèvres, à l'aspect irréprochable de maîtresse de maison et à certains gestes langoureux, d'une sensualité trouble. Un mélange où s'opposaient l'abbesse et la putain, qui s'amalgamait sans se fondre dans sa manière de se comporter. La réaction qu'elle eut fut elle aussi inhabituelle et contradictoire. Elle posa un regard fugace sur Soneri pour fixer ensuite Dolly, qui était assise à côté d'elle, ne remuant que la queue. Le visage de la femme s'illumina dans une ébauche de sourire vite remplacé par une expression de douleur, qu'elle couvrit de ses deux mains.

Le commissaire sut immédiatement qu'il n'était pas nécessaire de lui raconter quoi que ce soit : la présence de cette petite chienne était pour elle assez éloquente.

« J'ai cru bon de vous la ramener », lui expliqua-t-il.

Elle hocha la tête en gardant son visage entre les mains.

« Mon mari y était très attaché, murmura-t-elle.

– Elle l'a veillé.

– Elle a été mieux qu'une épouse, dit-elle brusquement, riant et pleurant à la fois, s'adressant un sévère reproche.

– Tout est plus facile pour eux, la consola le commissaire. Vie ou mort, amour ou haine. Nous, humains, nous noyons dans les demi-mesures. Nous ne sommes pas aussi simples. »

La femme ne répondit pas, mais souleva ses mains, révélant un visage douloureux et résigné.

« De toute façon, je pense que vous y étiez préparée… »

Son expression changea de façon soudaine, comme si un masque était tombé et qu'un autre l'avait remplacé. En une seconde, elle retrouva le regard fier, presque hautain, qu'elle avait affiché initialement.

« On ne s'est même pas présentés, dit-elle. Je m'appelle Manuela.

– Soneri », répondit simplement le commissaire en serrant la main qu'elle lui avait tendue.

Elle se raidit et l'observa avec plus de froideur.

« Vous êtes policier, j'ai entendu parler de vous au village, constata-t-elle en prenant ses distances.

– Mes parents étaient d'ici, expliqua Soneri, mais je suis là pour une période de vacances. Je ne fais pas d'enquêtes, j'ai seulement ramené la chienne », conclut-il, embarrassé.

La femme n'eut pas les mêmes hésitations.

« C'est vous qui l'avez trouvé ? »

Soneri se contenta d'acquiescer.

« Où ?

– À Pratopiano. »

Manuela sembla passer mentalement en revue les lieux qu'elle connaissait dans cette vallée.

« Je ne sais pas où c'est, et ça ne m'intéresse pas. Pour moi, ces endroits sont tous pareils », dit-elle avec un rictus vaguement dédaigneux pour couper court à la discussion.

Mais immédiatement, dans une autre de ses métamorphoses soudaines, elle redevint pleine de compassion et de douceur et demanda timidement :

« Comment était-il ? »

Soneri attendit quelques instants avant de parler. Puis il murmura :

« Vous pouvez l'imaginer. »

Elle baissa les yeux vers une touffe de chiendent.

« Ça faisait longtemps que…

– Quelques jours, vu son état. »

Manuela déglutit et resta le regard perdu dans le vide tandis qu'elle rougissait légèrement.

« Il ne vous avait jamais parlé des dettes ? »

Elle eut un sanglot, qui déboucha sur un ricanement étouffé. Et quand elle leva les yeux sur Soneri, il eut l'impression que, pendant un instant, elle avait été prise d'un malaise.

« Maintenant, je devrai fuir d'ici, se lamenta-t-elle. Je vais enfin me libérer de ces montagnes, continua-t-elle avec un cri hystérique. J'ai tout perdu : mon mari, mon patrimoine, ma réputation. Et même ma vie, je l'ai jetée en m'enterrant dans ce village. J'ai joué les mauvaises cartes », conclut-elle avec un cynisme lucide.

Soneri détourna son visage de celui de cette femme, dans lequel il avait vu un abîme de laideur. Il constata que de nombreuses années dans le métier ne l'avaient pas encore vacciné contre l'obscénité qui se profilait à peine sous la surface des apparences. D'un certain point de vue, ce fut une découverte rassurante.

« C'est vous qui avez fait poser ces affiches le jour de la Saint-Martin ? » demanda-t-il froidement.

Manuela le scruta avec un sourire méfiant.

« Non, je ne sais rien de ces affiches, elles m'ont surprise moi aussi, mais quelle importance ? Nous sommes ruinés, à présent, et vous pouvez nous accuser de tout. Vous n'en aurez plus rien à faire de comment les choses se sont vraiment passées.

– À vous de me l'expliquer. »

En guise de réponse, il eut droit à un nouvel éclat de rire qui sonna comme une plainte. Puis la femme adopta une expression douloureuse.

« Je n'ai appris que récemment la situation dans laquelle nous nous trouvions. C'est Palmiro qui m'a informée quand il a compris que nous ne pourrions plus nous en sortir. Il a été digne dans la défaite : un homme, un vrai, le seul de cette famille. Je suis allée tout droit à la ruine, ignare comme un papillon de nuit, conclut-elle avec un autre de ses ricanements.

– Depuis quand a disparu votre mari ? »

Manuela leva les mains avec les paumes vers le haut pour signifier qu'elle l'ignorait.

« Depuis deux semaines, je ne le voyais pas, mais je croyais qu'il était en voyage. Quoi qu'il en soit quand il était au village, il habitait désormais presque toujours dans l'autre maison, aux Bois.

– Vous étiez séparés ?

– Allons donc ! Comment vous l'avez compris ? » répondit-elle avec ironie.

À ces mots, la colère qui l'envahit soudain fut comme une révélation pour Soneri : il se rendit compte qu'il posait des questions comme s'il travaillait vraiment.

« Moi, je m'en fous, dit-il en laissant exploser sa nervosité, je suis juste venu pour vous ramener le chien. »

Manuela sembla étonnée par sa réaction. Puis elle hurla en direction de la villa :

« Chang ! »

Peu après, le Philippin soumis et obéissant fit son apparition.

« Prends la chienne et emmène-la avec les autres », ordonna-t-elle avec une pointe de mépris, sans qu'on sache si c'était pour le chien ou pour le domestique.

Le Philippin appela Dolly, qui ne bougea pas. Il la saisit alors par son collier et l'entraîna derrière la maison.

« Traitez-la bien, elle le mérite », le pria le commissaire.

La femme haussa les épaules.

« Elle a certainement été traitée mieux que moi.

– Jusqu'à présent, vous vous en êtes bien tirée. Vous êtes encore jeune et vous pouvez refaire votre vie ailleurs. Vous auriez préféré vous casser le dos dans une étable ? » commenta Soneri, caustique.

Elle le regarda avec hargne.

« Tout le monde est plein de compréhension pour les pauvres petites paysannes ! s'exclama-t-elle. Vous croyez que les gens humbles sont purs ? Vous auriez dû les voir baver derrière les chefs de service pour faire carrière ou pour une augmentation. Elles se seraient fait renverser sur les établis dans l'espoir d'une promotion. Et tous ces minus qui faisaient la queue en procession, léchant le cul à mon mari et à mon beau-père pour qu'ils trouvent un emploi à l'un de leurs enfants ou à un parent. Et les hommes politiques, toujours le chapeau à la main en train de quémander ! Et les banquiers, avec leurs airs de maquereaux bien élevés, leur sueur visqueuse débordant de leurs cols amidonnés... Voilà les gens que nous avions autour de nous. »

Le soleil était monté et les avait rejoints sur l'herbe subrepticement. Soneri l'avait dans les yeux et en fut ébloui. Son éclat et ces mots si crus l'étourdirent légèrement.

« Vous n'êtes pas mieux, déclara-t-il finalement.

– Non, on n'est pas mieux, admit la femme, résignée. Mais pas pires non plus. Je n'ose pas imaginer comment eux, à notre place, se seraient comportés...

– Aujourd'hui, ils sont ruinés comme vous, lui rappela le commissaire.

– C'est leur avidité qui les a ruinés, grogna Manuela. Vous savez pourquoi ils nous donnaient de l'argent ? Pour les intérêts que mon beau-père promettait. L'histoire de la confiance dans l'entreprise, l'envie de grandir ensemble... Foutaises ! De l'argent, voilà ce qu'ils voulaient. Ils ne nous auraient même pas donné un centime s'ils n'avaient pas cru au mirage de l'enrichissement. Ils n'en ont jamais rien eu à foutre de l'entreprise. Et ils n'étaient pas non plus stupides au point de croire qu'il n'y avait pas de risque. Les dernières années, on promettait des taux dignes d'un usurier, et personne pour se demander comment c'était possible.

– Ils avaient confiance. »

Manuela secoua la tête d'un air sarcastique.

« Autrefois, peut-être. Maintenant, ici, certains jouent à la Bourse et savent bien qu'avec la confiance on ne va pas loin. »

Elle sortit de la poche de sa veste un flacon de médicaments, prit deux comprimés et les avala sans eau. Soneri se souvint de ce que l'on disait au village sur sa consommation excessive de cachets.

« Il est temps que je m'en aille », dit-il pour prendre congé.

Il voulait s'éloigner au plus vite de cet endroit qui ne lui plaisait pas… Et de cette femme.

« Partez, partez commissaire, cria derrière lui Manuela. Retournez parmi les gens comme il faut. »

Il se retint de lui répondre, parce qu'il avait perçu une fêlure de désespoir dans cette invitation. Mais lorsqu'il franchit le portail, elle lui lança des mots hostiles, comme une giclée de vitriol :

« Rappelez-vous que votre père aussi est venu chez nous ! » hurla-t-elle.

Le commissaire s'arrêta, s'empourpra, mais alors qu'il était sur le point de faire demi-tour, le portail se referma et il eut tout juste le temps de voir le Philippin disparaître dans l'entrebâillement. En marchant vers le village, il s'interrogea longuement sur les intentions de Manuela. Voulait-elle mettre son père dans le même lot que la foule des misérables qui mendiaient un travail, ou bien implorer sa clémence ? Cette pensée ne le quitta pas : il éprouvait de la rancœur envers cette femme, mais en même temps il ne pouvait chasser le doute qu'elle avait fait naître en lui, souillant ses souvenirs. Pendant tout le trajet, un sentiment fastidieux de débâcle lui colla à la peau, que seul le soleil resplendissant et la belle couleur diaphane de l'air parvenaient à atténuer en partie. Toutefois, dès qu'il arriva sur la place, ce sentiment se matérialisa dans le va-et-vient frénétique des automobiles auxquelles se mêlaient les camionnettes des carabiniers et les voitures avec chauffeur des hommes du parquet, que Soneri reconnaissait à travers les fenêtres. Il y avait les vans des chaînes de télévision, coiffés de leurs paraboles, les équipes de journalistes qui patrouillaient dans le village en posant des questions à tout le monde et une foule rassemblée devant la mairie, d'où provenaient des éclats de voix. C'est par là que les carabiniers se dirigeaient et ils avaient bien du mal à contenir les gens attroupés devant l'entrée de l'hôtel de ville.

D'autres patrouilles se déplaçaient en colonne vers l'usine de salaison, où seul le vieux charcutier de la marque Rodolfi continuait à sourire placidement. Soneri leva les yeux en direction de la route départementale où se dressait l'établissement et il remarqua un autre rassemblement avec force drapeaux et un type qui parlait dans un mégaphone. Ce devait être les travailleurs en grève contre le blocage de la production. Tout se muait en un désordre où toute règle semblait être suspendue. Soneri revit les vers dévorant Paride. Au village, il y avait la même avidité laborieuse, mais qui conduirait peut-être bientôt les vers à se dévorer entre eux. Il essayait d'éviter la cohue quand il fut surpris par la sonnerie de son portable.

« Je t'ai cherché dix fois ce matin », commença Angela.

Soneri regarda sa montre, qui marquait une heure, et imagina sa compagne se levant de son bureau après des heures de travail en ajustant sa jupe étroite remontée à mi-cuisse. Il eut un frisson de désir, mais sa voix l'apaisa. C'était avant tout la voix d'une personne amie et complice à laquelle il pouvait s'accrocher pour ne pas s'enfoncer dans la boue. Elle s'en aperçut.

« Commissaire, que t'arrive-t-il ? Tu as la voix d'un séminariste en train de prier. »

Soneri rougit, irrité de s'être laissé percer à jour.

« J'ai eu une matinée difficile. J'ai vu Paride Rodolfi mangé par les vers. »

Angela grogna de dégoût.

« C'était moche, mais il faut se résigner à la fin que nous connaîtrons tous, poursuivit-il en affichant son écorce rugueuse habituelle.

– L'entreprise est officiellement en faillite, dit-elle pour changer de sujet.

– Il n'y a pas que l'entreprise, ironisa Soneri, c'est un village tout entier qui a fait faillite. Peut-être même la mairie.

– Il y a beaucoup de tristesse dans ta voix, commissaire. Tu n'avais pas dit que tu resterais en dehors de ces histoires ?

– C'est très difficile de rester en dehors, on dirait que tout le monde est impliqué.

– Mais certainement pas toi…

– Angela, il est difficile de rester indifférent devant la ruine de gens que tu as connus, qui parlent le même dialecte…

– Dis la vérité, c'est l'idée que tu avais de ce lieu qui vole en éclats. C'est ça qui te fait mal. »

Soneri évita de raconter les doutes qu'avait suscités Manuela au sujet de son père, et garda le silence quelques secondes. Puis il reprit :

« L'erreur a été de revenir.

– Peut-être qu'avec moi ce serait différent, se risqua-t-elle à dire.

– Peut-être », admit Soneri.

Elle l'avait surpris dans un moment d'abattement particulièrement pesant. Et avant qu'il pût changer d'avis, Angela fit sienne cette demi-invitation.

« Un de ces soirs, j'arrive.

– Je te préviens que l'*Écureuil* est un endroit très rustique. Il y a des vieilles tables de chevet et un saint Martin au-dessus de la tête de lit.

– Je ferai en sorte que ça ressemble à un exorcisme.

– Essaie de parler avec l'avocat des Rodolfi.

– Je vais tenter. On dirait qu'il a disparu, lui aussi. »

Le commissaire la salua et se dirigea ensuite vers la place. De loin, il aperçut les contours jaunes de la caserne des carabiniers, où il semblait y avoir une grande agitation. Lorsqu'il s'approcha, il reconnut les journalistes qui attendaient d'être reçus. Devant le *Rivara*, il rencontra Maini.

« Il y a une grande ébullition, constata Soneri, mais je ne sais pas si les gnocchis remontent à la surface.

– Je crois qu'il faut encore pas mal de cuisson, répondit son interlocuteur. J'ai l'impression qu'ils ne savent pas par où commencer, ajouta-t-il avec un geste bref en direction de la caserne.

– Ils ne pourront quand même pas interroger tout le village !

– Tu commencerais par quoi, toi ? »

Le commissaire secoua la tête.

« Je ne sais pas trop. Tout le monde est un suspect en puissance. Souvent, il n'y a pas qu'un seul mobile : il y a des haines, des passions… Je demanderais à ceux qui sont dans le secret du confessionnal.

– En effet, ils ont interrogé don Bruno.

– Le prêtre, bien sûr… Il connaît toujours un tas de choses. Mais ça me semble être un point de départ bien vague.

– Ils ne savent pas où donner de la tête.

– Qui est-ce qui interroge ?

– Le nouveau. Je crois qu'il s'appelle Bovolenta.

– L'ambiance n'est pas bonne, dit Soneri en observant les groupes éparpillés à travers la place. Tu crois qu'avant ce soir quelque chose va éclater ?

– Ça se peut, mais je ne le jurerai pas », répondit Maini.

Tous deux observèrent le village dans la lumière vive du soleil d'automne. La fine vapeur qui montait de l'humidité des bois rendait moins nets les contours du paysage. Mais à l'arrière-plan, on avait l'impression d'entendre un grondement menaçant, l'annonce d'une émeute.

« Qui s'est sauvé du désastre ? » demanda alors le commissaire.

Et comme Maini faisait mine de ne pas avoir compris, il continua :

« Je veux dire : qui a vidé l'établissement avec les camions ?

– Et qui veux-tu que ce soit ? Les banques. Qui a le pouvoir de faire ouvrir les portes de l'usine ? C'est pas un paysan ou l'un de ceux qui ont acheté des obligations. Ils ont dû limiter la casse. On m'a dit qu'ils n'ont même pas laissé un saucisson. »

À ce moment précis, on entendit des sirènes, et une voiture des carabiniers déboula à toute vitesse. Peu après, des groupes de personnes à pied apparurent, qui venaient de la même direction et marchaient en ordre dispersé, comme après la messe. Delrio, en civil, arriva à son tour.

« Le maire a donné sa démission, annonça-t-il avec un brin d'appréhension.

– C'est lui qu'ils emmenaient ? » demanda Soneri.

L'agent de police acquiesça.

« Il a été menacé.

– À cause de cette rumeur ? » demanda Maini.

Delrio acquiesça une nouvelle fois, tandis que le commissaire éprouvait encore cette désagréable sensation d'étrangeté qui l'avait assailli dès l'instant qu'il avait mis les pieds au village.

« Quelle rumeur ? demanda-t-il alors, agacé.

– Rien d'important, dit Maini pour relativiser. On dit que les Rodolfi lui ont remboursé l'argent prêté. Certains affirment qu'ils lui ont laissé un appartement au nom de sa fille dans les nouveaux lotissements.

– Que des ragots, affirma Delrio. Ici, on est dans un village où une rumeur devient tout de suite la vérité.

– Et le maire n'est pas le seul, ajouta Maini. D'autres auraient repris leur argent à temps avant la faillite : quelques assesseurs, des gens proches du parti du maire…

– Aimi a servi de fusible, dit l'agent d'un ton sentencieux. Ils devaient bien s'en prendre à quelqu'un et ils l'ont choisi, lui, parce qu'il est le plus en vue. Et puis, ici, celui qui fait de la politique est considéré comme un voleur.

– Les vrais voleurs sont dans les banques, poursuivit Maini. Jusqu'à hier, ils nous racontaient que les Rodolfi avaient le vent en poupe et ils nous vendaient des obligations en nous garantissant que c'était une affaire.

– Les gens en ont des piles comme ça, confirma Delrio en indiquant de la main une hauteur d'un mètre

Des chariots entiers de bouts de papier sans valeur, ajouta-t-il ensuite, sardonique.

– Ce n'est pas un hasard si aujourd'hui elles sont restées fermées, informa Maini. Ce matin, les gens faisaient la queue pour reprendre leur argent : certains pensent encore qu'on va le leur rendre.

– Je veux voir qui aura le courage de se présenter encore là-haut, fit Delrio.

– Ils se présenteront encore et tout le monde se taira », dit Soneri en allumant son cigare, coupant court à la discussion.

Les deux se turent un moment, en reconnaissant qu'il y avait du vrai dans ce que disait le commissaire.

« Oui, dit enfin Maini, la plupart se taisent par honte. Ils préfèrent subir la ruine en silence plutôt que protester en révélant qu'ils ont été arnaqués. »

Dans l'esprit de Soneri apparut Sante avec son aigreur réprimée, sa rancune silencieuse confiée par petits grognements. Il pensa que dans quelques années la haine accumulée exploserait en maladie, comme un liquide qui corrode son récipient peu à peu.

Quelques minutes plus tard, lorsqu'il se retrouva face à lui, à table, il l'observa avec plus d'insistance qu'à l'accoutumée et l'homme s'en rendit compte.

« J'ai une sale tête, reconnut-il, mais ça fait une semaine que je ne dors pas. »

Soneri aurait aimé lui dire de penser à sa santé, mais il se retint.

« Ida a cuisiné les girolles que vous avez ramassées, l'informa Sante. Maintenant vous avez tout votre temps », ajouta-t-il.

À ce moment-là, le commissaire remarqua que la pièce était vide. Il se sentait un peu mal à l'aise dans cette grande salle remplie de tables qui attendaient les clients. La moitié des lumières était éteinte et le lieu en partie plongé dans la pénombre suscitait un sentiment de précarité propre aux fins de saison balnéaire, quand les orages perturbent l'air estival.

Après le savarin de riz, on apporta les champignons. Leur goût avait quelque chose de familier au point de réveiller en Soneri des réminiscences de la cuisine maternelle. Une vague d'émotion remonta depuis son estomac en le ramenant bien loin en arrière, dans un lieu dont il ne voulut pas se souvenir pour ne pas tomber dans une mélancolie ennuyeuse. Ces saveurs l'accrochaient au passé, bouchée après bouchée, en suivant un chemin direct qui échappait au contrôle de la pensée. Sante vint à son secours, en posant tout son poids sur la chaise d'en face.

« Je m'attendais à la révolution, commenta Soneri, et en fait il y a moins d'agitation que le jour de la fête du village.

– Ceux qui se sont agités, qu'est-ce qu'ils ont gagné ? Seulement de dévoiler qu'ils l'ont dans l'os. Je veux au moins m'épargner ça… Et puis tout le monde est parti.

– Qui ?

– Les administrateurs de l'entreprise. Tous des amis proches de Paride : une association de malfaiteurs ! s'écria Sante.

– Il n'y a pas si longtemps, vous n'en parliez pas aussi mal », s'acharna le commissaire.

Sante haussa les épaules et Soneri nota son visage défait par la fatigue.

« J'ai toujours entendu parler des Rodolfi comme de saints, poursuivit-il. Jamais une objection, même quand il y en aurait eu besoin. On aurait dit qu'il n'y avait qu'eux.

– L'argent rend beau même ce qui est moche, bougonna l'aubergiste. Ça a toujours été des voyous, lança-t-il ensuite, plein de colère, sa voix comme brisée qui semblait masquer une plainte. Il faut bien l'être pour amasser autant d'argent, non ? » ajouta-t-il.

Le commissaire pensait qu'il avait raison, mais il resta silencieux malgré tout.

« Des voyous ! répéta âprement Sante. Et tout le monde le savait, renchérit-il. Ç'a commencé avec Palmiro, qui a mis de côté un vrai magot, à l'époque du fascisme, grâce au marché noir. Il descendait des montagnes pour aller au port de La Spezia et il achetait du sel, de la morue, du sucre et du café pour les revendre ensuite ici à prix d'or. Il connaissait les sentiers sur le bout des doigts et on ne l'a jamais attrapé.

– Ça continue aujourd'hui encore, l'interrompit Soneri, mais ce sont les Arabes qui s'en occupent et ils ne transportent pas du sel…

– Vous croyez que je ne le sais pas ? Ce qui a été se répète. La différence, c'est qu'autrefois tout le monde connaissait ceux qui allaient et venaient pour le marché noir, alors qu'aujourd'hui on ne sait plus qui fréquente Montelupo. Pas même ceux qui vivent dans les abris de fortune ou dans les séchoirs. Personne, sauf un : le Maquisard.

– Un ami d'enfance de Palmiro.

– Mais lui ne s'est jamais occupé de marché noir. Il n'a jamais spéculé sur la faim, il n'a jamais acheté de cochons volés pour en faire des jambons, et il ne les a jamais nourris avec des ordures. Après la guerre, on pouvait tout faire.

– Ça se peut, intervint Soneri, légèrement agacé, mais vous lui avez donné votre argent. Si c'était vraiment le voyou dont vous parlez… »

Sante soupira profondément en cognant la table de son énorme ventre.

« En affaires, on pouvait s'entendre avec lui. Quand il comprenait qu'il en tirerait des bénéfices, il ne trahissait pas.

– Le bénéfice de vous tondre, tous autant que vous êtes, ironisa le commissaire.

– Mais non, au début il avait besoin de se développer, d'agrandir l'usine de charcuterie et puis de la reconstruire toute neuve là où elle se trouve à présent, parce que le vieil établissement au village ne suffisait pas. Les banques ne donnaient pas plus d'une certaine somme, vu qu'une grande partie des comptes étaient cachés et que le chiffre d'affaires n'était pas important. C'est pour ça qu'il s'est adressé aux gens du village.

– Et vous avez ouvert votre portefeuille. S'il vous avait demandé votre femme, vous la lui auriez donnée aussi… »

Sante fit une grimace, mais encaissa la remarque. On voyait qu'il avait d'autres préoccupations en tête.

« Au début, il ne le faisait pas avec tout le monde, parce que beaucoup n'avaient même pas deux sous pour s'acheter du pain blanc. Il allait chez ceux qui pouvaient avoir quelques économies de côté. En échange, il promettait de caser un fils, ou il les aidait à le faire étudier gratuitement chez les prêtres en ville. Et quand le village a commencé à mieux se porter, il a élargi son champ d'action aux autres. Il leur vidait la commode, mais il leur donnait un travail en leur garantissant un salaire fixe. À l'époque, c'était du luxe. »

C'est cette remarque qui frappa Soneri : se pouvait-il que les choses se soient passées ainsi pour son père aussi ? Les mots de Manuela continuaient de le tourmenter, mais la voix de Sante le fit revenir sur terre.

« Et puis Palmiro était l'un d'entre nous, on se parlait en dialecte. Il savait faire des affaires, faire mûrir les jambons et soigner les cochons. On savait de quelle étoffe il était fait. Mais avec Paride, il n'y avait plus cette familiarité. Il était diplômé, il avait étudié, il gardait ses distances. Il a commencé à rendre service aux hommes politiques, et eux à lui. L'argent, à un moment donné, a pris un chemin que personne ne parvenait à suivre. Notre argent… » se plaignit l'aubergiste.

Pour Soneri, en revanche, quelque chose d'autre était en jeu. Il ne savait pas comment le définir : l'honneur ? les certitudes personnelles ? l'intégrité de l'image du père ? Et à la fin de toute cette rumination, il comprit qu'il ne pouvait plus rester étranger à cette histoire de village. Il avait l'impression d'avoir découvert une vieille dette et de devoir l'épurer par la force des choses.

Profitant du silence, il leva les yeux vers le couloir au bout duquel on apercevait la cour et, au loin, Montelupo. Il vit la montagne inondée de la lumière encore vive du début d'après-midi et éprouva le besoin de fuir cette salle plongée dans la pénombre. Sante était devant lui, abattu et courbé comme un vieux châtaignier trempé de pluie. Soneri se leva brusquement, mais l'aubergiste resta immobile, englué dans la vision de sa propre ruine. Et ce n'est que lorsque le commissaire s'apprêtait à sortir que sa voix l'arrêta un instant :

« J'ai dû me priver de tellement de choses pour rassembler cet argent, murmura-t-il presque dans un râle. J'ai renoncé à vivre, ils m'ont volé un bout de ma vie, pire que si j'étais allé en prison. »

Soneri l'écouta, pétrifié, frappé par ces mots. Puis il dit la première chose qui lui vint à l'esprit, la plus évidente :

« Vous avez un métier et la santé, ce sont les choses les plus importantes. »

Par la suite, lorsqu'il marchait déjà en plein soleil, il pensa à la rancœur qui minait Sante : cet homme implosait jour après jour, à l'image du village qui marinait dans une haine silencieuse, sans flammes, comme les braises sous la cendre dans laquelle cuisaient les pommes de terre les soirs d'automne.

Il traversa la place déserte du début d'après-midi et monta vers l'église avec une idée qui lui trottait dans la tête, puis il franchit les portes du cimetière. Au milieu des tombes, il vit déambuler de vieilles veuves. D'autres dépoussiéraient le cadre ovale de photos sépia et le tombeau voisin, encore vide, qui les attendait. Il longea des parois où apparaissaient des visages familiers, dont chacun était lié à un souvenir d'enfance limpide. Il les revit ensemble, entassés dans les images d'un court-métrage fragmentaire au montage saccadé. Puis il arriva devant les sépultures de ses parents. Sa mère lui souriait, dans l'une des rares photographies prises de son vivant. Il tourna ensuite le regard vers son père et il fut comme frappé par une secousse électrique. Dans cette image vue des centaines de fois, il remarqua un détail auquel il n'avait jamais accordé d'importance, mais qui en cet instant l'avait presque foudroyé. Le grillage qui servait de fond était le même que celui de l'établissement Rodolfi, et le morceau de mur que l'on apercevait était celui de l'entrée des ouvriers.

Il ne s'était jamais demandé où avait été prise cette photo, mais à présent il le savait. Et le lieu réveilla dans son esprit le soupçon que son père aussi s'était adressé aux Rodolfi afin qu'ils l'aident, comme l'avait insinué Manuela. Il se sentait de plus en plus impliqué dans cette histoire. Et tandis que la mauvaise humeur l'envahissait de nouveau, il tomba sur don Bruno. Celui-ci sortait de la chapelle avec son habit de ville recouvert de poussière blanche, sans même son col rigide. Il poussait devant lui, à coups de pied, un tas de fleurs sèches semées par de vieilles guirlandes.

« Je dois même faire le ménage, dit-il en s'emportant, il n'y a pas une femme dans tout le village qui ait envie de me donner un coup de main. Même pas à mi-temps.

– Ils sont tous devenus bouffeurs de curé ? » plaisanta Soneri.

Le prêtre le regarda sans rire.

« Ils sont indifférents, ce qui est pire, dit-il les lèvres pincées, avec amertume. Autrefois ils pensaient qu'ils pouvaient remédier à l'aridité de leur âme grâce à quelques services rendus à l'Église. Aujourd'hui, ils ne se donnent même pas cette peine.

– Autrefois, les prêtes éveillaient les consciences…

– On nous accusait plutôt du contraire, rétorqua don Bruno. En tout cas, les choses ont changé. Vous pouvez leur en dire de toutes les couleurs, ils vous écoutent en silence et n'ont pas l'air perturbé. C'est ça, le plus terrible. Ils préfèrent se terrer dans leur petite âme en pourrissant au milieu d'une poignée de choses minables et insignifiantes. Ils n'ont même pas réagi après ce qui s'est passé. Je voudrais avoir affaire à nouveau aux bouffeurs de curé, les communistes avec lesquels je discutais. Au moins vous aviez l'impression d'un cœur qui bat ! Au lieu de ça, je me retrouve avec des vieux qui viennent à la messe par habitude et une flopée de bigotes qui s'agenouillent à l'église et tueraient leur mari une fois à la maison. Ne parlons pas des jeunes. Et, pour intéresser les autres, je devrais être un concessionnaire automobile ou une banque.

– Elles non plus ne me semblent pas bien en vue en ce moment, constata le commissaire.

– Oh, vous verrez que bientôt tout cela sera de l'histoire ancienne. L'argent est l'unique pensée, désormais. Et moi qui me consacre à prendre soin des âmes ! rit tristement le prêtre, ajoutant ensuite dans un sursaut d'orgueil : Mais je n'en démords pas, vous savez ? Ils reviendront tous au bercail, j'en suis sûr. Et ce coup de fouet est un premier signal que les choses du monde passent, et que tôt ou tard il faut régler ses comptes avec la vie. Les vrais comptes. Regardez Palmiro Rodolfi, s'exclama don Bruno avec une pointe de sarcasme, il a vécu en tyran, mais à la fin il s'est aperçu d'un coup que tout était vain. Lui, les comptes, il les a réglés et il a payé cher.

– Tout le monde paie cher, constata Soneri.

– C'est faux. Seulement quand on s'imagine pouvoir tout résoudre en ce bas monde.

– C'est pour Palmiro que vous avez préparé la chapelle ? » demanda le commissaire en changeant de sujet.

Le prêtre l'observa et acquiesça.

« Il s'est suicidé…

– La miséricorde de Dieu est infinie. Il aura droit à une prière lui aussi. Et puis je crois que son geste prouve qu'il s'était repenti, vous ne pensez pas ?

– C'est possible, murmura Soneri. Il n'avait plus la force de se montrer à ceux qu'il avait trahis. Mais pas non plus le courage de se montrer à Dieu pour demander pardon. Et ça pourrait vouloir dire qu'il ne croyait pas en lui. »

Don Bruno resta silencieux.

« On ne saura jamais ce qui s'est passé, ajouta-t-il, le Tout-Puissant, si. »

Le commissaire pensa que ce discours valait aussi pour son père : peut-être ne saurait-il jamais comment les choses s'étaient passées entre les Rodolfi et lui.

« J'ai appris que vous êtes venu pour les champignons… Votre père partageait cette passion.

– Comme vous, répondit le commissaire en indiquant don Bruno.

– Avant, c'est vrai, admit-il d'un ton plaintif. Mais je n'ai plus mes jambes d'autrefois. »

Il était petit et bien charpenté. Seules ses lunettes à la monture en métal cassaient son image de montagnard des bois. Il avait les jambes arquées comme un jockey, mais elles semblaient s'être pliées sous le poids de son corps massif plutôt qu'à force de chevauchées.

« Qui vous a dit que je vais aux champignons ?

– Nous autres prêtres savons tout. Plus que les carabiniers qui, du reste, viennent nous demander des informations.

– Vous avez été convoqué à la caserne ? »

Don Bruno fit un geste suggérant à la fois la résignation et l'agacement.

« Ils ne savent pas que certains devoirs nous incombent…

– Ils ne vous ont tout de même pas demandé le nom de l'assassin ? »

Le prêtre rit.

« On ne confesse presque plus personne. Sans doute parce que nous nous obstinons à nous occuper d'autrui et que par conséquent nous fourrons notre nez partout.

– C'est parce qu'ils ne savent pas à quel saint se vouer, affirma Soneri.

– J'ai cru comprendre qu'ils étaient sur une piste…

– Oui, une vengeance contre l'escroquerie. Mais ils sont nombreux à avoir un mobile, constata le commissaire.

– Sans oublier les coups de feu qu'on a entendus à Montelupo après la fête du village et qu'on entend encore parfois, expliqua le prêtre. Mais il pourrait s'agir de tirs de braconniers. Les fusils ne manquent pas par ici. »

Soneri fit une moue dubitative et resta muet. Don Bruno poursuivit alors :

« Je crains que l'étau ne se resserre autour du Maquisard. Ils ont fouillé dans son passé et ont trouvé une vieille histoire de rivalité amoureuse. Et ils doivent avoir des preuves. »

Soneri pensa que s'il avait été chargé de l'enquête, c'est précisément par le Maquisard qu'il aurait commencé. Mais dans ce cas, pourquoi avait-il envoyé sa fille pour lui donner rendez-vous ?

« Qui vous a appelé ? C'est Bovolenta ? s'enquit le commissaire.

– Lui-même, confirma le prêtre. Crisafulli est tenu à l'écart.

– Que vous a-t-il demandé ?

– Vous enquêtez, vous aussi ?

– Non, je suis en vacances, mais ici tout me ramène à des histoires privées.

– Évidemment, vous faites partie de cette communauté.

– Plus aujourd'hui, don Bruno. En partie parce que je l'ai quittée depuis des années, en partie parce que je la trouve différente du souvenir que j'en avais.

– Bovolenta attend qu'on l'aide. Il joue les hommes pleins d'assurance, mais il m'a avoué qu'il ne comprend pas grand-chose à ce village. Vous, par contre, vous êtes d'ici…

– Moins je m'en mêle et mieux c'est. Mon père a travaillé pour les Rodolfi, vous vous rappelez ?

– Bien sûr, répondit le prêtre, et j'avais l'impression qu'il était même en bons termes avec eux.

– Ça veut dire quoi, "en bons termes" ? demanda le commissaire avec appréhension.

– Qu'il ne les voyait pas comme des patrons, c'est tout. Qu'il travaillait volontiers et qu'il avait à cœur le sort de l'entreprise.

– J'étais petit et après je suis allé étudier en ville : je ne sais pas grand-chose du travail de mon père, s'excusa Soneri.

– Moi non plus. Mais j'ai entendu dire que les choses étaient ainsi. Du moins avant qu'il quitte tout et déménage en ville. Mais ne me demandez pas ce qui s'est passé, je l'ignore. Peut-être qu'il s'est agi d'une dispute, ou bien d'un choix. Peut-être qu'il en avait marre de ce village. Ou bien il se peut qu'il ait eu une meilleure opportunité. »

Le commissaire repensa au travail de comptable de son père, à son attachement aux bois et à Montelupo, et il eut du mal à imaginer que la vie en ville ait pu représenter une meilleure opportunité pour lui. Il découvrait que le passé de son père devenait à ses yeux de plus en plus obscur. Il s'apercevait à présent qu'ils n'avaient jamais parlé de cette parenthèse vécue sous l'autorité des Rodolfi. Rien d'autre que des allusions dans lesquelles ne se manifestaient ni affection ni rancœur. Il se limitait à citer la période comme étant celle de « quand j'étais employé des Rodolfi ». Soneri regretta encore le temps perdu et les occasions manquées.

« Vous avez revu le Maquisard ? demanda-t-il ensuite à don Bruno.

– Il ne descend jamais au village, répondit-il. Et même s'il le faisait, il ne viendrait certainement pas à l'église.

– Je sais, il n'est pas croyant, confirma le commissaire.

– Ce n'est pas sa faute, continua le prêtre. Palmiro non plus ne l'était pas. Ils sont nés aux Madoni, là-haut, au milieu des animaux, et là-bas la question était vivre ou mourir. Et encore aujourd'hui…

– Il vit comme un sauvage, mais c'est le maître de Montelupo, suggéra Soneri avec un brin d'envie.

– Je n'en serais pas si sûr, dit l'homme d'Église en secouant la tête. Là-haut, il se passe des choses de plus en plus étranges. Quand les nuits sont sereines, on voit des lumières qui ressemblent à des feux s'allumer dans les prairies, puis s'éteindre d'un coup pour réapparaître un peu plus loin. Beaucoup de gens habitent à Montelupo, désormais, et ils sont sans état-civil.

– Des étrangers. Ils vont et viennent depuis la Ligurie, précisa le commissaire.

– Il n'y a pas que des étrangers, poursuivit don Bruno. Il y a des gens bizarres qui se donnent rendez-vous là-haut. Ils viennent même de villes éloignées et ils ne me donnent pas l'impression d'être des randonneurs.

– Quand voit-on les lumières ?

– La nuit, s'il n'y a pas de brouillard. Il suffit d'être patient et de regarder les montagnes. Moi, je dors peu…

– Vous en avez parlé aux carabiniers ?

– Je l'ai dit il y a quelque temps à Crisafulli, mais il m'a répondu comme pour les tirs de fusil : ils ne pouvaient rien y faire. »

La nuit tombait rapidement et Soneri déplora de n'avoir pas pu profiter un peu plus de cette journée de soleil. Tandis que don Bruno montait dans sa vieille Fiat, lui se dirigea à pied vers la place, qu'il rejoignit au moment où les réverbères s'allumèrent.

Une lumière plus forte apparut soudainement en projetant des reflets bleus sur les maisons : l'Alfa Romeo des carabiniers remontait la route en provenance de la partie nouvelle du village pour se rendre à la caserne. Soneri reconnut, sur le siège avant, le capitaine Bovolenta.

« Ils ont arrêté quelqu'un, l'informa Maini qui observait la scène depuis le seuil du *Rivara*. Un étranger, dit-on, un de ceux qui font du trafic là-haut, à Montelupo. »

L'établissement et la place étaient plongés néanmoins dans une quiétude déjà nocturne : la tragédie était calfeutrée dans chaque maison, dans l'argent perdu et dans la honte tue. Le commissaire étudia la silhouette mince, affûtée, de son ami, il se remémora leurs escapades le long des chemins charretiers et leurs premières cigarettes fumées en cachette dans les abris, et il recouvra un peu d'assurance.

« Toi aussi tu y as laissé des plumes avec les Rodolfi ? »

Maini lui adressa un regard furtif, en clignant des yeux à cause de son embarras. Puis il fit signe que oui, en silence, et sur son visage le commissaire lut une profonde peine associée à une demande d'absolution.

Soneri éprouva une grande gêne, mais heureusement Crisafulli vint à son secours en s'approchant de son pas sautillant.

« Commissaire, bonsoir, le capitaine veut vous voir. »

Soneri salua d'un geste Maini dont le regard, à présent, respirait l'animosité.

« Vous me soupçonnez de quelque chose ? » demanda Soneri à l'adjudant, à moitié agacé.

Il détestait qu'on s'immisce dans sa vie en modifiant l'ordonnancement de ses journées. Il voulait décider lui-même, à chaque instant.

« Mais non, que dites-vous ? Nous avons arrêté quelqu'un.

– Et alors ? » grogna le commissaire d'un ton brusque.

Crisafulli se retourna vers lui, surpris par cette réaction.

« C'était une conversation importante ?

– On parlait affaires », répondit Soneri, sibyllin.

L'adjudant laissa tomber.

« Un Roumain, l'informa-t-il. On a trouvé sur lui le portable de Paride Rodolfi. »

Le commissaire haussa les épaules.

« Ça ne vous semble pas être un indice significatif ? s'étonna Crisafulli.

– C'est un indice, admit Soneri, mais je serais prudent.

– Bovolenta est tout sauf prudent, lui », dit l'adjudant avec un clin d'œil.

Il y avait un soupçon de perfidie dans cette remarque, qui énerva le commissaire.

« Comment l'avez-vous trouvé ?

– Un coup de chance. Il en faut, pas vrai ? On a envoyé un message par téléphone à toutes les compagnies d'infanterie des Apennins et on a gagné le gros lot.

– Où l'avez-vous attrapé ?

– À Sarzana. Il est marchand ambulant pour couvrir d'autres trafics, vous m'avez compris ? L'adjudant Zannoni a fait une perquisition et a trouvé le portable caché dans la voiture. »

Soneri hocha la tête pour signifier qu'il avait saisi. Ils étaient devant la caserne et le caporal les escorta dans le bureau de Bovolenta.

Tandis qu'ils s'asseyaient, le capitaine observa Crisafulli avec une certaine sévérité et s'adressa ensuite au commissaire :

« L'adjudant vous a sûrement déjà raconté… commença-t-il avec une pointe d'ironie.

– Oui, pour le Roumain…

– C'est ça, le Roumain. C'est pour ça que je vous ai fait venir ici. Quand vous avez trouvé le corps, avez-vous, par hasard, inspecté les parages ? Même de manière sommaire.

– Non, il faisait déjà presque nuit. Et je ne voulais pas trop fouiller. J'ai seulement enlevé son portefeuille pour vérifier son identité. »

Le capitaine fit un « ah ! » qui irrita Soneri : il ne savait pas si c'était un reproche ou une simple constatation. Alors il continua :

« Il était complètement vide. »

Bovolenta s'accorda un temps de réflexion avant de réagir :

« L'individu qu'on a attrapé affirme qu'il a trouvé le portable dans le bois. Sa description du lieu me fait penser que ce n'est pas très loin de l'endroit où le cadavre a été découvert.

– C'est lui qui l'a dépouillé ? demanda le commissaire.

– Probablement, mais il ne l'avouera jamais. Il voudrait nous faire croire qu'il a trouvé le téléphone par hasard, comme si quelqu'un l'avait perdu. Il jure qu'il n'a jamais vu le cadavre.

– Il y a beaucoup de monde qui circule dans Montelupo, affirma Soneri.

– Justement, il y en a beaucoup, confirma le capitaine. C'est pour ça que je doute que… mais il n'acheva pas sa phrase.

– À votre place, je douterais aussi, si vous évoquez le Roumain.

– Oui, mais il nous a longuement parlé de Montelupo. Et comme vous dites : c'est un lieu très fréquenté.

– Depuis toujours, confirma le commissaire, mais autrefois par une toute autre population.

– Je sais à quoi vous faites allusion, dit Bovolenta d'un air entendu, mais il ne s'agit pas seulement d'étrangers. Le Roumain nous a parlé aussi d'un type grand et robuste, à la barbe blanche, qui se déplace avec une arme et qui, parfois, tire. Ses amis et lui sont terrorisés.

– Ils sont nombreux à tirer…

– Je le sais aussi. Mais cet homme est un Italien, quelqu'un d'ici. Nous savons qu'il s'appelle Gualerzi. »

Bovolenta affichait une expression où perçait une certaine fourberie : celle d'un inquisiteur.

« Vous le connaissez ?

– Bien sûr, répondit Soneri, le Maquisard. Mais que vient-il faire dans cette histoire ?

– Ça vous semble normal qu'on puisse se promener avec une arme et tirer n'importe comment ? Le Roumain affirme qu'à deux reprises les balles sont passées tout près de lui.

– C'est un homme des bois. Il a passé toute sa vie à Montelupo. Et puis il y a le braconnage : là-haut, on l'a toujours pratiqué.

– Où puis-je le trouver ?

– Pour autant que je sache, il vit aux Madoni », répondit Soneri, qui commençait à se voir jouer un rôle qui ne lui plaisait guère.

Le capitaine interrogea Crisafulli du regard, ne sachant pas où se trouvaient les Madoni.

« Laissez tomber, l'exhorta alors le commissaire, il vous faudrait un garde-chasse. »

Bovolenta le scruta d'un air attentif.

« C'est que je ne néglige rien, expliqua-t-il.

– Et le Roumain ? demanda le commissaire.

– Il est en état d'arrestation. Il avait dans sa voiture de la marchandise manifestement volée. Pour l'instant, on l'a accusé de recel et, en attendant, on reste là-dessus. »

Soneri se leva brusquement, avec une rigidité militaire, avant que le capitaine le devance.

« L'invitation à dîner tient toujours », lui dit ce dernier.

Le commissaire hocha la tête et prit congé, Crisafulli à ses trousses dans la tentative de le guider.

Sur le seuil de la caserne, l'adjudant jeta un coup d'œil autour de lui pour s'assurer que le caporal de service n'entendait pas, puis expliqua à Soneri comme pour s'excuser :

« Il est nouveau, il doit encore comprendre… » et, en même temps, il fit des moulinets avec ses mains dans un geste éloquent, comme seul un Napolitain pouvait le faire.

Soneri erra une dizaine de minutes dans le dédale des rues étroites où persistait un silence tendu. Et lorsqu'il revint sur la place, il vit la lueur. Elle provenait d'une maison en dehors du village, vers Montelupo, qui était déjà dévorée par un feu ardent. Des reflets rougeâtres léchaient l'extrémité des châtaigniers un peu plus haut, mais après quelques minutes l'incendie éclata vers le ciel depuis son foyer incandescent. Soneri entendit les carabiniers sortir de la caserne en grand nombre et il imagina les jurons de Crisafulli, désarçonné une fois de plus de la chaise de son bureau. Plus tard, les sirènes stridentes des pompiers envahirent la vallée, violant la quiétude du soir. En revanche, personne ne bougea dans le village, comme en temps de guerre, quand le couvre-feu veillait sur la solitude des morts assassinés.

Conduite par Delrio, la voiture des agents de police partit de la mairie. Devant le *Rivara*, cependant, la petite foule des clients du soir s'était rassemblée.

« C'est la ferme des Branchi ? demanda le commissaire.

– Ça fait quelque temps qu'ils n'y vivent plus, répondit Rivara, maintenant elle appartient aux Monica.

– La grange des Branchi a brûlé en 65, rappela Volpi.

– Et en 44. Mais à l'époque, ce sont les Allemands qui s'en sont chargés », ajouta Ghidini, en insistant sur cette précision d'un ton qui semblait insidieux.

À présent, les flammes montaient jusqu'à deux fois la hauteur du toit et on voyait déjà les pompiers qui s'affairaient dans la prairie éclairée comme en plein jour. Certains couraient pour tenter de libérer les vaches qui mugissaient désespérément, attachées à leur mangeoire. L'une d'elles, affolée, fuyait vers les bois, d'autres se dispersèrent le long des pentes.

« Pauvres bêtes, commenta Volpi, elles ne sont coupables de rien, elles. »

Soneri aurait aimé demander qui était coupable, mais l'indifférence profonde qu'il voyait dépeinte sur les visages lui suggéra de ne pas le faire. Maini s'approcha et lui prit le bras, l'entraînant à l'écart.

« Ici, on déteste les Monica », commença-t-il lorsqu'ils furent assez éloignés.

Soneri fit un geste interrogatif, son cigare serré entre ses doigts.

« Leur fils aîné est l'un des comptables des Rodolfi et on dit qu'il a mis de côté beaucoup d'argent.

– C'est une vengeance ?

– Probablement. Brûler les granges est une vieille manie. »

Soneri se souvint de certains récits et d'une maison en dehors du village dont n'avait subsisté longtemps que le squelette noirci.

« Monica, poursuivit Maini, est allé à l'école avec Paride. Ils jouaient en Bourse : des investissements financiers, des titres, un tas de sociétés… C'est la première génération d'un village pauvre ayant étudié, ils se sentaient invulnérables.

– Tu y as cru toi aussi, dit à brûle-pourpoint Soneri.

– J'ai cru en Palmiro. Et puis comment pouvait-on imaginer qu'il y avait derrière tout ça une escroquerie de ce genre ?

– Tu as raison, c'est toujours difficile de concevoir à quel point la réalité est révoltante. Ça nous surprend toujours. »

Aucun d'eux n'ajouta quoi que ce soit. Ils regardèrent la grange se consumer malgré les jets d'eau des pompiers, et contemplèrent la tragique folie du feu qui se détachait diaboliquement sur l'ombre indifférente de

Montelupo. De temps à autre, une brise délicate transportait l'odeur du foin brûlé, ainsi qu'un air léger et frais. Un printemps improbable réchauffé par un soleil artificiel.

Le commissaire se tourna vers les maisons et aperçut derrière les volets une agitation trouble. Sur les visages qui apparaissaient par intermittence dans les fentes de lumière, à l'abri des persiennes et des barreaux, on devinait la joie mesquine de la vengeance. Le son du tocsin commençait à se répandre dans le village, imperturbable.

« C'est fichu, constata Ghidini, ils auront beau verser dessus toute l'eau du Macchiaferro, ça ne stoppera pas le feu. »

Les flammes, en effet, semblaient s'être encore étirées, insensibles à l'eau qui s'y perdait comme dans une crevasse rocheuse. Plus personne ne travaillait à côté de la grange, sauf quelques pompiers résignés portant les lances. On voyait seulement un homme gesticuler et on aurait dit qu'il voulait se jeter dans le feu. Des animaux, en revanche, il ne restait plus aucune trace dans les environs : ils devaient avoir fui, effarouchés, en prenant la route de la montagne d'où ils venaient de descendre.

« Ça brûlera durant deux jours en couvant sous la cendre », estima Rivara avec un demi-sourire sarcastique.

Tout à coup, la brise tomba et sur leur tête s'abattit une sorte de suie.

« C'est encore le jour des Cendres ? dit Ghidini en ricanant.

– Je ne vois aucun repentir, laissa échapper le commissaire.

– Mais ce n'est pas nous les responsables, rétorqua l'autre.

– Non, mais vous êtes contents quand même. »

Maini l'observa en l'implorant d'un air sévère. Soneri était en train de se mettre tout le monde à dos, mais il n'en avait cure. Ghidini et les autres ne réagirent pas. Ils gardèrent le silence en échangeant des regards perçants.

« Qui sème le vent récolte la tempête, finit par commenter Ghidini. Le fils de Monica était l'un de ceux qui faisaient les comptes là-haut, expliqua-t-il en indiquant l'usine de charcuterie. Il savait tout, mais il faisait l'arrogant avec l'argent qu'il volait. Et quand on joue de sales tours, il est normal que quelqu'un, tôt ou tard, vous le fasse payer. Cette partie-là, il l'a perdue. »

Et il se tourna vers les autres, cherchant leur approbation.

« Les sales tours convenaient à tout le monde, se contenta de répliquer Soneri.

– Ce n'étaient pas les gens du village qui menaient le jeu, intervint Rivara. Les banques auraient dû les arrêter, avec toutes ces dettes. Ce sont elles qui avaient les cartes en main.

– Les banques sont liées aux hommes politiques, et les Rodolfi étaient dans la politique jusqu'au cou, ajouta Ghidini.

– Vous aussi, vous avez voté pour ces hommes politiques, renchérit le commissaire. Qui a élu Aimi avec un score digne d'une république bananière ? »

Le ton de Soneri était calme, mais tranchant. Maini restait à l'écart et essayait en vain de ramener la conversation sur un autre sujet, même si désormais les échanges étaient tendus. Rivara balbutia que tout le monde n'était pas d'accord, que beaucoup avaient compris, à présent. Néanmoins, il ne parvint pas à être convaincant. Aussi la discussion se bloqua-t-elle à son point culminant, en mourant dans un silence hostile. Le commissaire connaissait parfaitement cette tournure d'esprit des montagnards, parce que c'était en partie aussi la sienne. Il savait que, face à une grave accusation, ils choisissaient toujours la fuite. Mais leur silence transformait lentement les mots qu'ils auraient voulu dire en indifférence et en détachement.

La sirène d'un poids lourd hurlait sa plainte depuis les virages qui montaient vers la vallée. C'est elle qui brisa la tension qui s'était créée.

« Il y a un autre camion-citerne qui arrive, informa Volpi.

– Ils auraient pu le laisser à la maison, vu l'état de la grange », dit Ghidini en ricanant.

Soneri s'en alla avec l'excuse de mieux observer les opérations et, tandis qu'il quittait le groupe, il ressentit une gêne étrange. Maini le suivit, mais lorsqu'il le rejoignit, le portable du commissaire sonna. La voix d'Angela allait et venait :

« J'arrive, lui annonça-t-elle en hurlant pour se faire entendre.

– Où es-tu ?

– Il y a un panneau qui indique vingt kilomètres. Tu me le demandes parce que tu flaires déjà ma présence dans les environs ?

– Mais non, c'est pour t'attendre. Tu arrives dans un moment de grand remue-ménage.

– Je veux bien le croire, avec tout ce qui s'est passé…

– En plus de ça, il y a aussi un incendie : une grange a pris feu.

– Criminel ?

– Elle appartenait à la famille de l'un des plus proches collaborateurs de Paride. Imagine un peu…

– J'ai pas mal de choses à te raconter, le prévint Angela. J'ai parlé avec l'avocat Gennari qui, lorsqu'il a appris que tu étais en vacances et que tu ne t'occupais pas de l'affaire, m'a confié plein de choses. Bien sûr, je ne lui ai pas indiqué que tu passais tes vacances dans le village des Rodolfi. »

Soneri lui donna rendez-vous une demi-heure plus tard et, quand il se retourna pour chercher Maini, il s'aperçut qu'il avait disparu. Le tocsin cessa également tout à coup, et tout replongea dans le silence. On n'entendait plus non plus le va-et-vient des pompiers. La grange, en effet, n'était plus qu'un tison et, dans l'obscurité, quelques langues de feu dardaient de temps en temps. Puis on entendit distinctement le fracas des poutres qui avaient cédé brusquement, mangées par les flammes, en entraînant dans leur chute des morceaux de mur. C'était la fin, un dernier tressaillement de la mort effaçait une portion du village. Le commissaire pensa que le spectacle était fini et il se dirigea vers l'*Écureuil*. Il se faufila dans les rues étroites du vieux bourg et jeta un coup d'œil à l'intérieur de l'*Orme*. Les vieux jouaient, assis à leurs tables, et d'autres assistaient aux parties debout, appuyés contre les murs. Magnani était derrière le comptoir et fumait, à moitié endormi. Tout ressemblait à une soirée normale, dans le silence résigné des personnes âgées.

Soneri poursuivit son chemin, dépassant ce pâté de maisons, et déboucha sur la route qui regardait vers la vallée, les lumières des foyers brillant plus bas comme des étoiles reflétées par la terre. Il marcha d'un pas rapide jusqu'à ce qu'il pût distinguer dans le noir l'enseigne de l'auberge. C'est alors qu'il entendit le léger bruit des griffes d'un chien cliquetant sur la route. Il se retourna et vit Dolly, contente, remuer la queue. Elle l'avait attendu là où elle savait qu'il passerait.

7

« Je ne sais pas comment t'est venue l'idée de monter jusqu'ici, annonça Angela en descendant de la voiture et en regardant autour d'elle, effrayée par l'obscurité.

– C'était une mauvaise idée, je sais, répondit Soneri d'un air pensif.

– Pourquoi tu ne t'en vas pas ? Tu es en vacances, pas en exil. »

Le commissaire écarta les bras, abattu.

« Oh mon Dieu, tu es encore en proie aux fantômes du passé ? Pour échapper au préfet, tu finis dans la gueule d'un patron encore plus enquiquinant », proclama Angela en s'approchant de lui pour l'enlacer.

Soneri la laissa faire passivement, et elle poursuivit :

« Quand je t'ai connu, tu ne pensais jamais au passé : tu étais tellement pris par ton travail…

– C'est justement parce que je n'y ai jamais pensé que maintenant je sens qu'il me pèse. C'est mon âge qui me tourmente. J'ai l'impression d'être sans mémoire et d'avoir perdu trop de temps en choses inutiles.

– Et tu en perdras encore à ruminer. Tu n'en tireras rien.

– Je regrette les mots tus, le temps que j'aurais pu passer avec mon père… »

Angela soupira. Puis, devinant ce qui chiffonnait le commissaire, elle ajouta :

« Ne fais pas attention aux rumeurs, presque toujours ce sont des médisances ou des contrevérités. »

Il l'étreignit, cette fois-ci avec conviction, en gardant à distance son cigare allumé. Il sentit, en même temps que les lèvres de sa compagne, le museau humide de Dolly contre sa main restée ballante, le *toscano* entre les doigts.

« Ne me dis pas que tu as pris un chien, comme une vieille célibataire, commenta Angela.

– C'est elle qui m'a choisi, lui expliqua Soneri, c'était la chienne de Paride.

– Ou elle, ou moi ! dit Angela en feignant la jalousie.

– Demain je la ramènerai chez sa maîtresse, décida le commissaire. Et ce sera la deuxième fois.

– Elle t'adore, tu ne le vois pas ?

– Je ne suis pas l'homme qu'il lui faut, répliqua-t-il avec un sourire avant d'ajouter très sérieusement : Elle a déjà perdu quelqu'un, je ne veux pas qu'elle renouvelle l'expérience.

– Si tu le dis… En tout cas, elle s'est enfuie pour rester avec toi. »

Soneri s'efforça de ne pas s'attendrir, mais il ne put s'empêcher de caresser Dolly.

« Alors, Angela, parle-moi de l'avocat des Rodolfi… »

Elle hocha la tête dans l'obscurité.

« La situation est plus grave qu'on ne pensait, commença-t-elle.

– Tout est toujours plus grave qu'il n'y paraît.

– Paride et ses collaborateurs falsifiaient les comptes depuis des années. Les bilans ne reposaient sur rien de solide. Dans certains cas, ils s'inventaient des créances en fabriquant de faux documents dont ils se servaient pour obtenir des prêts. Tout s'est écroulé lorsqu'ils n'ont plus été capables d'honorer une partie des obligations qui arrivaient à échéance. Pendant un temps, ils ont essayé de faire diversion en évoquant un fonds à débloquer, dans lequel – selon leurs dires – était déposé beaucoup d'argent, mais quand on a découvert que ça aussi, c'était une invention, tout l'édifice s'est cassé la figure.

– Et tout le monde est tombé des nues. Y compris les banques, commenta Soneri, caustique.

– Elles s'en fichent. Le gros de la dette, elles l'ont mis sur les épaules des épargnants, en leur vendant des titres bidon.

– Qui enquête sur cet imbroglio ?

– La brigade financière. Mais il est très difficile de reconstruire un labyrinthe de transactions où se croisent des opérations licites et illicites. On ne sait même pas à combien s'élève la dette dans son ensemble. Et puis, avant de tout lâcher, les responsables du conseil d'administration ont détruit les archives et effacé la mémoire des ordinateurs.

– Qui sont les comptables ?

– Des amis de Paride depuis le lycée.

– Une bande du village ! dit brusquement le commissaire avec mépris. Et personne pour les arrêter à temps.

– Ça durait depuis au moins dix ans : ils pensaient pouvoir berner tout le monde, éternellement. Ils se croyaient tout-puissants, comme d'habitude avec les nouveaux riches. »

Le commissaire baissa la tête. Ils s'étaient assis sur le muret qui longeait la route, même si le froid engourdissait leurs os, et ils regardaient la lune monter dans le ciel. Dolly s'était couchée entre leurs pieds et les observait de temps à autre, espérant des caresses. Ils marchèrent ensuite vers le village jusqu'à ce qu'ils aperçoivent la grange des Monica réduite à une gigantesque braise.

« Une vengeance, expliqua Soneri.

– En rapport avec l'escroquerie ?

– Elle appartient aux Monica... »

Angela tressaillit.

« Un des amis de Paride...

– Les rancœurs, anciennes comme nouvelles, se transmettent. Malheureusement, ici, c'est une vieille tradition.

– Comme brûler les granges, constata-t-elle.

– Tu vois que le passé, tôt ou tard, nous rattrape...

– Maintenant je veux que ce soit toi qui m'attrapes », conclut-elle en se serrant contre lui.

Ils gagnèrent l'*Écureuil* et Angela sourit à la vue des bibelots et de la décoration bon marché de la pension, dans laquelle régnait un mauvais goût rustique. Soneri dut la rassurer sur la propreté de la salle de bains et des draps, et explorer la chambre trois fois pour conjurer la présence d'araignées, de cafards et autres insectes. Puis il laissa échapper que c'était la période des punaises, faisant naître de nouvelles craintes. Il s'enorgueillit en constatant à quel point, au fond de lui, il était resté un montagnard par rapport à Angela, qui n'avait jamais passé un seul jour à la campagne. Peut-être à cause de toutes ces peurs, elle dormit collée à lui et, le matin, le commissaire se réveilla vaguement endolori par ce contact prolongé. Ses pensées, en revanche, étaient restées au stade où il les avait laissées la nuit précédente.

« L'escroquerie est claire, résuma-t-il tandis qu'ils prenaient le petit déjeuner que leur servit un Sante silencieux, intimidé par la présence d'Angela. Mais pas l'assassinat de Paride. Et pas davantage le suicide de Palmiro, bien qu'il ait eu de bonnes raisons de mettre fin à ses jours.

– Une vengeance, comme pour la grange, supposa Angela.

– Peut-être, murmura le commissaire. Reste à savoir quel type de vengeance.

– Tu m'as toujours dit que les actions humaines sont dictées par des motivations très simples : l'argent, et donc le pouvoir, ou le sexe. Devine un peu quelle est la bonne motivation dans notre affaire…

– Les carabiniers aussi le pensent.

– Tout le monde le penserait. Mais toi tu connais mieux que quiconque ces lieux et ces gens, et il y a dans cette histoire quelque chose qui parle de ta propre histoire, constata Angela, sûre d'elle.

– Comme dans toutes les enquêtes. Je dois me mettre dans la peau de l'assassin. Et de la victime. J'ai absolument besoin de m'identifier et de revivre des émotions personnelles, expliqua le commissaire.

– Et là, tu as imaginé que tu étais Paride ?

– Non. C'est une phrase de sa femme, murmura Soneri avec effort. Une phrase malheureuse sur mon père.

– Qu'est-ce qu'elle t'a dit ?

– Que lui aussi était allé frapper à leur porte pour être embauché.

– Ce n'est pas un crime…

– Non, mais c'est une manière d'accuser mon père de complicité avec les autres villageois : tout le monde savait et tout le monde exploitait la situation par intérêt. En un certain sens, c'est vrai.

– Et toi, tu n'en savais rien ?

– À l'époque, j'étais en ville pour étudier, répliqua Soneri. Mon père ne me parlait pas de son travail, et moi je ne lui demandais jamais rien. On ne dialoguait pas beaucoup, même si on était bien ensemble, surtout quand on montait là-haut pour chercher des champignons ou pour chasser. Par la suite, le reste de la famille a déménagé en ville. Je croyais que c'était pour ma mère, qui avait besoin de soins et qui devait se rapprocher de l'hôpital. En fait, quelque chose devait s'être produit entre mon père et les Rodolfi. Mais je ne sais pas quoi.

– Et c'est ça qui te tourmente ?

– Non, je soupçonne plutôt que papa a aidé des arnaqueurs. Ou qu'il a été parmi ceux qui savaient et qui se sont toujours tus, comme tout le monde dans ce village. Don Bruno m'a rapporté qu'il était "en bons termes" avec Palmiro. Ça peut vouloir dire tout et son contraire. »

Angela le scruta d'un regard où se mêlaient tendresse et réflexion.

« Enquêter, pour toi, c'est comme aller chez le psy.

– Je me débrouille tout seul », dit Soneri, et il la salua tandis qu'elle montait dans sa voiture.

Ils prirent ensuite des directions opposées : Angela vers les lacets sinueux du fond de la vallée, lui vers la route qui grimpait à Montelupo.

Peu après Boldara, il croisa Volpi. Il était monté par le sentier de la Croix, qui traversait les jaspes rouges vers l'ouest. Il avait son fusil en bandoulière, crosse rabattue et sans charge. Soneri l'observa jusqu'au moment où ils furent face à face : il portait des bottes vertes en caoutchouc qui arrivaient aux genoux et un pantalon de futaine.

« Vous avez trouvé des braconniers ? demanda le commissaire.

– Il y en a une foule, de ces gens-là, répondit l'homme distraitement. Mais maintenant, ils ont rouvert la chasse.

– Au sanglier ?

– Mais non, au Maquisard. »

Ils entendirent alors des hurlements et des cris pour appeler les chiens vers Montelupo. Dolly, qui avait suivi le commissaire, se mit à l'affût.

« Une chasse au gros gibier, insista Volpi. Il doit y avoir au moins trente carabiniers dispersés à travers les bois. »

Soneri pensa à Bovolenta : il avait tout décidé seul, en faisant semblant de le consulter.

« Ça va être dur avec le Maquisard, dit-il avec sarcasme, en s'apercevant qu'il était du côté du bûcheron, poussé par la colère qu'avait provoquée en lui le capitaine.

– C'est des blancs-becs, grogna le garde-chasse d'un ton méprisant, ils vont finir par se faire mal ou par se prendre un coup de fusil s'ils ont le malheur de tomber sur Gualerzi. Cet homme ne plaisante pas.

– Il se foutra de leur gueule pendant quelques jours, puis ils se lasseront. Montelupo est trop grand pour ceux qui ne le connaissent pas », commenta Soneri.

On entendit encore des sifflements et Dolly fut à nouveau sur le qui-vive.

« Ils ont des chiens ? demanda le commissaire.

– Trois ou quatre. Mais avec l'odeur de gibier qu'il y a, ils ne savent pas où fourrer leur museau et ils courent dans tous les sens », expliqua Volpi.

Il indiqua ensuite Dolly.

« Normalement, on n'a pas le droit de sortir les chiens pendant cette période.

– Elle appartient aux Rodolfi. Elle veillait sur Paride quand je l'ai trouvé. Depuis, elle me suit partout.

– Il ne sera pas facile de s'en débarrasser. Quand les limiers choisissent un maître, ils préfèrent se faire tuer plutôt que l'abandonner.

– Je l'ai déjà ramenée une fois à la villa.

– Tout le monde s'enfuit de là, désormais, grommela le garde-chasse, qui pointa ensuite ses jumelles vers le haut, au milieu des bois, où résonnaient les cris d'appel.

– Palmiro braconnait ? interrogea Soneri quand il rencontra de nouveau le regard de Volpi.

– On ira plus vite en faisant la liste de ceux qui ne braconnent pas, répondit son interlocuteur avec vigueur. Palmiro et le Maquisard viennent des Madoni et ils se sentent maîtres chez eux, au milieu de leurs bois.

– Des sangliers ou des chevreuils ?

– Pour autant que je sache, il tirait volontiers sur les oiseaux : il les mettait dans la polenta, comme on fait en Vénétie. Mais si un autre animal lui tombait entre les mains…

– Il faut des munitions différentes…

– Bien sûr, mais il y a des fusils qui portent toutes les charges », expliqua Volpi.

Les voix s'étaient peu à peu rapprochées. Dans une clairière, quelques carabiniers passèrent en tenue camouflage : on aurait dit une scène de guerre.

« Ils m'ont demandé de les accompagner pour que je leur serve de guide, poursuivit le garde-chasse

J'ai répondu que je poursuis seulement des braconniers et que je ne joue pas les carabiniers.

– Par conséquent, l'affaire du Maquisard pourrait t'intéresser.

– Ils ont autre chose en tête, l'interrompit Volpi. Je ne suis pas un mouchard.

– T'as intérêt : au village, je crois que tout le monde a pris le parti du Maquisard. »

Le garde-chasse haussa les épaules.

« Que ce capitaine se débrouille. Gualerzi devait avoir de bonnes raisons si c'est bien lui. Comme beaucoup d'autres... » grogna Volpi.

Plus haut, là où la montagne présentait d'âpres parois rocheuses, retentirent de nouveau les sifflements qui rappelaient les chiens.

« Ils filent à toute allure, chuchota le commissaire en calmant Dolly.

– Il faudrait qu'ils réfléchissent un peu. On dirait une volée de perdrix qui s'affolent en battant des ailes. Tu sais qu'ils ont mis sa maison sous surveillance ?

– Ils veulent l'avoir à l'épuisement.

– Il en faudra plus pour l'épuiser ! s'exclama Volpi. Il doit avoir sept ou huit abris éparpillés dans ces bois et il sait chasser même sans fusil.

– Tu le sais bien grâce au métier que tu fais, ironisa le commissaire.

– Les lois doivent être appliquées avec discernement, déclara l'homme. Des gens comme le Maquisard ou Palmiro Rodolfi ont connu la faim, et le braconnage représentait pour eux la survie. Ils l'ont dans le sang et maintenant ils sont trop vieux pour arrêter », expliqua le garde-chasse.

Leur discussion fut interrompue par un tir de fusil, suivi par d'autres coups de feu.

« La bataille a commencé ? dit Soneri à tout hasard.

– Des tirs de mousqueton, estima Volpi en se mettant à l'écoute. Ils doivent avoir touché un sanglier.

– Ils n'ont pas connu la faim, mais ils font tout de même feu, intervint le commissaire. Pourtant, tu as intérêt à laisser tomber dans ce cas.

– Non, répliqua calmement Volpi, toujours à l'écoute, ils sont sûrement passés à côté de la tanière d'une femelle avec ses petits, qui les a attaqués. Elles font peur quand elles chargent. »

Soneri hocha la tête et reprit son ascension vers le refuge en passant par les châtaigneraies en direction du Malpasso pour éviter la battue.

« Il faut faire attention, lui cria le garde-chasse, quelques mètres plus bas.

– Je suis habitué aux risques », le rassura Soneri.

Montelupo se présentait à lui sous un jour différent de l'accoutumée. Les sifflements, les clameurs au loin, tout semblait participer d'une tension qui fermentait dans l'ombre et surgissait des bruits de la vie invisible sous les taillis. Il monta rapidement, poussé par une vague inquiétude. Il dépassa les abris déserts et pleins d'immondices, puis atteignit la petite clairière devant le refuge. En haut, au-delà de la végétation, le soleil tapait déjà depuis quelque temps et la roche paraissait chaude. Baldi s'affairait autour du poêle et avait retourné les lourdes chaises en hêtre sur les tables. Soneri salua et montra la salle du menton.

« C'est fini pour cette année, annonça l'aubergiste. Ou peut-être pour toujours, je ne sais pas, ajouta-t-il aussitôt.

– Il est tôt pour la retraite, dit le commissaire, et puis maintenant le meilleur arrive. »

Baldi l'observa d'un air malicieux.

« C'est sur lui qu'ils tiraient ce matin ?

– Non, ils ont dû tomber sur une laie qui les a chargés. On entendait les cris.

– Ils ont les mousquetons, mais ils doivent viser juste pour tuer une bête d'une demi-tonne. »

Soneri approuva.

« Tu penses que c'est lui qui a tué Paride ? » demanda-t-il ensuite.

L'aubergiste leva les yeux et l'observa en secouant sa crinière blanche.

« Le Maquisard est capable de l'avoir fait, mais ça me semble bizarre.

– Peut-être que Paride lui devait de l'argent, à lui aussi. »

Baldi souleva les cercles qui couvraient le poêle, d'où surgirent la flamme et une myriade d'étincelles.

« C'est possible. C'est un homme qui ne supporte pas les torts, grommela-t-il en enfournant une bûche de hêtre. Mais je ne suis pas convaincu. »

Le commissaire ne détourna pas son regard de Baldi, qui s'était redressé et se tenait devant lui, aussi grand qu'une meule de paille.

« Il aurait éliminé Palmiro, continua-t-il. C'était lui qui ramassait l'argent au village. L'autre se chargeait des banques. Et puis il avait grandi avec Palmiro. Ils étaient comme des frères. Palmiro, le Maquisard et le pauvre Capelli : un vrai trio.

– C'est pour ça qu'il a dû se sentir trahi, insinua le commissaire.

– Bah, se borna à dire Baldi. Mais que vaut mon opinion ? C'est celle des carabiniers qui compte. Ce sont eux qui doivent changer d'avis.

– Eh oui, murmura Soneri.

– De toute façon, ils ne l'attraperont pas, dit Baldi en ricanant. Ils ne savent pas à qui ils ont affaire. Le Maquisard est mieux équipé qu'un chat sauvage. Même les SS n'ont pas réussi à l'attraper. Tu crois qu'une poignée de carabiniers fera mieux ? Dans quelques jours, ils commenceront à claquer des dents à cause du froid ou se perdront dans les brouillards de l'altitude, en pleurnichant à la radio pour qu'on vienne les chercher… La montagne est dure et sans pitié. Il faut être coriace. »

La brise apporta un aboiement lointain de chiens, provenant des environs du mont Fou, et Dolly gronda dans leur direction. Baldi aussi écouta un instant ces cris de meute en chasse.

« Ils sont du côté du Bragalata. Ils voyagent vite, à ce train-là ils en auront vite marre. »

Il n'y avait qu'une table libre de chaises, et Baldi s'y assit.

« La seule bonne chose apportée par les carabiniers, c'est que tous ces étrangers qui allaient et venaient depuis La Spezia ont disparu : ils ont peur de se faire choper. »

L'aubergiste se releva, prit deux verres et une bouteille du comptoir, qui était vide désormais. Puis il versa à boire pour lui et le commissaire.

« Ton père, lui, était coriace, lança-t-il après la première gorgée. Il aimait la montagne. Il avait passé le concours pour devenir garde-chasse, mais il ne l'avait pas eu. Ils ne prenaient que des gens pistonnés, originaires de Vénétie ou du sud de l'Italie.

– Il fallait la carte du parti. Ou bien la lettre d'un curé, se souvint Soneri.

– Mais ton père était communiste. Et en plus résistant dans les brigades garibaldiennes.

– Les Rodolfi n'étaient pas attentifs à ce genre de choses ?

– Bien sûr qu'ils l'étaient ! Ils se sont toujours bien entendus avec les curés. Ils contribuaient à la restauration de toutes les sacristies et de tous les presbytères. Pour la galerie. Palmiro pensait seulement au fric et Paride avait encore moins de scrupules.

– Et alors comment se fait-il que mon père…

– Je n'arrive pas à me l'expliquer non plus.

– La femme de Paride, poursuivit Soneri, m'a fait comprendre que… »

Le commissaire s'interrompit, étouffé par la colère qui lui serrait la gorge.

– C'est une folle, dit brusquement Baldi. Elle s'est mariée par intérêt et elle a perdu pied quand elle a appris qu'elle finirait ruinée. Et puis la mort de Palmiro…

– Elle s'était prise d'affection pour lui ? »

L'autre rit, les yeux brillants de malice.

« Bien plus que d'affection ! Au village, tout le monde savait qu'elle couchait avec lui. Paride habitait aux Bois et elle, au Talus avec Palmiro. Il était naturel que ça finisse comme ça. Une femme comme elle a besoin d'être rassurée, protégée. Et Palmiro remplissait ce rôle à merveille. Malgré son âge, il était encore vigoureux. Paride, au contraire, n'offrait aucun sentiment de sécurité. Même pas pour lui.

– Mais il savait ?

– Bien sûr, mais il s'en fichait complètement. Quand l'envie le prenait, il allait dans les endroits fréquentés par les riches. Il faisait sa petite affaire en vitesse, pour ne pas perdre trop de temps. »

Soneri était sur le point de demander d'autres informations sur son père, mais un coup de feu détourna leur attention. D'autres tirs suivirent, très rapprochés, comme une rafale irrégulière. Des coups plus secs et déterminés.

« Ça, c'est une vraie bataille, dit Baldi qui bondit sur ses pieds et se précipita vers la fenêtre donnant sur le Bragalata. Ils doivent être tombés sur le Maquisard et il a tiré le premier.

– Tu es sûr ? demanda Soneri en s'approchant de la fenêtre pour observer à son tour l'étendue de roche grise en dessous de laquelle commençaient le maquis vert des myrtilles et, en contrebas, la hêtraie.

– Le premier coup provenait d'un Beretta. Les autres de mousquetons », expliqua l'aubergiste.

Le silence retomba pendant quelques minutes. Puis une nouvelle série de détonations au cœur des étendues cuivrées des hêtres.

« Des mousquetons, répéta Baldi. Comme en temps de guerre.

– Est-ce qu'ils l'ont eu ? se demanda le commissaire.

– Ça m'étonnerait, s'il a tiré en premier.

– Ils l'ont peut-être sommé de s'arrêter et il a riposté.

– Rien de plus probable. Il n'est pas du genre à réfléchir à deux fois. Ou peut-être que c'est lui qui a touché l'un des militaires…

– Quel intérêt a-t-il à se comporter comme ça ? Il ne devrait pas se montrer : s'il en perfore un, les autres ne le lâcheront jamais. »

Dolly vint sous la fenêtre et chercha la main de Soneri.

« Elle est agitée, ça veut dire qu'il y a de l'électricité dans l'air. Les animaux sentent les choses avant nous, ils flairent nos peurs », dit l'aubergiste.

On n'entendit plus rien. Le calme était revenu sur Montelupo. Les chiens non plus n'aboyaient plus au fond des bois.

Baldi se retira sans un mot. L'échange de tirs l'avait perturbé. Le commissaire, en revanche, n'avait pas bougé de la fenêtre et restait à l'écoute. Dolly était assise, sur le qui-vive, et de temps en temps on aurait dit qu'elle voulait se ruer dehors.

« La chienne sent quelque chose, confirma Soneri en se tournant vers la salle.

– Peut-être des voix ou le bruit de pas des carabiniers qui se déplacent parviennent-ils à son oreille. Mais, dans le bois, on ne les verra jamais », répondit le gardien du refuge en secouant la tête.

Alors le commissaire aussi quitta la fenêtre. Le soleil était déjà assez haut pour dégeler le toit, qui s'égouttait lentement. Les coups de feu avaient rendu Baldi mutique ; il fixait le verre devant lui avec la tête de celui qui se réveille, triste, après une cuite. Puis il se leva et entreprit de ramasser les objets qui traînaient. Le commissaire essayait d'interpréter le silence profond qui s'était installé après les tirs de mousqueton ; incapable de parvenir à une conclusion, il s'apprêta à se lever pour échapper au sentiment d'impuissance qui l'avait submergé. Dolly le devança et se mit à aboyer.

« Il y a quelqu'un, dit Baldi avec indifférence, quand Ghidini apparut sur le seuil de la porte.

– Ils se sont liés d'amitié, annonça ce dernier en faisant allusion à la chienne et à son propre chien d'eau romagnol. Elle est en chaleur ? » demanda-t-il en indiquant Dolly.

Le commissaire fit un geste qui indiquait son ignorance.

« D'où viens-tu ? interrogea Baldi en retour.

– De la zone de guerre », répondit Ghidini.

La curiosité se peignit sur le visage de l'aubergiste.

« Le Maquisard les a bien eus, expliqua l'homme avec un rire sarcastique. J'étais vers Groppizioso, sur les versants qui donnent sur le Bragalata, quand j'ai aperçu la patrouille des carabiniers qui montait. J'ai fait taire le chien et je me suis éloigné du sentier. Peu après, ils se sont arrêtés pour manger près du séchoir de Pratoguasto, assis en cercle comme des élèves avec leur musette ouverte entre les jambes. C'est à ce moment-là que le Maquisard a surgi des cascades du Macchiaferro. Mais il ne les a pas visés directement : il a tiré contre un hêtre à proximité et le bois a volé en éclats sur les carabiniers. Puis il a disparu dans le ravin et ils l'ont perdu de vue.

– Ils ont dû tirer trente ou quarante fois, dit Baldi.

– Sur les moucherons. Lui était introuvable.

– C'est un geste stupide, intervint Soneri, maintenant ils vont appeler les renforts.

– Le Maquisard est comme ça, expliqua Ghidini. Il est furax parce qu'ils ont mis sa maison des Madoni sous surveillance. Ils ont aussi dévasté l'un de ses abris, où il gardait tout son fromage du mois d'août.

– Ça va mal finir, grommela Baldi.

– Il y en a déjà un à l'hôpital, les informa Ghidini.

– Qui ? demanda Soneri.

– Un carabinier. Mais c'est une de leurs balles qui l'a touché. Ils ne savent pas tirer et ils ne maîtrisent pas ce qu'ils font. Dans le bordel qu'il y avait, quelqu'un a dû glisser et le coup a fini du mauvais côté.

– C'est grave ? »

L'homme écarta les mains.

« Je ne sais pas, il tenait son bras et il est probablement tombé dans les pommes. J'ai vu qu'il perdai beaucoup de sang. Un tir de mousqueton te traverse de part en part. »

Le commissaire se leva. Le soleil était apparu dans l'embrasure de la fenêtre, juste au niveau du sommet du Bragalata qu'il couronnait telle une auréole. Un appel impérieux, comme toujours, auquel il ne savait résister. Alors, il salua Baldi et sortit en appelant Dolly qui repoussait de ses grognements le fougueux chien d'eau de Ghidini. L'homme se pressa de suivre le commissaire, qui remarqua son air embarrassé.

« Il y a quelque chose que je dois vous dire, commença-t-il à voix basse. Ça fait quelque temps que j'aurais dû vous en parler, mais ça me semblait sans importance… »

Le commissaire prit un *toscano* et s'apprêta à l'allumer.

« Une phrase du Maquisard au sujet de votre père », poursuivit l'autre.

Soneri devint attentif et laissa l'allumette s'éteindre sans l'approcher de l'extrémité du cigare.

« Il a dit que Palmiro était très reconnaissant à votre père, pour un problème réglé qui remontait à la guerre. Mais il ne voulait pas que ça se sache. C'était comme un secret entre eux deux et quelques autres. Parmi eux, le Maquisard.

– Une histoire de résistants ? demanda le commissaire.

– Peut-être. Mais je n'ai pas réussi à creuser. Gualerzi est un type qui ne répond jamais aux questions : si tu l'interroges, il se braque et n'ouvre plus la bouche. »

Soneri se sentit une nouvelle fois impuissant. L'envie lui vint de tout laisser tomber et de s'en aller. Mais ce fut l'affaire d'un instant : il savait qu'il devait continuer cette étrange enquête ; aussi, tandis que Ghidini rentrait au refuge sans ajouter un mot, il se dirigea vers le Malpasso.

Il se rendit aux étables sur les alpages, à la recherche de l'homme qui lui avait servi de messager deux jours plus tôt, mais il trouva les portes soigneusement barricadées en prévision des importantes chutes de neige. Il prit le sentier qui descendait et, à ce moment précis, son portable sonna. Angela semblait pressée ou peut-être était-ce l'urgence de lui communiquer des détails importants.

« Ce Monica, lui révéla-t-elle, celui auquel on a brûlé la grange, a rejeté tous les torts sur les banques et les Rodolfi.

– Qu'est-ce que ça veut dire ? demanda Soneri en s'asseyant sur un rocher pour profiter de la tiédeur du soleil.

– Il dit que les banques savaient très bien, depuis longtemps, quelle était la situation de l'entreprise et que, pour cette raison, elles n'auraient jamais dû conseiller à leurs clients l'achat d'obligations, ni les leur vendre directement.

– C'est vrai, mais si l'entreprise n'avait pas contracté toutes ces dettes… souffla le commissaire.

– Il accuse aussi les épargnants, poursuivit Angela. Eux aussi savaient et continuaient à investir de l'argent en titres qui ne valaient rien, parce que les taux d'intérêt étaient plus élevés que la normale.

– Tout le monde savait et espérait que tout irait bien. Il manque toujours un homme qui ait le courage de refuser. Quelqu'un qui dise non et se mette en travers de la route.

– Ça n'aurait rien résolu, ils étaient trop nombreux autour de la mangeoire. Toi qui te mets toujours en travers de la route à la Questure, qu'est-ce que ça te rapporte ?

– Sans doute un ulcère. Mais au moins je suis en paix avec ma conscience. Tu crois que c'est agréable d'avaler de la merde et de devoir dire qu'elle est bonne ? Je choisis un moindre mal. »

Angela poussa un soupir et continua sans relever cette dernière remarque :

« Pour ce qui est du trou dans le bilan de l'entreprise, Monica se décharge de toutes les responsabilités sur les Rodolfi. Sur son ancien ami Paride. Il dit qu'il a commis de nombreuses erreurs, qu'il vendait avec peu de marge, et qu'il a fini par creuser un gouffre dans les comptes. Pour ne pas faire faillite, il lui demandait de couvrir les dettes avec des opérations fictives, des faux et des expédients financiers à l'étranger, grâce à des sociétés fantômes. »

Le commissaire marmonna quelque chose pour dire qu'il en avait assez. Une grande tristesse l'accabla soudain. Il repensait à son enfance joyeuse dans les rues du village, au fait qu'il y avait bien plus de bonheur quand tout le monde était pauvre. Sans qu'il sache comment, un reste de la philosophie étudiée au lycée lui revint en mémoire : la définition du bonheur comme cessation de la souffrance. Tout consistait justement en cela : on est heureux quand on arrête de souffrir.

Angela l'interpella à plusieurs reprises.

« Tu as dégringolé du sentier ?

– Non, je pensais à la souffrance et au bonheur.

– Tu aimes les contradictions : tu es un homme doux-amer. »

En la saluant, Soneri trouva qu'au fond elle avait raison. À présent, en effet, il était triste, mais il profitait en même temps du soleil de l’automne, couleur paille. Et avant de s’engouffrer dans l’ombre du bois, il attendit que la lumière se pare de reflets cuivrés en s’atténuant derrière le Bragalata.

8

Il restait environ une demi-heure avant la tombée de la nuit lorsque Soneri prit la route de la villa du Talus pour la seconde fois. Dolly le suivait, confiante, et ne semblait pas imaginer une nouvelle séparation. Quand ils furent devant le portail, cependant, elle montra qu'elle avait reconnu l'endroit et gémit en flairant tout autour d'elle. Le commissaire sonna et comme lors de sa précédente visite, il entendit la sonnerie résonner à l'intérieur. Quelques minutes plus tard, le domestique philippin entrebâilla la porte et le scruta avec méfiance.

« Madame pas là, dit-il d'une voix monocorde. Partie avec voiture.

– Je l'ai ramenée, elle vous a échappé une nouvelle fois, l'informa Soneri en indiquant la chienne.

– S'enfuit toujours, ne veut pas rester ici.

– Elle est jeune, elle a envie de courir. Et si vous la gardez dans un enclos…

– Habituée avec M. Palmiro, expliqua le Philippin. Avec son chien mort, emmenait aussi elle.

– Elle n'appartenait pas à son fils ?

– Oui, mais fils n'allait presque plus à chasse. Et elle douée, très douée.

– Palmiro sortait toujours avec son fusil, le soir ? » demanda le commissaire.

Le Philippin rougit, gêné, et Soneri eut immédiatement l'intuition qu'il avait mis le doigt sur un point sensible. L'homme fit quelques gestes dans l'air comme s'il perdait l'équilibre, sans trouver les mots dans son pauvre vocabulaire.

« Le garde-chasse aussi le sait, murmura Soneri, en bluffant.

– Lui disait qu'était restée seule distraction, répondit le Philippin, soulagé de pouvoir répondre indirectement.

– Je le crois aussi, confirma Soneri en posant ses yeux sur Dolly. Reconduisez-la dans sa niche », lui ordonna-t-il.

Le domestique appela la chienne, mais elle regarda Soneri et ne bougea pas. Tout honteux, ce dernier dut détourner son regard de ces yeux implorants qui semblaient lui demander des comptes. Puis il vit la petite main du Philippin saisir Dolly par son collier et l'entraîner, avant de disparaître derrière le portail. Quand il entendit le cliquetis de la serrure, il prit la direction du village, qui depuis cette hauteur lui donnait l'impression d'un brasier de lumières vacillant dans l'obscurité.

« Tu viens de la villa ? » lui demanda Maini.

Soneri acquiesça.

« Je t'ai vu descendre sans la chienne.

– Je l'ai rendue et ç'a été un voyage utile », répondit-il.

Maini le regarda sans comprendre, mais il ne posa pas de questions.

« La femme de Paride n'est pas là.

– Le Philippin me l'a dit. Ou c'était peut-être une excuse.

– Non, elle est à Parme. Son fils a eu un accident de voiture.

– Il s'est fait mal avec son jouet ?

– À ce qu'il paraît, il était bourré et drogué à mort, mais il ne s'est pas trop esquinté.

– Bourré ? Ça ne m'étonne pas. Ce n'est pas un bon moment pour les Rodolfi.

– Ça ne l'est pour personne. Même ici, au village…

– Qu'est-ce qui s'est passé encore ?

– Ils ont tenté de régler son compte à Biavardi : sa fille est la secrétaire de Paride.

– Qui a fait ça ?

– On ne sait pas. Ils l'ont agressé chez lui et cherchaient peut-être justement sa fille.

– Les carabiniers sont sur le coup ? »

Maini fit signe de laisser tomber.

« Ils sont arrivés deux heures après parce qu'ils étaient tous à la recherche du Maquisard. Et puis personne ne veut parler, ils se méfient même des carabiniers.

– Il n'y a pas si longtemps, Crisafulli jouait au tré-sept dans les tavernes…

– Tout le monde pense que le Maquisard a bien fait. Paride n'a jamais été sympathique pour personne et il a roulé tout le monde.

– Mais c'était Palmiro qui demandait l'argent.

– On pense que son fils l'a trompé, lui aussi. Et, en se pendant, le vieux l'a confirmé, en quelque sorte. C'était la seule façon de lever sa honte.

– On avait compris que tout le monde était du côté du Maquisard.

– Il fait ce qu'eux voudraient faire sans en avoir le courage. »

Du *Rivara* sortirent quelques personnes, mais le commissaire ne parvint pas à les reconnaître dans la pénombre de la place. Dès le coucher du soleil, un vent glacial s'était levé, qui rabougrissait les rares feuilles restées sur les branches. Dans la vallée de Montelupo, une légère brume se condensait, rendant la nuit encore plus sombre. Tout à coup, ils virent briller des lumières sur le sentier à mi-côte, encore bien au-dessus de Boldara. Une douzaine de torches qui vacillaient au rythme de la marche : l'équipe des carabiniers qui descendait au village très en retard, à l'heure du crépuscule.

« Si on était en temps de guerre, je dirais qu'ils sont imprudents, grommela Maini.

– Ils laissent le champ libre au Maquisard, à supposer qu'ils aient pénétré dans son territoire », constata le commissaire.

Les coups de feu les surprirent en pleine conversation. Des déflagrations inattendues qui secouèrent l'air dans la vallée. On aurait presque pu voir les flammes triompher de l'obscurité du feuillage, perçant la brume nocturne. Ou peut-être étaient-ce les torches qui balayaient la zone par saccades pour découvrir l'origine des décharges. Aux premiers tirs de fusil riposta une salve violente de mousquetons. Des explosions qui s'enchaînaient rapidement, de manière rapprochée et simultanée. Manifestement, ils visaient à l'aveuglette, davantage pour décourager la menace que pour toucher intentionnellement.

« Mon Dieu ! Il tire comme un diable », s'écria Volpi, qui faisait partie du petit groupe sorti du *Rivara*.

Malgré l'obscurité, Soneri le reconnut à sa voix.

« Il les attaque dans le noir pour les effrayer. »

À présent, en effet, on entendait des cris confus. Quelqu'un au loin donnait des ordres pour tenter de ramener le calme dans les rangs. Le vent favorable transportait distinctement les sons, mais pas assez pour qu'on distingue les mots.

« Il veut les épuiser à force d'embuscades, répéta Volpi.

– C'est stupide, intervint Soneri. Il les aurait épuisés davantage s'il ne s'était pas montré. »

Il s'imagina alors le capitaine Bovolenta, avec son entêtement militaire, l'obstination du gradé, la tête pleine du sens de l'honneur.

« Il se sent sûr de lui et puis si la colère le prend… Moi, je ne lui donnerais même pas une amende, à Gualerzi, glosa Delrio.

– C'est la réaction d'un homme qui a été ruiné, intervint Rivara. Son grand frère tint en respect, avec un pistolet-mitrailleur, une patrouille d'Allemands à Badignana.

– Et il était à côté de lui, renchérit Volpi.

– Il n'a même pas peur d'un char d'assaut. »

Les carabiniers avaient éteint leurs torches pour ne pas se faire repérer. On devinait qu'ils s'étaient sans doute éparpillés dans le bois, à l'affût, car tout s'apaisa dans un silence artificiel. On n'entendait même pas le cri des chouettes, elles aussi contraintes au silence dans l'air déchiré par les détonations.

« S'ils s'éloignent trop, un oisillon de la nichée va finir par se perdre, constata Delrio, et si le Maquisard le rencontre, il est capable de le mettre hors d'état de nuire d'un coup de poing.

– Pendant la fête de la Saint-Matthieu, il a assommé une vache en assenant un seul coup entre ses cornes », rappela Rivara.

À ce moment-là, les coups de feu reprirent, cette fois plutôt vers la montagne, au milieu des châtaigneraies de Campogrande.

« Il s'est déplacé… Il veut faire croire qu'il peut les attaquer partout », commenta Maini, tandis que le fusil tonnait de nouveau.

Les balles semblaient trouer la vallée dans un bruit sourd annoncé par un sifflement.

« C'est le Beretta du Maquisard », confirma Volpi.

Il tirait haut, manifestement. Il ne voulait blesser personne, juste effrayer. Quelques grosses balles se perdaient entre les branches des arbres, les pulvérisant au passage, et Soneri se représentait la pluie de débris retombant sur les carabiniers tapis. Tout à coup, les militaires ripostèrent, concentrant leur feu sur la position estimée du Maquisard. Ils l'avaient laissé se défouler et obéissaient maintenant à l'ordre d'appuyer sur la détente, comme un peloton d'exécution. Un terrible fracas s'ensuivit, qui secoua la vallée. Le maquis parut s'illuminer de flammes éphémères, et les balles de mousqueton s'acharnèrent sur un rayon d'une dizaine de mètres, où des branches et des troncs volèrent en éclats, tranchés par les tirs.

« Ils visent une zone précise, les informa Delrio. Ils espèrent le toucher en arrosant large. »

Suivit une autre interruption, un calme sinistre en équilibre sur la débâcle. Puis une nouvelle détonation retentit, cette fois une centaine de mètres au-dessus de la position des carabiniers. L'écho traversa le village comme une rafale de vent. Le Maquisard visait désormais plus bas et tirait dans le bois. Les carabiniers lui répondirent aussitôt, mais avec des tirs échelonnés qui rappelaient les feux d'artifice. Une guerre au milieu des taillis menée à l'aveuglette, au gré du hasard. Seuls les arbres semblaient être une cible certaine : on l'entendait au bois réduit en miettes, déchiqueté à chaque coup de feu.

Soneri secoua la tête.

« Il ne pouvait pas commettre une plus grande bêtise », répéta-t-il.

Les autres l'observèrent avec méfiance et, pour la première fois, il eut la sensation d'être un policier.

« Il faudrait être à sa place, dit Rivara d'un ton sec, presque hostile.

– Il pouvait se contenter de les éviter, expliqua le commissaire. Il les aurait baladés pendant des mois.

– Ils l'empêchent de retourner chez lui, et sa femme est infirme », l'excusa Volpi.

Ce devait être une nouvelle inédite pour les autres également, vu que tout le monde le regarda avec surprise.

« Le Maquisard est comme ça, intervint Rivara, quand il est à bout, il se comporte comme un sanglier qui charge.

– Si ça continue, cette femme va mourir, continua Volpi.

– Sa fille ne l'aide pas ? demanda Soneri.

– Elle fait ce qu'elle peut, mais avec les carabiniers toujours à la maison… Elle devrait aller à l'hôpital souvent pour se faire ausculter. »

Volpi avait l'air fort bien informé et tous l'écoutaient avec attention. Il parlait doucement et calmement, suivant le rythme prudent d'une battue. Il était vêtu d'un blouson vert, très lourd et plein de poches, qui le rendait plus gros. Ils restèrent là un quart d'heure de plus à guetter d'autres coups de feu. Il pouvait y avoir des morts au milieu des bois, mais personne n'y pensait. Un long moment s'écoula, puis on entendit les camionnettes démarrer et on distingua les phares qui éclairaient le réservoir d'eau potable. Les militaires descendirent rapidement le long du chemin de terre et accélérèrent encore quand ils atteignirent le bitume de la route départementale. Ils firent irruption sur la place, qu'ils traversèrent à vive allure en file indienne. Tout le monde eut néanmoins le temps d'apercevoir dans une camionnette un carabinier qui tenait un bandage sur son front. Selon Rivara, du sang s'écoulait de la blessure.

« Ce matin, il y en a un qui s'est retrouvé à l'hôpital, et maintenant il en a troué un autre », commenta-t-il.

Mais le cortège se dirigea sans tarder vers la caserne, dans l'indifférence des rares piétons.

Le groupe de badauds se dispersa à son tour. L'un après l'autre, ils s'en furent sans prononcer un seul mot de salut. L'indifférence et la passivité semblaient avoir contaminé tout le village. Une haine sourde couvait au cœur des maisons recueillies en grappe. Au milieu, l'*Orme* accueillait un échantillon des derniers spectateurs d'un drame dont ils ne connaissaient pas l'issue. Lorsque le commissaire passa devant l'établissement, Magnani apparut à la porte. Il jeta sa cigarette dans la rue, donnant l'impression qu'il avait tendu l'oreille pour suivre les événements jusqu'à cet instant.

« Belle bataille, hein ? dit-il en guise de commentaire.

– On est en guerre à présent.

– Si tu le connais, ce capitaine, dis-lui de ne pas s'approcher du Maquisard. Les chances qu'il l'arrête sont minimes, mais celles qu'un carabinier reçoive une de ses balles en pleine tête sont nombreuses, le prévint l'aubergiste. Gualerzi n'a d'égards pour personne si on lui marche sur les pieds.

– Je lui transmettrai le message. Mais le Maquisard multiplie les erreurs, répliqua Soneri.

– Il en a commis une qui est positive : éliminer Paride.

– Qui sait si c'est vraiment lui ? En tout cas, il avait de bonnes raisons.

– Moi aussi je trouve ça bizarre. À moins que Rodolfi ne l'ait vraiment ruiné.

– Il l'a fait avec tant d'autres...

– Avec le Maquisard, c'était différent. Il savait tout de Palmiro et pouvait détruire sa réputation quand il voulait.

– Parce que le vieux couchait avec la femme de son fils ?

– Simple coucherie, relativisa Magnani. Il y avait autre chose... C'est comme s'il y avait eu un pacte entre eux. Entre hommes des bois, ils se comprenaient au flair.

– Il a casé sa fille chez les Rodolfi, rappela le commissaire.

– J'ai l'impression qu'ils se rencontraient là-haut, à Montelupo, et que dans ces lieux ils redevenaient enfants. Au fond, Palmiro ne maîtrisait plus rien de ce qui avait été son entreprise. Finance, Bourse : autant de choses qui lui inspiraient seulement des doutes et de la méfiance. Son fils l'avait pratiquement mis à l'écart et il en souffrait.

– On n'aurait même pas dit des gens de la même famille, d'après ce que tu me racontes.

– Paride avait tout pris de sa mère. Fragile, craintive, avec une santé précaire et les nerfs à fleur de peau : tout le contraire de son mari. Ces dernières années, elle ne couchait même plus avec lui parce qu'elle ne supportait pas sa virilité débordante. Palmiro était un taureau, à ce qu'il paraît. »

L'emblème placide de l'usine Rodolfi revint en mémoire à Soneri, avec son charcutier souriant, flanqué du cochon : un réflexe conditionné qui, pour la énième fois, mettait en relief le contraste strident avec la réalité. Et, tandis que le commissaire voyait s'évanouir nombre de ses certitudes et de ses souvenirs, l'aubergiste reprit la parole, appuyé contre le montant, tournant le dos à la porte entrouverte.

« Ne crois pas que Palmiro était réglo, comme on le pense ici au village, expliqua-t-il spontanément. Toute cette histoire n'est pas seulement la faute de Paride, même s'il a une large part de responsabilité.

– On est toujours plus indulgent avec le temps. Et Palmiro appartenait à un autre monde, constata Soneri.

– Moi, je ne regrette pas le passé : je n'ai fait que souffrir de la faim et de la misère. Le parcours de Palmiro est la confirmation, par contre, que les seuls à s'en sortir sont ceux qui ont beaucoup d'arrogance et peu de scrupules. Un peu comme à la guerre.

– Ici, on l'a toujours traité comme un saint.

– C'est la médiocrité et le besoin, rien d'autre. Tout le monde feint d'avoir oublié l'origine de sa fortune. Il faisait affaire avec les fascistes et avec les résistants : c'était un homme qui ménageait la chèvre et le chou. Ce que font aujourd'hui les étrangers, il le faisait lui aussi : de la contrebande. Mais pas de drogue : il trafiquait des denrées alimentaires. Il étouffait les villageois et quand les Américains sont arrivés, c'était cul et chemise avec eux. Il a même vendu aux fascistes quelques jeunes de vingt ans, en 44. Des gens qui venaient d'ailleurs, parce que, avec les villageois, il faisait attention. »

Soneri alluma son cigare pour se calmer.

« À la base de la fortune des Rodolfi, il y a l'avidité, la violence, et le larcin. Comme pour tous ceux qui ont accumulé de l'argent en ce bas monde. On les respecte et on les révère par crainte, et on oublie leurs saloperies. Mais même l'animal le plus beau de ces bois, si tu lui ouvres le ventre, il n'a dans les entrailles que de la merde et des choses dégoûtantes, ne l'oublie pas.

– Des saloperies, les Rodolfi ont continué à en faire.

– Tout le monde en fait, dit Magnani en s'impatientant. Ça a mal tourné pour les Rodolfi, c'est tout. Tu crois que les autres entreprises ne sont pas endettées jusqu'au cou et qu'elles ne font pas sous le manteau la même chose ? La différence, c'est qu'elles sont sans doute plus habiles et qu'elles ont un peu plus de style.

– Ou plus de protections politiques… suggéra le commissaire.

– Les hommes politiques comptent pour du beurre. Regarde Aimi : obligé de quitter le village comme un voleur, même s'il n'était qu'un petit magouilleur. L'erreur des Rodolfi a peut-être été justement de miser sur la politique, en s'imaginant qu'elle avait encore du poids. En réalité, elle ne sert plus à rien. Elle s'en tamponne des idées et des idéologies : il n'y a que le fric qui compte. Les financiers, les banquiers, les industriels, c'est eux qui tiennent la baguette. Aux politiques, ils donnent quelques miettes pour les faire taire, comme on jette un os à un chien.

– Le Maquisard a été résistant et ça, il devait le savoir », réfléchit à haute voix le commissaire.

Face à lui, l'aubergiste hocha la tête, songeur. Il avait une expression dure, échauffé par ses propres confidences.

Ils restèrent quelque temps sans parler, jusqu'à l'arrivée de l'épouse du vieil homme en fauteuil roulant, l'ancien collaborateur de Palmiro.

« Un type qui a tout vu et qui s'est toujours tu par intérêt », souffla Magnani, le visage assombri.

Puis il ouvrit grand la porte pour la femme qui poussait le fauteuil. Son mari, enlevé de force à la compagnie des gens de son âge, jurait à voix basse contre son épouse, qui demeurait impassible. Le commissaire l'aida à descendre la marche du perron et, en se penchant, il approcha son visage de celui du vieillard.

« Donne-moi un cigare », dit ce dernier.

La voix de sa femme retentit de manière péremptoire :

« Il ne peut pas fumer, le docteur le lui a interdit. »

Elle parlait comme si son mari n'était pas là. Mais lui se remit à jurer et Soneri eut l'impression que, s'il avait pu se lever, il l'aurait frappée. Pourtant, tout à coup, il changea de sujet. Sa pensée avançait par bonds, souvent vers le passé.

« Si tu veux savoir quels chemins prenait Palmiro, je vais te le dire », bredouilla-t-il.

Ça devait être une obsession chez lui.

Le commissaire se demanda s'il était conscient que son ancien patron était mort. Peut-être, à ce moment-là, ne s'en souvenait-il pas.

« On allait au Malpasso, à Badignana, on montait sur le mont Fou et le Bragalata pendant la belle saison, quand on avait du temps ou en période de chasse. Le soir, par contre, on prenait quelquefois le sentier de la Croix avec les chiens, parce que c'est un itinéraire plus court », marmonna le vieux, sa salive coulant entre le peu de dents qu'il lui restait.

Son épouse, toujours vigilante, se pencha pour lui essuyer la bouche avec le zèle d'une d'infirmière de la Croix-Rouge, étouffant ses derniers mots et provoquant un nouveau mouvement de colère impuissante. Puis elle poussa le fauteuil roulant et coupa court à toute discussion. Mais tandis qu'elle s'éloignait avec lui, le vieil homme tourna péniblement la tête de côté et parvint à dire une autre phrase, dont Soneri saisit seulement qu'elle était en rapport avec la gibecière pleine. Il comprit, à la fierté affichée par le vieil homme, qu'ils avaient été deux excellents chasseurs.

Magnani secoua la tête.

« Mieux vaut s'en aller que vivre comme ça. Un poids pour soi-même et les autres. »

Soneri, en revanche, pensait aux excursions de Palmiro et au fait qu'il n'avait jamais cessé de fréquenter les bois, même lorsqu'il était resté seul. Seul dans l'entreprise et seul dans la vie. À part le Maquisard, avec lequel il continuait à avoir des relations mystérieuses et fugaces, là-haut, à Montelupo ; et Manuela avec qui il couchait.

« On devrait lui donner un petit cachet, s'obstina Magnani. Je suis sûr que c'est ce qu'il voudrait s'il avait encore toute sa tête. Je sais qu'il imiterait son patron, même sur ce point. »

Puis il se retourna, poussa la porte du bar et rentra sans saluer.

Soneri traversa le village jusqu'à l'*Écureuil.* Il y trouva Sante, qui faisait les cent pas dans la cour, préoccupé.

« À l'intérieur, il y a ce carabinier qui vous attend, annonça-t-il dès qu'il le vit.

– L'adjudant ?

– Mais non ! Celui avec un grade au-dessus, le chef de bande.

– Bovolenta, le capitaine.

– Oui, probablement, répondit Sante, irrité. Je lui ai demandé quand ils célébreraient les funérailles de Palmiro, et il m'a répondu que le magistrat avait déjà donné son autorisation pour la sépulture. Ça devrait être demain après-midi, mais eux ne sont plus concernés : c'est la famille qui doit décider et, à mon avis, ils feront tout en catimini. »

Bovolenta se leva quand le commissaire fit son apparition à l'entrée de la salle. Il avait les traits marqués par la fatigue, même s'il tâchait de garder une allure de parade.

« Pour vous avoir à dîner, je dois venir vous chercher dans votre tanière.

– Après une journée comme celle que vous avez passée, vous devez avoir quelque chose de très important à me dire. À propos, se hâta de demander Soneri, comment vont les blessés ? »

Bovolenta le fixa d'un air grave : il était visiblement inquiet.

« Il y en a un à l'hôpital, répondit-il en baissant la voix, le coup lui a presque arraché l'avant-bras. L'autre est seulement contusionné : il s'est pris un éclat de bois sur le front.

– Tout bien considéré, vous vous en êtes bien sortis, avec la fusillade qu'il y a eue… commenta le commissaire.

– Cet homme est fou. On aurait dit qu'il était partout et qu'il voulait tous nous tuer.

– Fou, oui, admit Soneri. Mais il ne voulait pas vous tuer, il tirait haut exprès. »

Sante s'approcha et demanda ce qu'ils voulaient manger. Bovolenta choisit les raviolis à la viande, cuits au bouillon, et Soneri l'imita.

« On a perdu la face, poursuivit le capitaine, l'air sombre.

– Ne vous vexez pas, ce n'est pas un duel, et l'honneur n'est pas en jeu. Le Maquisard joue à domicile, et Montelupo est une terre difficile.

– Beaucoup ne veulent plus aller là-haut, ils ont peur. Aujourd'hui, plus d'un homme a perdu la tête et s'est mis à hurler. Je crois qu'il les a entendus », grommela Bovolenta.

Soneri essaya de se rappeler quand il s'était retrouvé dans une situation semblable : un abri précaire, les projectiles qui vous frôlent en sifflant... Le souvenir d'un vol à main armée à Milan, avec les grosses balles qui transperçaient les portières de son Alfa Romeo en déchirant la tôle comme une râpe, lui revint en mémoire. Il s'en était fallu d'un cheveu ; un demi-degré d'inclinaison et il ne serait pas là à parler avec un carabinier en rogne.

« Je pense que vous rentrerez bredouille de cette chasse », le prévint le commissaire.

Le militaire le regarda et fut sur le point de lui donner raison.

« Je n'ai pas d'autre choix.

– Vous croyez vraiment que c'est le Maquisard ?

– Sa femme a un diabète très grave et, pour la soigner, il avait besoin de récupérer l'argent qu'il avait prêté au vieux Rodolfi. Ça vous semble un mobile valable ?

– Pourquoi n'a-t-il pas éliminé Palmiro ?

– Qui vous dit qu'il n'a pas essayé ? Selon vous, qui a tiré tous ces coups de feu, les jours passés ? Et puis Palmiro s'est mis hors jeu tout seul. »

Bovolenta plongea sa cuiller dans l'assiette et pêcha les raviolis dans le bouillon. Il devait avoir sauté un repas, si la faim lui faisait oublier les bonnes manières militaires. En quelques minutes, il termina, s'essuya la bouche, puis fixa le commissaire.

« Vous n'y croyez pas, pas vrai ? »

Soneri, sans cesser de mâcher, haussa les épaules.

« Je suis venu ici pour demander quelques conseils, confessa le capitaine.

– Je ne sais pas grand-chose, s'excusa Soneri.

– Nous ne pouvons pas nous déplacer en troupeau, comme nous l'avons fait aujourd'hui, expliqua le capitaine. Gualerzi nous entend de loin et a tout le temps de se mettre à l'abri pour nous garder ensuite à portée de tir. Nous devons utiliser la même arme que lui : l'embuscade. Mais il faut savoir où l'attendre.

– Pour ça, je ne peux pas vous être utile. Il n'y a pas un seul homme des bois qui le sache.

– Il doit bien avoir un ennemi, non ?

– Peut-être. Mais personne ne se risque à défier le Maquisard. Et, au village, on est de son côté.

– Il est fou et doit être arrêté, déclara Bovolenta en saisissant la bouteille de Gutturnio d'un geste grossier qui enterrait définitivement toute prétention d'étiquette. Un fou désespéré qui joue ses dernières cartes.

– Gualerzi a toujours été comme ça, une espèce de sauvage. Mais avec un code de l'honneur.

– Je ne crois pas que l'honneur l'intéresse encore : il est aux abois et capable de tout.

– Vous vous trompez. Il sait être sans pitié, mais ce n'est pas une ordure.

– Dans le passé, sans doute. Mais maintenant, il a un cancer. Vous le saviez ? »

Soneri se figea ; il était prêt à admettre que le Maquisard capitulerait seulement face à la maladie, mais il ne voulait pas irriter davantage le capitaine.

« Comment le savez-vous ? se borna-t-il à demander.

– Nous avons perquisitionné la maison et trouvé les examens.

– Dans ces conditions, vous n'avez pas besoin de lui tendre une embuscade. Il suffira d'attendre.

– Si on était moines… Mais nous sommes carabiniers.

– Je ne vois pas beaucoup d'autres issues, estima le commissaire. N'allez pas imaginer que le Maquisard se laissera prendre comme un délinquant : ce n'en est pas un.

– Il nous a tiré dessus.

– Si vous continuez à le traquer, à le forcer à se défendre, il n'hésitera pas à éliminer l'un d'entre vous. Mais la dernière balle, il la gardera pour lui. »

Bovolenta l'observa en réfléchissant. Pendant un instant, ses yeux brillèrent avant que la fatigue les voile à nouveau.

« Suivez mon conseil, l'exhorta Soneri, contentez-vous de patrouiller Montelupo, laissez-lui un peu de champ, et peut-être qu'il se laissera convaincre. Sinon, ça finira mal. Ce n'est pas un homme qui accepte les compromis. Avec lui-même non plus.

– Si ça ne tenait qu'à moi… bougonna le capitaine. C'est le commandement qui veut ça. Moi, j'obéis aux ordres. »

Le commissaire le considéra avec compréhension. Il était pris dans l'étau de la stupidité militaire. De cette vision du monde primitive qui divisait tout en deux : amis et ennemis, victoires et défaites.

« Dites à vos collègues que pour tordre le cou à une poule, il n'est pas nécessaire de détruire le poulailler, déclara-t-il dans une faible tentative de dédramatiser.

– Le Maquisard n'a aucune échappatoire, mais moi non plus. Vous croyez que c'est une situation facile ? Cette balle dont vous parliez, elle pourrait être pour moi.

– Justement. Si votre vie est engagée, entrez dans la partie. Le jeu en vaut la chandelle.

– Je ne peux pas. »

Le commissaire eut un geste d'impatience. Il n'avait jamais supporté l'absurdité, même s'il en saisissait très bien l'origine.

« J'ai appris qu'il faut parfois savoir dire non. Autrement, il n'y a pas de différence entre nous et tous ces paysans qui savaient, mais ne s'opposaient pas. Eux aussi obéissaient aux ordres, ceux de l'intérêt. C'est comme ça qu'ils se sont ruinés. »

Bovolenta s'était raidi contre le dossier de la chaise et écoutait en silence. Il avait presque vidé la bouteille à lui tout seul. Son uniforme ne parvenait pas à cacher son humanité, mais au bout du compte, ce fut bien l'uniforme qui eut le dessus. Soneri sentit naître en lui une profonde déception.

« Que le bon Dieu nous entende », murmura le capitaine, et le commissaire songea qu'effectivement il était nécessaire de s'en remettre à Dieu le Père vu qu'on ne voulait pas recourir à l'intelligence.

Bovolenta remit son képi dont le bandeau était orné de la flamme argentée et lui tendit la main.

« Vous êtes mon invité, j'y tiens, même si vous êtes chez vous ici », dit-il.

Soneri le suivit jusqu'à la porte : il avait l'intention de faire un tour avant de se coucher. Pendant quelque temps, ils marchèrent côte à côte, en silence, et quand ils arrivèrent sur la place, le capitaine le salua encore une fois, mais resta planté devant lui, l'esprit occupé.

« Dans les papiers du Maquisard, l'informa-t-il, nous avons trouvé le nom de votre père. Je ne savais pas qu'il avait été résistant. »

Soneri acquiesça, plutôt agité.

« Quel document était-ce ?

– Un organigramme des brigades Garibaldi de la zone. Votre père était commissaire politique…

– Lui aussi évitait les tirs de fusil.

– Vous êtes le premier fonctionnaire de police fils de communiste que je connaisse, sourit Bovolenta. On ne vous a jamais embêté ? Il n'y a pas si longtemps, ce n'était pas facile avec un tel héritage.

– J'ai eu quelques ennuis, grommela Soneri. Et qu'y avait-il d'autre sur mon père ? » insista-t-il ensuite.

Le capitaine en conclut qu'il s'agissait d'une question importante et lui adressa un geste de connivence.

« Je dirai à mes hommes de jeter un coup d'œil. Ou bien je le ferai moi-même, c'est peut-être mieux. »

Sur ces mots, il s'éloigna, et Soneri, bien que troublé, réalisa qu'il l'estimait, malgré tout. Ce n'était pas si courant. Il se concentra ensuite pour réfléchir aux papiers que le capitaine avait vus aux Madoni. Ils ne lui apprenaient rien qu'il ne sache déjà, mais peut-être y avait-il autre chose. Peut-être pouvaient-ils expliquer les relations de son père avec les Rodolfi…

Il ne s'était pas rendu compte qu'il marchait vers la villa du Talus. Il s'en aperçut quand l'obscurité l'enveloppa sur la route qui menait aux champs. Alors il fit demi-tour et observa à ses pieds les toits au-delà desquels s'ouvrait l'immense espace de la vallée. Il scruta la place, vide elle aussi, la vitrine éclairée du *Rivara* et les lampadaires le long des rues étroites. Quelqu'un qui débarquerait là sans rien savoir estimerait qu'il s'agit d'un endroit tranquille où passer une semaine à chercher les champignons. Il s'alluma un cigare, prit son portable et composa le numéro d'Angela.

« Je viens de dîner avec Bovolenta, l'informa-t-il.

– Tu préfères lui ou moi ? dit-elle en riant.

– Il m'a dit que le Maquisard était fichu.

– Ils l'ont encerclé ?

– Non, il a un cancer. »

Angela soupira.

« Quand on est dans cet état, on est prêt à tout.

– Justement. Je pense que c'est son cas. Il a tiré sur les carabiniers : pour l'instant, il ne veut que les effrayer, mais s'ils continuent à le traquer…

– S'il n'en a plus rien à faire de lui-même, imagine des autres…

– Le capitaine a trouvé des papiers qui concernent mon père chez le Maquisard, dit le commissaire en changeant de sujet.

– Tu recommences avec cette obsession ? fit Angela, alarmée.

– Toi, tu ne voudrais pas savoir ?

– Il est possible que cette femme t'ait dit n'importe quoi. Si ça se trouve, ce sont des choses qu'elle a inventées.

– Si c'est le cas, tant mieux », coupa Soneri.

À ce moment précis, il entendit au loin un aboiement qui lui sembla familier. Il interrompit la conversation avec Angela et tendit l'oreille. Le son provenait de la montagne, du sentier qui conduisait du Talus à Campogrande. Il resta immobile pendant quelques minutes, retenant jusqu'à ses pensées, comme s'il craignait qu'elles puissent faire du bruit. Mais tout était tranquille : seul le cri des chouettes résonnait de temps en temps au cœur du bois.

« Tu es encore là ? murmura Angela.

– Il m'a semblé percevoir un son familier », répondit Soneri de manière évasive.

Dès qu'il eut prononcé ces mots, il entendit de nouveau l'aboiement. Il venait d'une zone plus basse : l'animal se rapprochait. Encore un peu et il le flairerait, si la brise soufflait du bon côté.

« Mais où es-tu ? questionna Angela.

– Près de la villa des Rodolfi, répondit Soneri, et apparemment, il y a du mouvement. »

Cette fois, le doute n'était plus permis. Un chien l'avait repéré et venait vers lui.

« Ç'a été utile de te téléphoner, déclara alors le commissaire, devinant déjà de quel chien il s'agissait.

– Je porte vraiment bonheur », répliqua Angela, qui renonça à comprendre ce qui se passait.

L'animal ne tarda pas à faire son apparition. Il surgit du sous-bois et bondit sur la route. Quand Soneri sentit sa langue lui lécher les mains et qu'il le caressa au-dessus des oreilles, il eut la confirmation qu'il s'agissait de Dolly. Qui sait pourquoi elle était arrivée du sentier de Campogrande qui menait vers les hautes terres de la Croix… Il grimpa encore un bout de chemin. Il vit la villa au-dessus de lui et mémorisa le trajet du chemin muletier. De l'endroit où il se trouvait, il ne pouvait l'observer entièrement, parce qu'il s'enfonçait dans une ravine avant de remonter sur le Talus. C'est alors qu'il entendit un léger sifflement dans la nuit. Dolly se mit sur le qui-vive, immobile, comme à l'arrêt devant une nuée de perdrix. Elle ne s'était pas enfuie, quelqu'un l'avait amenée avec lui. Le commissaire regarda dans la même direction que la chienne et il s'aperçut que l'animal braquait ses yeux sur le sentier. Peu après, en effet, une faible lumière s'alluma pendant quelques instants en irradiant tout autour. Puis elle s'éteignit et le sifflement retentit encore une fois.

Quelqu'un, sur le sentier, cherchait Dolly ; de son côté, la chienne devait avoir entendu Soneri parler au téléphone et était venue le retrouver. Ou peut-être avait-elle flairé l'odeur âcre de son cigare. Le commissaire envisagea de regagner le chemin muletier, mais il craignit de se faire repérer. Par ailleurs, une vague peur suscitée par les récits de son enfance au sujet du sentier de la Croix, où « des ombres épiaient » et « écoutaient », le retenait. Comme alors, la nuit, le sentier brillait de lumières qui apparaissaient et disparaissaient, tandis que des murmures indistincts et des gémissements faisaient office de bruits de fond.

Il décida d'attendre dans les environs de la villa, en essayant de calmer Dolly, qui continuait à fourrer son museau entre les pans de son Montgomery en jappant. Il espérait voir sortir quelqu'un du sentier, même s'il ne savait pas qui. Pendant un moment, il pensa à Manuela, puis il l'imagina face à lui, avec ses angoisses de grande dame, et il lui parut peu vraisemblable qu'elle puisse se promener dans les bois sombres.

Aussi resta-t-il en compagnie de Dolly dans cette nuit d'un noir d'encre, sans lune, les étoiles invisibles dans l'air dense, imprégné d'humidité.

Il repartit au bout d'une heure, lorsqu'il fut évident que personne ne viendrait. Il se demandait ce qu'était devenue cette présence nocturne, révélée par la lumière et les sifflements, qui semblait conforter la légende. Il descendit vers le village, la chienne sur ses talons. Il s'arrêta sur la place et s'assit sur le muret. L'animal se planta devant lui et le regarda en remuant la queue. Dans ses yeux, Soneri décelait une confiance et un dévouement qui le touchèrent. Il essaya de se figurer ce que pourrait être la vie avec Dolly à ses côtés, et cette simple idée lui parut insolite. Mais il vit ensuite grandir devant lui une clarté couleur sabayon, identique à celle d'une énorme bougie.

Elle provenait de la partie basse du village, qui fut bientôt envahi par la lumière et par une odeur âcre de pneu brûlé. Dans l'obscurité se dessina une immense colonne de fumée qui se dressait vers le ciel plus noir que la nuit et se déployait vers Montelupo tel un gigantesque champignon. Soneri courut dans les rues désertes du vieux bourg jusqu'à apercevoir, sur la place qui donnait sur le nouveau village, une automobile en flammes. Personne n'était descendu pour éteindre le feu et, de toute façon, il n'y avait plus rien à sauver. Derrière les volets, bruissaient des murmures et le grincement de quelques verrous. Quand le feu perdit en intensité, le silence recouvrit le village. Le commissaire resta quelques instants à regarder l'incendie passer graduellement de la flamme à la braise. Seuls les pneus et le plastique brûlaient, à présent. Enfin, les carabiniers accoururent.

Crisafulli avait le visage froissé de quelqu'un qui s'est endormi sur son bureau.

« Après une journée comme celle d'aujourd'hui, il ne manquait plus que cette nouvelle tuile, grogna-t-il en napolitain.

– Ça a dû se produire il y a une demi-heure, l'informa Soneri, sans doute une amorce lente avec un bidon d'essence : tout s'est déroulé en quelques minutes. »

L'adjudant fit le tour de la carcasse noircie.

« Vous savez à qui elle appartient ? demanda le commissaire. Je n'ai eu que le temps de voir que c'était une Ford. »

Crisafulli hocha la tête.

« Au fils du maire, répondit-il, l'air absent. Je pensais que ces choses n'arrivaient que du côté de chez moi, ajouta-t-il.

– Avant ces événements, ça ne s'était jamais produit ici », confirma Soneri.

L'adjudant donna l'ordre à son auxiliaire de s'occuper de tous les relevés et d'appeler les techniciens en identification criminelle, qui étaient encore au village pour les vérifications ayant trait à la mort de Paride.

« Voyons si on peut en tirer quelque chose d'intéressant… grommela-t-il, sceptique.

– Ce Roumain, celui qui a fauché le portable de Rodolfi, vous l'avez encore à la caserne ?

– Le magistrat a confirmé la garde à vue. On ne sait jamais. »

Tous deux contemplèrent la voiture qui finissait de brûler. Personne n'ajouta rien, tandis que, de temps à autre, les tôles qui se pliaient émettaient de sinistres craquements.

« À quelle heure célèbre-t-on les funérailles des deux Rodolfi ? » demanda Soneri.

Crisafulli lui lança un coup d'œil plein d'embarras de sous sa visière et frissonna. Il devait être transi depuis longtemps.

« Demain matin, à l'aube. C'est l'épouse de Paride qui l'a décidé et, avec don Bruno, nous sommes les seuls à le savoir, expliqua-t-il sur le ton de la confidence.

– De quoi ont-ils peur ? Les villageois ont gardé le silence avant et le garderont encore maintenant, dit Soneri.

– Certaines des victimes de l'arnaque viennent de l'extérieur. Ceux de la ville, par exemple, et ils sont plus déterminés. Et puis, ajouta Crisafulli en baissant la voix, les Rodolfi ont honte de se montrer en public. »

Soneri, sérieux, fit un signe d'entente et donna une tape sur l'épaule de l'adjudant.

« Allez vous coucher : demain vous attend une nouvelle battue.

– Commissaire, nous ne chassons pas : nous sommes les cibles. »

9

Soneri rêva des châtaigneraies de Campogrande, des descentes obliques à mi-côte, où il fallait se tenir aux troncs dans les pentes raides au fond desquelles le nouveau village bruissait avec ses hangars et sa grand-route. Il se revoyait près de son père, réécoutait ses conseils faits de demi-phrases accompagnées de gestes vagues. Dans cette espèce de demi-sommeil, l'angoisse refit surface. Son père marchait avec nonchalance en équilibre sur les bûches et lui ne parvenait pas à le suivre : pire, il se cassait la figure, dégringolant vers la vallée et se cognant aux arbres… À cet instant, il se réveilla et s'aperçut que c'était Ida qui le secouait, debout près du lit et penchée sur lui, ses deux mains posées sur la couverture comme si elle étendait la pâte au rouleau.

Lorsqu'il alluma la lumière, il vit mieux son visage déformé par la peur.

« Sante va mal ! Il va mal ! » ne cessait-elle de répéter.

Elle lâcha enfin prise et le commissaire put se lever. Il jeta un coup d'œil au réveil, qui marquait quatre heures et demie du matin. Hors du lit, il fut assailli par un froid piquant qui, ajouté au rêve, aux secousses et au réveil en sursaut, le força à se rasseoir aussitôt comme s'il avait reçu un direct en plein visage. Puis il enfila ses pantoufles et commença à émerger.

Ida le précéda en descendant l'escalier légèrement en biais, par petits sauts. Quand ils arrivèrent sur le palier de l'étage inférieur, elle pénétra dans la pièce où elle dormait avec son mari. Sante avait les yeux écarquillés par une sorte de stupeur et on aurait dit qu'il fixait une araignée immobile au plafond. Un faible râle était son seul signe de vie. Ils se retrouvèrent de part et d'autre du lit, impuissants comme pendant une veillée funèbre.

« Je lui disais toujours de se calmer, mais il ne dormait plus et il avait même arrêté de prendre ses cachets pour la tension », sanglota Ida.

Soneri ne parvenait pas à parler. Il assistait passivement au délitement d'un autre fragment de sa mémoire : le Sante placide et joyeux, l'aubergiste chez qui on se sentait chez soi. C'est alors qu'il prit une décision : il ne reviendrait plus dans ces lieux.

Quelques minutes plus tard, la sirène de l'ambulance hurla et les brancardiers entrèrent en courant. Avant que Sante ne soit transporté, le médecin accrocha à son bras une perfusion et l'immobilisa avec une minerve. Puis il introduisit un tube dans sa gorge, tandis qu'un appareil mesurait le rythme sautillant et précaire de son cœur. Durant toutes ces opérations, Ida continuait à expliquer ce qui s'était passé sans que personne ne l'écoute. Elle disait que Sante était agité depuis des jours et qu'il n'avait pas fermé l'œil ces dernières nuits, occupé à faire les cent pas dans la maison, en chaussons, jusqu'au petit matin. Il avait tourné en rond ce soir-là aussi, avec l'idée, cependant, de se préparer tôt pour aller à l'enterrement des Rodolfi.

« Je ne sais pas ce qu'il voulait faire, docteur, poursuivait Ida, mais je crois qu'il avait l'intention de faire une bêtise. "Je veux lui cracher au visage", répétait-i toujours. Et moi j'essayais de le calmer, mais la colère avait empoisonné son sang. »

La femme répéta qu'il ne prenait plus ses cachets et à ces mots le médecin leva brièvement la tête. Sante fut ensuite soulevé et emmené avec précaution jusqu'à l'entrée, où l'attendait l'ambulance. Soneri le regarda quitter la pension, mais il eut l'impression qu'il quittait aussi son esprit. À l'image de l'aubergiste qu'il avait connu s'était superposée celle qu'il voyait à présent : un corps inoffensif garni comme un chapon.

Il s'habilla et sortit sans prendre son petit déjeuner. Les premières lumières de l'aube révélèrent la blancheur de la campagne figée par le givre. Tandis qu'il marchait, les cristaux craquaient sous ses semelles dans un sourd bruissement de sable ; les griffes de Dolly qui pianotaient en rythme sur l'asphalte fournissaient la voix de tête. Dans la chapelle du cimetière, ils ne trouvèrent que don Bruno, occupé à installer une guirlande fraîche dépourvue de nom sur le cartouche. Dans un coin, il y avait aussi un balai qui montait la garde devant un tas de poussière, de tiges et de pétales secs.

« C'est ici l'enterrement ? », demanda Soneri.

Le prêtre leva les yeux et l'observa d'un air absent.

« Déjà fait, répondit-il en indiquant du menton la tombe de la famille Rodolfi.

– Quand ? s'étonna le commissaire.

– Ça s'est terminé il y a une demi-heure, l'informa le prêtre, avant d'ajouter en secouant la tête : Vous n'avez rien raté.

– Qui était là ?

– Seulement sa femme, son fils avec ses béquilles et le Philippin. Une dizaine de vieilles personnes sont venues également, mais seulement pour Palmiro.

Personne n'a eu un regard pour le cercueil de Paride, déplora don Bruno.

– Il n'a pas su se faire aimer, murmura le commissaire. Et il a même causé une crise cardiaque à certains, comme à Sante Righelli.

– Sante ? répéta don Bruno, incrédule. On aurait dit l'homme le plus pacifique de ce monde.

– Si on se fait tout piquer, difficile de rester pacifique.

– Parce qu'on ne pense pas aux choses qui comptent vraiment. Regardez ici, l'exhorta le prêtre en embrassant du regard le cimetière peuplé de croix, tous ces gens ont vécu comme si la mort ne faisait pas partie de leur vie. Quand on se croit immortel, on ne pense qu'à son intérêt. »

Soneri ne put retenir un geste d'impatience. Don Bruno le remarqua et vint se planter devant lui en le fixant de ses yeux noirs un peu méchants.

« Ce village s'est abâtardi depuis que tout cet argent y circule. Les biens matériels sont devenus le centre du monde. Alors, on traite tout comme de la marchandise ou comme un moyen d'arriver à ses fins. Rappelez-vous ce que disait Platon : il faut prendre soin de son âme.

– C'est sûr que vu comme ça… dit Soneri, sceptique. Mais c'est une explication qui convient pour un sermon. »

Don Bruno le regarda de travers.

« Tous ces gens se rendront compte qu'ils se trompent. Je les entends quand ils sont dans le pétrin : ils envoient au diable ce à quoi ils ont consacré leur vie, ils crachent sur ce en quoi ils ont cru aveuglément pendant tant d'années. Mes sermons ne servent peut-être à rien, mais la mort qui s'approche les pousse à considérer toutes les babioles d'ici-bas comme vaines.

– Je ne suis pas un intellectuel et je donne des explications plus simples, poursuivit calmement le commissaire. Quand quelqu'un est pauvre, il sait qu'il peut avoir besoin des autres. Du coup, il est disposé à aider tout le monde, parce qu'il craint d'être un jour celui qui se trouve dans la mouise. C'est tout. La bonté n'a rien à voir là-dedans ; comme toujours, ce qui anime les personnes, c'est le besoin et la peur. »

Le prêtre le scruta avec perplexité.

« Il y a ça aussi, grogna-t-il. La pauvreté invitait à la prudence et à l'humilité, la richesse, à l'arrogance. Vous pouvez dire que c'est le fruit de la peur, moi je dis qu'il y avait également du respect et de la compréhension humaine. »

Don Bruno avait fini en baissant le ton, murmurant comme dans un confessionnal. Sur son visage, Soneri vit le découragement qui devait le déchirer, et il songea au nombre d'exercices spirituels qui lui seraient nécessaires pour juguler cette perte de confiance en l'humanité. Lui, en revanche, tombait sans filet.

« Vous raisonnez comme votre père, le surprit don Bruno. Lui aussi était persuadé que les gens n'agissaient que par besoin. Même ceux qui étaient de son côté. Il disait qu'ils combattaient au nom d'une cause parce qu'ils n'avaient pas le choix, parce qu'ils étaient humiliés et qu'ils voulaient se racheter. Mais que s'ils sortaient de la misère, ils raisonneraient comme les patrons. Tout bien considéré, après coup, il n'avait pas complètement tort. Lui, par contre, croyait à la cause, et connaissait la différence entre ceux qui avaient la tête remplie d'idéaux et ceux qui avaient le ventre plein.

– En quels termes était mon père avec les Rodolfi ?

– Vous me l'avez déjà demandé, et je ne sais pas vous répondre.

– De drôles de rumeurs circulent…

– N'y prêtez pas attention, lui conseilla don Bruno en agitant une main en l'air.

– Non, je dois y voir clair. Même si c'est pour conclure qu'il s'agit d'une connerie.

– Écoutez, fit le prêtre en le fixant, concentré, tout ce que je sais, c'est qu'il était question d'un papier, d'un document. Mais ne me demandez pas quel type de document, parce que je serais incapable de vous le dire. Je sais juste que c'est une vieille histoire, remontant au moins à la guerre. »

Soneri pensa aussitôt aux papiers retrouvés par Bovolenta chez le Maquisard et il eut une envie soudaine d'aller les chercher en courant. Don Bruno perçut son trouble et se remit à nettoyer la chapelle. Le commissaire le salua alors qu'il faisait déjà jour et que le soleil pointait derrière la silhouette des montagnes. Mais dès qu'il sortit du cimetière, la journée commença par un coup de fusil. Il provenait d'une zone située au-dessus de Boldara et devait avoir surpris les carabiniers dix minutes après qu'ils s'étaient engagés sur le sentier. Il était clair que le Maquisard voulait les prévenir de ce qui les attendait encore ce jour-là. Au même instant, un bout de soleil fit son apparition sur la crête et éclaira Montelupo.

Soneri descendit rapidement au village et entra chez Rivara pour prendre son petit déjeuner.

« On sait quelque chose pour Sante ? demanda-t-il tout de suite.

– Le personnel de l'assistance publique qui l'a conduit à l'hôpital dit que son état est très grave. Ils parlent d'une hémorragie cérébrale, de paralysie. »

Le commissaire ne dit rien, mais pensa que c'était la fin.

« C'est comme mourir à moitié, commenta-t-il ensuite.

– Mieux vaut s'en aller complètement, ajouta sombrement Rivara. Tu as entendu ? ajouta-t-il en indiquant la direction de Montelupo.

– La guerre recommence.

– Le Maquisard leur a dit bonjour, ajouta Delrio, qui était entré derrière lui.

– Mais où est sa fille ? demanda Soneri.

– Un peu chez sa mère et un peu chez les Rodolfi, là-haut. Les travailleurs continuent d'occuper l'usine de charcuterie, expliqua l'agent de police, qui questionna ensuite : Que fait là dehors la chienne de Paride ?

– Elle s'est enfuie de la villa et, depuis que je l'ai trouvée à côté de son maître, elle me suit partout.

– Enfuie ? fit Delrio. Ça veut dire qu'ils la gardent dans la cour.

– Je ne sais pas, répliqua Soneri avec nonchalance, ce n'est pas le premier chien qui s'enfuit.

– Les Rodolfi ont un enclos avec un muret et des barres : j'y suis allé en personne, avec un technicien assermenté, pour un contrôle de conformité, car ils ont demandé un dégrèvement fiscal après avoir construit sans permis. En tout cas, conclut l'agent de police, il a fait un bel achat : c'est une chienne exceptionnelle. Elle sent le gibier à des kilomètres de distance. »

Le commissaire caressa Dolly en sortant.

« Malheureusement, je ne peux pas la garder. Elle ne m'appartient pas et je n'ai même pas la place…

– Vous pouvez la garder sans problème. Que voulez-vous qu'en fasse la veuve ? Elle ne va pas chasser, c'est sûr, et le Philippin qu'elle a chez elle non plus, ajouta-t-il avec une pointe de mépris.

– Ces derniers temps, c'est Palmiro qui la prenait avec lui, l'informa Soneri.

– Son limier était vieux : il n'arrivait même plus à courir derrière les chiennes en chaleur », confirma son interlocuteur.

Sur la place passèrent quelques carabiniers en civil chargés des relevés scientifiques, suivis par une cohorte de journalistes et de photographes.

« Avec le Maquisard, le Roumain, les incendies et les coups de couteau, ils ne savent plus où donner de la tête, constata Rivara.

– Espérons que tout ça finisse rapidement », ajouta Delrio.

Dans sa voix pointait une soif de normalité, l'envie de revenir à une vie discrète, assoupie entre les plis des montagnes. Soneri ne comprenait pas comment on pouvait aspirer à cette sorte de narcose, même s'il avait conscience des avantages de se laisser vivre. Il songea soudain que c'était sans doute ce vide insupportable qui avait poussé son père vers la sortie. Quand parcourir les bois ne suffit plus et que l'inquiétude propre à la maturité ne met en relief que les déceptions.

Il sortit dans l'air glacé pour chasser ces pensées. Angela lui vint à l'esprit. Peut-être à cette heure-ci se préparait-elle pour aller au bureau. Enfin, il observa Dolly, avec son dévouement exemplaire, et il décida de mettre fin à ses ruminations incessantes.

Il monta rageusement vers le Talus pour prendre ensuite le sentier de la Croix. La lumière rasante alternait avec l'obscurité des versants mal exposés, où stagnaient l'humidité et le froid qui préparaient la terre aux premières neiges. Il chercha une confirmation des va-et-vient nocturnes, mais le chemin muletier était recouvert d'une couche de glace si dure qu'elle n'accueillait aucune empreinte. Il poussa jusqu'à la ravine où il avait trouvé le corps de Paride. Il releva les traces laissées par l'enquête des TIC[1] et se rappela que le balisement de la zone avait été levé seulement la veille. Il appela Dolly et l'observa flairer longuement le givre qui neutralisait les odeurs de la terre. Ils explorèrent les bois de châtaigniers et de hêtres en faisant craquer les feuilles durcies. Le commissaire avait l'impression d'errer en suivant à distance les caprices de l'odorat de Dolly. Cette promenade au milieu des arbres, dans le décor trompeur du sous-bois, n'avait de sens que pour elle.

Il marchait avec la conviction que la fatigue supprimerait ses soucis. À gravir et dévaler les raidillons, il se sentait vivant, comme lorsqu'il allait aux champignons. Mais quelque chose d'autre l'aiguillonnait : une intuition fragile, rien de plus qu'une idée. Il voulait comprendre, s'identifier, ainsi qu'il en avait l'habitude lorsqu'il enquêtait. Et, cette fois, il avait l'intention de se mettre à la place de cette présence mystérieuse qui se dirigeait vers la Croix, de nuit, avec Dolly. Il continua encore un peu jusqu'à une clairière ensoleillée et s'y arrêta. Au loin, on distinguait les hurlements des carabiniers sur les traces du Maquisard, puis des tirs de mousqueton retentirent sur le versant.

1. TIC : technicien en identification criminelle.

C'est alors qu'il entendit Dolly aboyer au fond d'un vallon, le jappement aigu du chien à l'affût d'un gros gibier. Il fonça vers cet appel et fut surpris de se retrouver sur le sentier. La chienne continuait de s'agiter, mais Soneri stoppa sa course car, à dix mètres de là, Baldi apparut.

« Elle a trouvé quelque chose d'intéressant », annonça-t-il en indiquant le fond du vallon.

Le commissaire hocha la tête.

« Elle se débrouillera toute seule. Comme tu le vois, je n'ai pas de fusil.

– J'ai l'impression qu'elle est à l'arrêt, poursuivit l'autre. Si c'était un sanglier ou un chevreuil, elle le suivrait.

– Tu as fermé le refuge ? dit Soneri en changeant de sujet.

– La journée, ça ne dégèle plus à l'ombre. Il est temps de rentrer avant qu'une tempête ne m'ensevelisse.

– Alors il ne te reste qu'à attendre le printemps. Le 25 avril, tu seras là ? »

Baldi resta silencieux et tourna la tête dans la direction d'où provenaient les aboiements de Dolly.

« Je ne crois pas, répondit-il ensuite à mi-voix.

– Et le refuge ? »

L'homme haussa les épaules, mais ne dit rien, et Soneri éprouva de nouveau une grande tristesse.

« Ce n'est plus mon univers », continua Baldi, toujours à mi-voix.

Il était évident qu'il souffrait à l'idée de quitter cet endroit, auquel il avait lié sa vie.

« Je suis né au milieu des vaches, des bergers et de la puanteur des fromages. Autrefois, là-haut, les gens qui vadrouillaient, je les connaissais, ce n'étaient pas des vagabonds, des contrebandiers et des vendeurs de drogue qui ne parlent pas mon dialecte. Le dimanche, c'était la fête chez les villageois, pas comme aujourd'hui avec ces gens qui viennent de la ville, pleins de manières, leurs chaussures de randonnée de marque aux pieds. Des gens qui ne boivent pas une goutte de vin, sont au régime et restent toute la journée assis au soleil. Non, répéta-t-il, ce n'est plus mon univers, il vaut mieux tirer sa révérence. Il ne restait plus que le Maquisard, mais tu as vu comment ça va finir pour lui, traqué comme un vieux sanglier. Et puis sa maladie… »

Baldi s'interrompit en toussant, visiblement bouleversé.

« Ces carabiniers… grogna-t-il.

– Ce n'est pas leur faute. Il suffisait qu'il se laisse conduire à la caserne et tout se serait éclairci, dit Soneri. Là, en revanche, la faute retombe sur lui. »

Baldi grimaça.

« On voit que tu ne connais pas Gualerzi, continua-t-il, d'un ton qui souligna combien le commissaire était étranger à tout cela. Il ne se serait jamais laissé conduire à la caserne. De toute sa vie, personne ne l'a jamais commandé ; tu crois qu'une poignée de carabiniers vont commencer ?

– Eux non plus ne céderont pas.

– Et ça va mal finir. Le Maquisard n'a rien à perdre : il est foutu, sa femme aussi, et sa fille se débrouillera », coupa court Baldi.

D'autres tirs de mousqueton éclatèrent, plus rapprochés cette fois.

« Ils viennent par ici, annonça l'homme. Je ne comprends pas où il les entraîne.

– Lui ne tire pas, constata Soneri.

– Qui sait ce qu'il a en tête ? Peut-être qu'il économise ses munitions, s'il pense que la bataille sera longue. »

Dolly n'aboyait plus et, à en juger par les bruissements qui s'élevaient des taillis en contrebas du sentier, elle était en train de remonter. Quand elle apparut, elle se mit à l'affût, figée dans la direction d'où provenaient les tirs. À ce moment précis résonnèrent les clameurs d'une équipe qui était descendue en traversant le Macchiaferro du côté du Malpasso.

« Ils sont au-dessus de nous, commenta Baldi, vaguement inquiet. Ils sont à la Tourbière, ajouta-t-il en citant un lieu que Soneri ne connaissait pas.

– Je crois qu'il vaut mieux s'esquiver, suggéra le commissaire.

– Nous risquons de finir comme des pigeons », confirma l'autre en se mettant en route.

Le commissaire appela Dolly, excitée par l'agitation de la battue, et il s'en fut d'un pas rapide. Les voix le poursuivaient et, par moments, elles semblaient toute proches.

« Qui sait où est le Maquisard ? réfléchit à voix haute Soneri quand ils atteignirent une clairière d'où on pouvait apercevoir le Talus au loin, derrière un rideau de châtaigniers.

– Selon moi, il les attire vers Badignana, prédit Baldi. Il se postera sur les contreforts. Et quand ils seront là-bas, ça va être dur pour les carabiniers.

– Il va encore faire des bêtises », dit le commissaire d'une voix sombre.

L'autre le regarda avec gravité et, cette fois-ci, il fut d'accord.

« Moi aussi je le crains. À présent, il doit en avoir plus que marre d'être pourchassé…

– Tu veux dire qu'il ne fera pas de quartier ?

– Le fait qu'il ne riposte pas m'inquiète beaucoup. Il a d'abord essayé de les effrayer et vu qu'ils continuent de le suivre… »

Une grêle de tirs s'abattit sur une paroi de roche en pulvérisant le jeune grès des Apennins.

« Ils tirent par peur, dit Baldi avec mépris, énervé. Ils voient une ombre et ils tirent. Ils n'ont pas de couilles.

– C'est pour ça qu'il vaut mieux descendre, l'exhorta Soneri, ils te trouent dès qu'ils te voient. »

Ils parcoururent rapidement la descente jusqu'au petit haut-plateau de Campogrande. Tandis qu'ils défilaient entre les arbres, ils entendirent le sifflement d'un projectile perdu fendre l'air bien au-dessus des branches, puis des cris que la brise rendait proches. Ils craignirent d'être tombés au centre de la battue, et Soneri envisagea de se tapir dans un fossé pour ne pas se transformer en cible. Ils gagnèrent enfin une clairière tout à côté du Talus. Soudain, le chien d'eau romagnol de Ghidini fit son apparition.

« Vous êtes fous, vous allez vous prendre une balle en pleine tête ! s'écria-t-il. J'ai entendu le Maquisard passer là-haut, à la Pierre. Il y a une heure, j'y étais moi aussi. Il se peut qu'il vous ait vus et qu'il ait conduit les carabiniers exprès de ce côté-ci pour les semer et les inciter à vous pourchasser. »

De fait, ces derniers semblaient effectivement avancer dans leur direction. On distinguait maintenant clairement les cris des gradés, interrompus de temps en temps par les ordres secs de Bovolenta.

« Mieux vaut filer avant qu'ils nous collent », suggéra Ghidini en rappelant son chien.

Soneri et l'aubergiste progressèrent sans dire mot, en s'efforçant de franchir rapidement les lieux à découvert, et ils s'arrêtèrent enfin, essoufflés, bien plus bas, en vue de la route vicinale. Le silence était retombé, et personne ne savait plus où était la battue. Puis un hurlement isolé s'éleva, auxquels firent écho d'autres cris, et les trois hommes devinèrent alors que les carabiniers avaient dévié vers l'est pour remonter en direction de Badignana.

« Je l'avais dit, commenta gravement Baldi, il les emmène là-haut.

– Le Maquisard est furieux, il les entraîne dans un piège », confirma Ghidini.

Soneri, en revanche, se représentait le sentier qui menait vers ce nid de rochers, la montagne de plus en plus aride qui se dénudait mètre après mètre.

« Il devra prendre suffisamment d'avance, estima-t-il, autrement, dans les derniers mètres à découvert, il sera une cible facile.

– Ne t'inquiète pas, dit Baldi en secouant la tête, Gualerzi a sûrement tout calculé, il n'a pas du tout l'intention d'être le dindon de la farce. »

Le commissaire réfléchit à l'endroit où pourrait se barricader le Maquisard, et il se rappela que son frère et lui avaient tenu en respect un détachement de nazis avec une seule mitraillette. Il eut l'impression que le Maquisard se trouvait dans une situation semblable : une sorte d'ultime résistance pour défendre ce dernier bout de montagne dont il avait le sentiment qu'il lui appartenait.

Les vociférations des carabiniers s'espacèrent, jusqu'à se réduire à quelques éclats de voix isolés. On aurait dit que tout s'était calmé. Le soleil était monté dans le ciel, faisant fondre le givre et briller l'émeraude des touffes d'herbe hivernale.

« Moi, j'ai envie d'aller voir, lança Ghidini. Il suffira de rester à distance, sur le sentier du Malpasso, par exemple.

– Moi, je ne retourne pas là-haut, refusa Baldi. De toute façon, le spectacle ne sera pas des meilleurs.

– Depuis Campogrande, on pourra découvrir comment ça va finir », proposa Soneri.

Baldi hésita, mais il était clair que lui aussi avait envie de savoir ce qui allait se passer.

« Je peux pousser jusqu'à Campogrande, concéda-t-il.

– C'est le seul endroit d'où l'on peut voir quelque chose », conclut Ghidini.

Ils se mirent en route en remontant avec, cette fois, le sentiment d'être les chasseurs. Pourtant, les carabiniers semblaient être toujours à la même distance et produisaient un bruit de fond impossible à localiser. À Campogrande, ils rencontrèrent Volpi, qui scrutait la montagne avec des jumelles. Quand il les vit près de lui, il ne manifesta aucune réaction et continua de fixer les rochers.

« On voit quelque chose ? demanda Baldi.

– Il les conduit à Badignana, répondit sèchement le garde-chasse sans se retourner.

– Ce n'est pas bon signe.

– Non, ça ne l'est pas, souligna Volpi. Ils croient qu'ils ont affaire à un fugitif quelconque. Ils n'ont pas conscience… »

Il laissa sa phrase en suspens, mais tout le monde avait compris.

« Tu l'as vu monter ? » questionna Ghidini.

Volpi fit signe que non.

« D'après moi, il va dans le sens opposé du courant.

– Tu penses qu'il a remonté le Macchiaferro ? demanda Baldi.

– Ça s'est probablement passé comme ça, acquiesça l'autre. Il est capable d'avoir des réserves de cartouches fourrées quelque part dans les cabanes. En arrivant là-haut à l'avance, il a eu le temps d'aller les chercher et de guetter les carabiniers. »

Ils en eurent la confirmation peu après. Un tir de fusil retentit des contreforts de Badignana vers la basse vallée. On eût dit que même les hêtres vibraient.

« Ça, c'est Gualerzi ! s'écria le garde-chasse. C'est son Beretta. »

Juste après, une fusillade infernale se déchaîna. Les carabiniers tiraient vers les hauteurs, davantage pour se couvrir que pour toucher vraiment. Ils ne s'attendaient pas à être pris pour cible dans une trouée sans arbre et sans abri, au milieu de touffes d'herbe parsemées de petits fourrés. On entendait des ordres gueulés rageusement, et Soneri imagina que c'était Bovolenta, irrité d'être tombé dans un piège. Puis la détonation du fusil du Maquisard, avec son timbre de baryton, retentit de nouveau.

« Merde ! brailla Volpi, le regard fixe dans ses jumelles. Il en a touché un ! »

Les mousquetons ripostèrent à l'aveuglette, soulevant un nuage blanc de poussière, là-haut, à Badignana.

« Ils le transportent vers la vallée, les informa encore le garde-chasse. On dirait un mannequin cassé. En attendant, les autres les couvrent en arrosant. »

Soneri s'aperçut qu'il transpirait à cause de la tension. Il avait pourtant prévenu Bovolenta. Il n'avait jamais compris l'obstination stupide à nourrir le feu, mais chaque fois il devait capituler face à la victoire de l'irrationalité.

Les coups de feu du Maquisard continuaient de résonner, plus sourds et plus graves.

« Mais quelle espèce de cartouches il utilise ? se demanda Volpi, toujours derrière ses jumelles. À l'impact, elles creusent des trous dans la terre.

– Imagine si elles touchent un carabinier… conclut Ghidini.

– Ils se replient vers le bas, dans le maquis », annonça le garde-chasse.

Tout en amorçant leur retraite, les carabiniers ne cessaient de pilonner les contreforts de Badignana ; le nuage de poussière masquait désormais complètement les rochers derrière lesquels se cachait le Maquisard. Peu à peu, les tirs se calmèrent et la vallée redevint silencieuse.

« Ils ont atteint les bois, communiqua Volpi, en détachant enfin les yeux de ses jumelles. Pour l'instant, le spectacle est fini.

– Moi, je descends », déclara Baldi en se dirigeant vers le Talus.

Ghidini et Soneri le suivirent, tandis que Volpi les salua, sans bouger de son poste d'observation.

« Dans une heure, une partie des carabiniers sera au village, supposa Baldi. S'ils ont un blessé, ils ont intérêt à se dépêcher. »

Quand ils arrivèrent au Talus, en effet, ils remarquèrent une grande effervescence sur la place. Il y avait trois ambulances, une troupe de journalistes et les carabiniers chargés des relevés scientifiques qui couraient pour donner des ordres. Ils descendirent encore tandis que la lumière du soleil perdait progressivement de son intensité en se parant des couleurs du sabayon. Ils atteignirent la place au bout d'une dizaine de minutes ; au même moment, on distingua nettement le rugissement des camionnettes qui dévalaient la route sinueuse depuis le réservoir d'eau. Peu après, elles firent irruption dans le village à plein gaz et se rangèrent sur les côtés de la place, entre les réverbères. On entendit alors le bourdonnement de l'hélicoptère. Lorsqu'il atterrit au milieu des maisons, tout le monde s'enfuit, repoussé vers les extrémités de la place par le vent des hélices. D'une camionnette surgit une civière sur laquelle était étendu un militaire, son uniforme en lambeaux et ensanglanté. Deux autres carabiniers, soutenus par leurs compagnons d'armes, montèrent quant à eux dans les ambulances.

L'hélicoptère repartit en balayant la place. Soneri s'approcha du *Rivara*, où stationnaient les rares personnes du village qui avaient assisté à la scène.

« L'un d'eux est foutu, le renseigna Maini. Le Maquisard lui a logé une balle dans la poitrine, qui l'a transpercé de part en part comme une feuille de papier.

– Et les deux autres ? s'enquit le commissaire.

– Leur état n'est pas grave. L'un s'est pris des éclats de roche sur le visage, et l'autre a été frôlé par un tir de Gualerzi qui a ricoché au milieu des rochers.

– En haut, c'était l'enfer, résuma Soneri en allumant son cigare. Ce capitaine est fou.

– Il ne sait pas à qui il a affaire. »

Le commissaire fut pris d'une grande fatigue. Sa montre indiquait deux heures et demie, et il n'avait pas encore déjeuné. Il entra alors chez Rivara et se fit préparer un sandwich au jambon : il avait l'impression d'être de retour à la Questure.

« Si vous voulez manger ici, maintenant que Sante… » proposa Rivara.

Il n'y avait pas pensé : il devait se trouver un autre gîte.

« Ce soir, peut-être, répondit-il. De toute façon, je ne vais plus rester longtemps. »

Cette dernière remarque avait été prononcée plus pour lui-même qu'à l'intention du gérant.

« Pour ma part, vous pouvez rester autant que vous voulez, répliqua l'autre, tandis qu'il tendait à Dolly des morceaux de gras et de couenne récupérés du désossage d'un jambon. Plus personne ne veut le gras, grommela-t-il ensuite.

– Un jambon sans gras est comme un œuf sans jaune, déclara Soneri en scrutant le visage crispé de Bovolenta derrière la fenêtre de la camionnette qui rentrait à la caserne.

– C'est fini pour aujourd'hui, conclut Rivara. Ils ont eu assez de malheurs. »

Soneri réfléchissait à ce document dont il avait parlé avec don Bruno. Les événements de la journée repoussaient le moment des éclaircissements. Il but un verre de malvasia d'un seul trait et sortit sous les derniers rayons du soleil, avant que s'allonge l'ombre de Montelupo. Puis il composa le numéro d'Angela.

« Le Maquisard a liquidé un carabinier et en a esquinté deux autres, lui annonça-t-il.

– Avec l'âge, il a disjoncté, ronchonna-t-elle.

– C'est la fin pour lui aussi, il n'accepte plus les renoncements. Palmiro lui a piqué la femme qu'il aimait, et ensuite son argent. Maintenant, les carabiniers veulent lui prendre Montelupo : il a jugé qu'il n'avait rien à perdre avec le cancer qui le ronge.

– Tu es toujours convaincu qu'il n'a pas tué Paride ?

– Je crois encore qu'il n'a rien à voir là-dedans.

– Mais alors, pourquoi tire-t-il sur les carabiniers ?

– Parce qu'ils veulent l'emmener à la caserne. Ils sont persuadés que c'est lui qui l'a tué. Pour eux, tous les coups de fusil entendus à Montelupo avant et après la faillite des Rodolfi, c'est lui. Et peut-être est-il vraiment à l'origine de l'un d'eux…

– Et alors ?

– Il n'était pas le seul à tirer : j'en suis sûr. Et puis, il y a des braconniers depuis toujours. Parmi eux, Palmiro lui-même.

– Un chasseur ne décharge pas son fusil dans le ventre d'un homme à bout portant. C'est du moins ce que j'ai lu dans les journaux.

– C'est vrai. Mais le Maquisard aurait plutôt tiré sur Palmiro. Tous les soirs, ce dernier grimpait avec ses chiens », expliqua le commissaire en posant son regard sur Dolly.

À ce moment-là, il fut foudroyé par un soupçon, bien plus qu'un doute, si bien qu'il ressentit le besoin urgent de le vérifier.

« À quoi penses-tu ? demanda Angela, habituée à interpréter ses silences soudains.

– À ceux qui, la nuit, parcourent les sentiers avec leurs chiens.

– La nuit ? Tu as une idée de qui ça peut être ?

– Non, mais le choix est limité.

– Souviens-toi que tu es en vacances, le prévint Angela, et se promener dans les bois où l'on tire à vue…

– C'est un risque que j'ai déjà pris, en fait. Mais la nuit, il est plus difficile de viser.

– Tu veux y aller de nuit ? demanda-t-elle, alarmée.

– On est plus en sécurité dans un bois la nuit que dans une rue éclairée en ville.

– Je te téléphone tout à l'heure pour savoir comment ça s'est passé », lui promit-elle, peu rassurée.

Soneri quitta le *Rivara* et traversa la place baignée d'une lumière sépia qui semblait tamisée par un abat-jour. Il déambula parmi les maisons avant de se diriger vers l'usine de charcuterie. Près des grilles et dans la cour, une foule de travailleurs sortait, certains portant encore leur tenue de travail blanche. Il demanda où se trouvait la fille de Gualerzi, et un ouvrier lui indiqua d'un geste qu'elle était encore à l'intérieur. Il décida donc d'attendre. La femme sortit presque en dernier, seule, comme toujours. Le commissaire la vit s'approcher de sa démarche de montagnarde, lourde et sans grâce, vêtue comme la première fois qu'il l'avait rencontrée : chaussures basses déformées, bas épais et manteau long, sans doute ajusté par une couturière maladroite. Il supposa que sa silhouette imposante intimidait les hommes.

« C'est fini pour ce soir ? » s'enquit Soneri pour briser la glace.

Elle le considéra avec méfiance.

« Vu ce que nous gagnons, nous pourrions même quitter plus tôt…

– À propos de choses utiles, il aurait mieux valu rester chez vous. Et peut-être convaincre votre père de ne pas faire de bêtises. »

La femme, qui s'était déjà éloignée de quelques pas, s'arrêta.

« Que s'est-il passé ? demanda-t-elle avec inquiétude. Il veut seulement qu'on nous laisse en paix, expliqua-t-elle.

– Aujourd'hui, il a tué un carabinier et en a blessé deux autres », lança Soneri.

Lorenza Gualerzi baissa la tête et ne dit rien. Elle devait être habituée aux coups de tête de son père, mais ce coup-là était plus gros que les autres.

« Je n'y peux rien, murmura-t-elle, personne ne peut le commander. On peut seulement tenter de lui faire entendre raison en discutant avec lui. Et tant que ma mère a eu la santé…

– Votre père aussi est malade… »

Elle fit signe que oui.

« Mon avenir s'annonce sombre. Sans argent, sans travail et sans parents », énuméra-t-elle.

Le commissaire réprima avec difficulté la peine que lui inspirait cette femme un peu gauche, hors du temps et si peu préparée à la vie. Elle resterait seule, cible des moqueries des gens de son âge qui riaient de sa laideur. Elle symbolisait en quelque sorte ce village, condamné à redevenir pauvre et à s'isoler au sein d'âpres montagnes où personne ne voudrait plus vivre.

« Pourquoi fuit-il ? Dans son état, ils ne pourraient rien lui faire. Au moins, ils prendraient soin de lui, dit le commissaire.

– On ne peut lui imposer aucun choix. Ça n'a jamais été possible. Il n'a aucun respect pour l'autorité, il a grandi sans parents. Et puis il s'estime victime d'une injustice : il dit qu'il n'a rien à voir avec le meurtre de Paride. Tout au plus, il en avait après son père, parce qu'il s'est senti trahi.

– À cause de l'argent…

– Il nous a ruinés. On n'a même plus de quoi soigner ma mère.

– Vous croyez vraiment qu'il n'y est pour rien ? »

Lorenza se secoua pour reprendre courage.

« Je ne sais pas. Moi je le crois, mais… » et elle s'interrompit.

Le commissaire profita de cette pause pour allumer son *toscano*. Puis il reposa les yeux sur elle en l'invitant d'un signe à continuer.

« Je sais qu'il a tiré là-haut, à Montelupo. À des heures insolites. Mon père n'a jamais vraiment fait dans la dentelle… Comment puis-je savoir si c'était un sanglier ou autre chose ?

– Il allait chercher Palmiro, n'est-ce pas ? »

Encore un tressaillement et une gêne qui semblait l'étouffer.

« Comme je vous l'ai dit, il nous a ruinés. Mais ce qui était surtout intolérable pour mon père, c'est qu'il l'avait roulé, en le mettant sur le même plan que les autres. Ils avaient grandi ensemble et, malgré ce qui s'était passé, ils continuaient de se voir. Quelquefois, quand le vieux Rodolfi venait aux Madoni, je les observais en train de parler et j'avais l'impression qu'ils remontaient le temps. Parfois mon père riait, de manière sereine, comme jamais je ne le voyais faire.

– Palmiro aussi se promenait armé, considéra le commissaire, perdu dans ses pensées.

– Et il tirait. Il connaissait bien Montelupo, expliqua Lorenza. Mon père et lui avaient la même détermination dans les choses qu'ils entreprenaient. Il leur arrivait de se comporter comme des sauvages… Alors, je pensais à leur enfance et à la misère à laquelle ils avaient survécu, et je comprenais tout.

– Combien de temps reste-t-il à votre père ? demanda Soneri.

– Six mois, peut-être plus. Il a déjà perdu quelques kilos. Mais il ne tiendra pas longtemps, car il a dit dès le début qu'aux premières fortes douleurs… »

Les larmes jaillirent brusquement. Lorenza porta les mains à son visage et se plia en deux, si bien que le commissaire dut la soutenir. Elle avait peut-être cherché une épaule sur laquelle s'appuyer, mais Soneri, plus petit qu'elle, ne se voyait pas lui offrir la sienne.

« J'aimerais empêcher que ça arrive, dit-il en s'efforçant de la consoler, mais votre père est insaisissable. Personne ne parvient à l'intercepter.

– Il n'a plus confiance en personne au village, et les carabiniers, il les a toujours détestés, depuis l'époque où ils étaient au service du fascisme. C'est pour ça qu'on ne peut pas le raisonner. Il faudrait quelqu'un comme votre père : il l'estimait beaucoup, depuis l'époque où ils avaient été résistants.

– Vous croyez que je pourrais tenter ma chance ?

– Vous êtes peut-être le seul… Mais il sait que vous êtes policier…

– J'irai à Badignana, et s'il est encore là-bas, j'essaierai de le persuader de descendre, promit le commissaire.

– Que je puisse au moins le revoir avant la fin », dit-elle en sanglotant.

10

Quand Soneri revint sur la place, il faisait déjà nuit. Derrière Montelupo, le croissant de la lune avait atteint son premier quartier, à peine voilé par la brume. Son estomac, insatisfait, protestait en réclamant de la nourriture. Delrio s'attardait sur le seuil du *Rivara* en fumant une cigarette.

« C'était comment quand le Maquisard a tiré sur le carabinier ? demanda-t-il. On m'a dit que tu étais présent.

– C'était trop loin, c'est Volpi qui a tout vu avec ses jumelles.

– Il est mort. À ce qu'il paraît, le projectile a pulvérisé ses côtes et lui a arraché la moitié d'un poumon, précisa Delrio en gesticulant. Derrière, il avait un trou grand comme le tuyau d'un poêle.

– De grosses balles pour sanglier, commenta Soneri. Tu devrais les connaître. »

L'agent de police hocha la tête longuement.

« Le Maquisard ne plaisante pas, je l'avais dit. Et à mon avis, ajouta-t-il, il en tuera d'autres. »

Rivara apparut et le commissaire lui passa commande pour son dîner.

« Vous avez quelque chose avec des champignons ?

– Cette année, c'est pas ça : on ne trouve que des trompettes-de-la-mort », répondit l'aubergiste en se touchant l'entrejambe d'un geste superstitieux qui irrita le commissaire.

Il se replia sur les *tortelli* de pommes de terre et, pour le faire patienter, Rivara lui apporta des châtaignes et des poires cuites. Soneri se souvenait de cette recette d'automne : les deux fruits étaient mélangés dans la même casserole et cuisaient ensemble en frémissant.

« Comment vont les deux autres ? demanda l'aubergiste à Delrio en faisant allusion aux carabiniers.

– Bien, ils guériront. Mais, à leur place, j'irais allumer un cierge à saint Martin.

– Ils ne pensaient pas qu'il les guettait ; sinon, franchement, ils n'auraient pas traversé les moraines à découvert tels de simples randonneurs », commenta Rivara derrière son comptoir.

Il était clair qu'il s'agissait d'une remarque que Delrio avait déjà entendue, parce que l'agent lui lança un regard indifférent avant de répondre :

« Oui, en effet. »

Soneri imaginait le Maquisard à Badignana, réfugié pour la nuit dans l'une de ces cabanes d'été rouvertes hors saison ou dans un enclos, à méditer sur la vie qui s'enfuyait. Sans doute songeait-il aux derniers jours pendant lesquels il serait vraiment vivant. Là-haut, en train de résister, le fusil à la main. Le commissaire tentait de se mettre dans sa peau, mais peut-être le Maquisard ne se posait-il pas tant de questions : ce devait être un homme qui acceptait le destin et son verdict.

Il finit de mâchonner un rôti sans intérêt, et commençait déjà à regretter la cuisine d'Ida. Mais elle aussi appartenait désormais au passé. Alors, il se leva brusquement et décida de sortir pour tenir compagnie à la lune. Rivara et Delrio l'observèrent au passage, mais ne lui adressèrent pas la parole.

Dolly l'accueillit en appuyant ses pattes sur son Montgomery. Il la caressa et approcha son visage de son museau : une tâche importante les attendait. Il erra dans le village sans but précis. Il passa devant la carcasse de la voiture brûlée et huma l'odeur persistante du plastique fondu. Il s'arrêta pour contempler le nouveau village au fond de la vallée, zébrée par les phares en provenance de la route nationale qui conduisait au col. Quand il fit demi-tour, il aperçut l'homme en fauteuil roulant, poussé par son épouse, avec son zèle habituel et imperturbable. Il fut tenté de tourner à un coin de rue, mais l'homme l'avait vu et l'apostropha de loin. Il continuait de ressasser ses aventures avec Palmiro, celles qu'il avait déjà confiées au commissaire, jusqu'à ce que sa femme change brusquement de direction pour s'éloigner. Son mari la maudit, puis il se retourna, comme il l'avait fait la veille au soir, en criant qu'ils allaient tous les soirs à la Croix. Le commissaire le vit disparaître dans la lumière incertaine des réverbères et pensa à cet autre homme qui se consumait dans la démence.

Il marcha vers la villa du Talus en sortant du village. Il abandonna la route un peu plus loin et descendit vers un endroit où il savait qu'il rejoindrait le sentier. Quand ils furent presque arrivés, Dolly commença à remuer la queue et fila comme une flèche en direction de la Croix, si rapidement que le commissaire eut tout juste le temps de la rappeler. Elle donnait l'impression d'avoir retrouvé une habitude. Il fit en sorte qu'elle se couchât et lui murmura quelques phrases en la caressant pour la calmer. La chienne se laissa faire, bien que sollicitée par mille odeurs qu'elle flairait. Ils restèrent longtemps sans bouger. Soneri regardait la lune traverser lentement le ciel, tandis que le froid enveloppait de givre les bois et les champs. Il parvint à tranquilliser Dolly en lui posant une main derrière le cou. De temps à autre, l'animal tressaillait et se mettait à l'arrêt, en alarmant Soneri à son tour. Tout près, une bête se fraya un chemin dans les branches basses ; Dolly l'avait repérée de loin, grâce à son odorat d'abord, l'ouïe prenant ensuite le relais.

Un autre laps de temps s'écoula, puis la chienne s'agita de nouveau. Cette fois, elle démontra de la joie. Sa queue se mit à frapper le commissaire comme un fouet, et il dut la retenir pour éviter qu'elle fasse du bruit. Après quelques secondes, il se trouva face à un griffon. Le chien, attiré par Dolly, l'observa fixement, la renifla à distance et commença à aboyer. Dolly fit de même, et Soneri se retira dans l'ombre du sous-bois juste à temps pour distinguer une silhouette emmitouflée qui marchait d'un pas décidé sur le sentier menant à la Croix. Il la laissa s'approcher, non sans avoir touché son pistolet pour être certain de l'avoir sur lui.

Lorsqu'il sortit du bois, il réalisa qu'il était exceptionnellement calme. Probablement parce qu'il savait déjà à qui il aurait affaire. L'autre, en revanche, s'effraya et lança un petit cri perçant qui fit japper les chiens en chœur. Il tenta de fuir, mais Soneri bloquait l'accès du côté de la vallée, et s'échapper vers les bois de la Croix n'était pas une perspective alléchante. L'autre avait assez peur comme ça, à en juger par son agitation.

« C'est une heure insolite pour se promener, attaqua Soneri. Et vous ne semblez pas très à l'aise dans l'obscurité. »

Le Philippin en service chez les Rodolfi balbutia quelques mots inintelligibles. Il portait un lourd manteau en velours côtelé avec une capuche qui couvrait largement son front, occultant une partie de son visage.

« Promenade avec chien », parvint-il à articuler.

Soneri se mit à rire et l'autre parut stupéfait.

« On n'a jamais vu quelqu'un promener les chiens la nuit, dit le commissaire dans un souffle.

– Monsieur Palmiro, si. Lui revenait même tard.

– Bien sûr. Il braconnait. Mais votre fusil à vous, où est-il ? »

Le Philippin s'examina avec naïveté, et Soneri eut presque de la peine pour lui. Un pauvre homme, envoyé la nuit dans les bois et probablement moins payé que les autres employés des Rodolfi.

« Pourquoi vous envoie-t-elle ici ? » demanda le commissaire sur un ton péremptoire, en faisant allusion à Manuela.

Le Philippin baissa la tête et resta muet quelques instants. Puis, ne pouvant répondre, il fit un bond de côté pour fuir, mais Soneri eut le temps de l'attraper. Il était si léger qu'il fut stoppé d'un coup : on aurait dit que sa manche était restée prise à un arbre.

« Ça ne sert à rien, assura le commissaire avec calme. De toute façon, je sais où vous trouver. Si vous courez à la maison et racontez tout à votre patronne, vous savez ce qui vous arrivera ? Elle vous ordonnera de disparaître. Oust, sans même une prime ni votre salaire. »

L'homme devait être terrorisé par cette perspective, mais quelque chose le retenait encore de parler. Dolly et le griffon s'étaient assis devant eux et semblaient vouloir assister à une conversation qui faisait du surplace.

« Moi avoir temps maintenant que pour chiens, miaula le Philippin, tête baissée. Puis chercher Dolly qui toujours s'enfuit. »

Soneri secoua la tête devant ces excuses maladroites. La colère montait en lui et il devait se contrôler pour ne pas qu'elle explose. Mais au creux de ce silence, dans la lueur ténue de la nouvelle lune, quelques pensées traversèrent son esprit en donnant forme à une intuition : il avait mis en relation les aboiements insistants de la chienne dans la ravine, avant sa rencontre avec Baldi, et la familiarité de l'animal avec ce sentier. Peut-être aurait-il dû le parcourir avec elle : il sentait que ç'aurait été une promenade utile. Il considéra enfin le Philippin : il savait qu'il n'était pas là par hasard.

Tandis qu'il réfléchissait, son attention se relâcha et il se détendit. Durant quelques secondes, il regarda même vers le ciel, sillonné à ce moment-là par les lumières d'un avion qui volait bas. C'est à cet instant que la situation lui échappa. D'un mouvement rapide de boxeur, le Philippin lui asséna un coup de poing dans l'estomac et le poussa dans le même temps sur le côté. Le commissaire mit un pied en dehors du sentier et glissa en arrière, en s'agrippant aux branches pour garder l'équilibre. Alors, les chiens se déchaînèrent et commencèrent à aboyer devant ces prémices de bagarre. Une grande confusion, dont l'homme profita pour s'échapper en courant sur le chemin du Talus, enfin libre. Lorsque Soneri reprit pied, l'autre avait déjà dix mètres d'avance et cavalait encore. Impossible de le rejoindre, alors il renonça. Le griffon, quant à lui, emboîta le pas au fuyard, tandis que Dolly le regardait s'éloigner en refrénant son envie de l'imiter.

Dans d'autres circonstances, Soneri aurait été fou de rage, mais cette fois il prit les choses plutôt bien : après tout, ce n'était pas si important de cuisiner cet étranger. Sa présence la nuit sur le sentier était plus éloquente que n'importe quel discours. Et son embarras confirmait une hypothèse qui suivait lentement son chemin dans son esprit. Il descendit vers le village et, quand il se baissa pour passer sous une barrière de branches, il ressentit une vive douleur à l'endroit où le Philippin l'avait frappé. Il déboucha sur le bitume un quart d'heure plus tard et remarqua le cliquetis des griffes de Dolly. Il prit seulement alors conscience qu'elle était restée près de lui pendant tout ce temps. Il s'arrêta et la caressa en pensant qu'un lien s'était désormais créé entre lui et la chienne.

Devant la caserne, il y avait une grande effervescence, et sur la place, alignées en épi, plusieurs voitures de fonction des carabiniers étaient stationnées. On aurait dit une réunion préfectorale qui lui rappela certains après-midi fort ennuyeux au tribunal de police. Il coupa par des rues latérales avec Dolly qui, de temps en temps, levait le nez en flairant l'air. Soneri avait misé justement sur les odeurs, sur les traces labiles de présences récentes à Montelupo.

Lorsqu'il arriva à l'*Écureuil*, l'enseigne était éteinte et tout semblait mort. Puis il aperçut une lumière rougeâtre qui filtrait d'un volet au rez-de-chaussée. Il mit la clé dans la serrure et entra. Quand il alluma la lumière dans le couloir, une porte s'ouvrit et un vieil homme se montra timidement dans l'entrebâillement.

« Vous êtes le commissaire ? demanda-t-il.

– Oui, Soneri, répliqua-t-il.

– Ida s'excuse, mais elle ne pourra pas vous faire à manger pendant quelque temps. Je suis son frère, je m'appelle Fulvio », lui dit-il en lui tendant la main.

Le commissaire la lui serra.

« Pour tout le reste, vous avez les clés, n'est-ce pas ? D'ailleurs, vous êtes le seul client… »

Il y avait quelque chose de discourtois dans le ton. Comme s'il avait voulu qu'il s'en aille lui aussi, pour fermer une fois pour toutes et être tranquille. Le commissaire regarda autour de lui, vit les murs jaunis, le mobilier démodé, les rideaux usés par les trop nombreux lavages et il songea qu'il était vraiment le dernier client de cette pension, le dernier à y dormir, le dernier à payer sa note.

« Je ne resterai pas longtemps, murmura-t-il sans regarder l'homme qui ne dit rien, accueillant peut-être avec soulagement cette nouvelle.

– Et elle ? demanda alors ce dernier en indiquant la chienne.

– Elle restera avec moi cette nuit », l'informa Soneri.

Sur ce, l'homme tourna les talons, haussa les épaules et, en rentrant dans sa chambre, grommela :

« Au point où on en est, de toute façon… »

Le commissaire passa la nuit entre veille et sommeil. Par moments, Dolly s'agitait, perturbée par des sons qu'elle était seule à entendre. Vers cinq heures, Soneri se réveilla, car il crut distinguer un bruit fort venu de dehors. La chienne, très nerveuse, sembla confirmer la présence de quelqu'un. Le commissaire ouvrit les volets et scruta l'obscurité de la cour, mais il ne parvint pas à voir quoi que ce soit. Peu après, cependant, il entendit une voiture démarrer en vrombissant.

Il pensa qu'on était sans doute venu chercher quelque chose près de la pension. Et, vu sa fébrilité, il supposa que c'était justement Dolly que l'on voulait. Du reste, c'est ce pressentiment qui l'avait poussé à la prendre avec lui dans la chambre.

Tandis qu'il ruminait ce dernier développement, il s'aperçut que le réveil indiquait presque six heures. Il rouvrit les volets et fut saisi par un courant d'air glacial. Il se prépara et descendit en longeant des portes closes derrière lesquelles il imaginait des lits sans draps, des armoires vides et des rideaux envahis par les punaises. Tout respirait l'abandon. Dans la salle à manger, les nappes avaient été retirées des tables et les chaises, retournées, les pieds en l'air. Ce qui lui était apparu comme un signe de familiarité lui semblait à présent délabré. Il ferma la porte derrière lui et se mit en route.

Il prit son petit déjeuner chez Rivara. Le village, vu depuis la vitrine qui donnait sur la place, paraissait calme comme un dimanche matin.

« Ils ont passé une nuit blanche, l'informa le gérant en indiquant la caserne.

– On sait si quelque chose a été décidé ? » s'enquit Soneri.

L'homme secoua la tête.

« Rien. Personne ne sait rien. Crisafulli et les gradés ne se sont pas encore montrés. »

C'est à ce moment-là que retentit le vrombissement de la première camionnette repartant pour Montelupo. Puis, éclairant de leurs phares une épaisse couche de givre, les véhicules se succédèrent en file indienne, transportant les carabiniers tombant de sommeil qui dodelinaient de la tête à chaque secousse.

« Ils ne lâchent pas prise. Visiblement, ça ne leur a pas suffi », souffla Rivara avec une pointe de moquerie.

Le commissaire scruta attentivement les fourgons qui défilaient devant lui, mais il ne repéra pas Bovolenta.

« Possible qu'on l'ait limogé ? pensa-t-il à haute voix.

– C'est assez probable, répondit l'aubergiste, après ce qui s'est passé, ils ont dû l'accuser de les avoir envoyés au massacre. »

Le commissaire but son café au lait tandis que Dolly le regardait fixement, assise de l'autre côté de la vitrine. L'aube commençait à poindre, et la lumière avait du mal à percer l'humidité de la vallée. Ensuite, il demanda du pain, des copeaux de parmesan et cent grammes de jambon cru. Il donnerait les restes à la chienne. Il se mit en route vers le Talus, jusqu'à l'endroit où, la veille au soir, il avait rencontré le Philippin. Dès qu'il quitta la cuvette formée par la place, une bouffée d'air glacial le frappa comme une gifle. Le froid s'était intensifié et venait désormais de l'est, du même côté que le soleil. Il fit une pause sur le plateau pour reprendre son souffle. L'air sec avait asséché sa gorge. Il vit les carabiniers au-dessus de Boldara qui se préparaient pour leur équipée dans les bois, et il se demanda selon quels critères ils avaient l'intention de battre cet interminable dos d'âne qu'était Montelupo. Les hommes se divisèrent en deux groupes, probablement avec l'intention d'encercler le Maquisard. Soneri entendit d'autres véhicules qui montaient et réalisa que des renforts étaient en route.

Il reprit son ascension vers la Croix. Dolly le précédait, disparaissant dans les fourrés avant de resurgir plus loin. Le commissaire la suivait d'un pas lent et régulier, mais tandis qu'il progressait, il sentit croître en lui une sorte d'appréhension. Et lorsqu'il entendit les cris dispersés à travers les bois, à peine plus en aval, il comprit qu'il était en train de risquer sa vie. Il suffisait qu'un carabinier le voie pour qu'il se retrouve dans sa ligne de mire. Il savait qu'à ce stade il n'y aurait plus de précautions : Montelupo était désormais une zone franche, même pour les militaires, et il n'existait plus de règles à respecter.

Au fur et à mesure qu'il grimpait, la montagne s'illuminait sous les rayons du soleil, augmentant le danger de finir sous les tirs des mousquetons. Il se sentait menacé de toute part, c'est pourquoi il s'efforçait de rester au milieu des ombres, dans les sillons des fossés ou dans les fentes du sous-bois où le gel stagnait et où les sangliers se cachaient. Il avait quitté le sentier qu'il longeait en contrebas, et se faufilait entre les arbres. La matinée était silencieuse et pleine de lumière, comme figée dans une atmosphère d'attente. Il parcourut encore un bon bout de chemin en slalomant entre les troncs clairs des hêtres, jusqu'à faire face à un mur de roche en grès friable qui le surplombait presque entièrement. Il leva le nez et vit que le sentier tournait en rasant le précipice dépouillé de végétation. Cette crevasse de montagne, en revanche, se resserrait en cul-de-sac qui se prolongeait en descendant sur le versant opposé. Il prit alors conscience qu'il était dans la ravine au fond de laquelle Dolly avait tenté de le conduire la veille.

Il chercha la chienne en avançant avec précaution sur la boue solidifiée par le gel. Il connaissait ce genre de terrain pareil à un marécage : il n'y a qu'en hiver que l'on peut le parcourir. Il se souvenait d'un chasseur qui s'était retrouvé enfoui dedans jusqu'au ventre et, quand on l'avait sorti de là-dessous, il y avait laissé ses bottes et son pantalon, remontant à la surface à moitié nu. Le gel, au contraire, avait tout durci. Quelques morceaux de roche se détachaient d'en haut, en émiettant le grès comme du pain sec. Dolly était assise sur le bord du maquis qui délimitait la ravine au pied du coteau. Devant elle, dans la vase figée par le froid, les marques de ses griffes qui avaient gratté la terre. Soneri se baissa et c'est alors qu'il aperçut la crosse d'un fusil dépassant de quelques centimètres au-dessus du sol.

Il était planté le canon en bas, exactement comme un biscuit sur le point de couler à pic dans le lait. Le commissaire leva les yeux : une vingtaine de mètres plus haut, le sentier côtoyait le précipice. Voilà qui expliquait ce qu'il s'était passé : le fusil devait être tombé d'en haut et le canon s'était enfoncé dans la boue. Mais cela s'était forcément produit avant le gel, à la faveur de l'humidité des jours de brouillard.

Il tenta de retirer le fusil, mais il semblait pris dans le ciment. Alors il se mit à creuser avec les pierres, les mains et quelques bouts de bois. S'il parvenait à fendiller la croûte gelée, il pourrait extraire l'arme aisément. Il s'y employa pendant quelque temps, en oubliant tout le reste. Montelupo continuait d'être plongé dans un silence profond. Même pas le croassement d'une corneille, le coup de bec d'un pic-vert ou le piaulement strident d'une buse : un calme léthargique enveloppait les bois et le ciel.

Il réussit enfin à déterrer le fusil grâce à un dernier effort. Un bloc de fange grise l'enrobait dans un cocon très lourd. Il commença à le nettoyer patiemment à l'aide d'une branche de charme, en la raclant de haut en bas comme s'il découpait un jambon en tranches. Il parvint à enlever la croûte : on devinait désormais la forme du canon et de la crosse, mais le séjour dans la boue avait probablement abîmé le mécanisme du percuteur et de la détente. Il revint sur ses pas, tâchant de sortir de ce boyau de vase coagulée, et lorsqu'il retrouva sous ses semelles le léger crépitement des feuilles de hêtre, il put enfin réfléchir aux choses à faire. Mais en l'espace de quelques secondes, la bataille fit rage à nouveau, tout juste au-dessus du sentier.

Les carabiniers avaient tiré en premier. Le mugissement plus sonore et profond du fusil du Maquisard riposta un peu en amont. Puis d'autres décharges de mousqueton balayèrent le terrain, dans un sifflement de balles qui se croisaient et finissaient leur trajectoire dans un fracas de bois éclaté ou un bruit sourd contre la terre. Le commissaire s'accroupit derrière un gros hêtre dont les racines avaient soulevé le sol à la manière d'un rempart. L'air transporta vers lui l'odeur de la poudre, des fragments de branches furent projetés dans le bois et s'abattirent comme de la grêle sur les taillis. Il prit peur quand il entendit les premiers carabiniers se ruer vers le sentier. Mais dès qu'ils arrivèrent au fond, un tir du Maquisard fit exploser la terre devant eux, en soulevant les feuilles et le sous-bois. Il tirait depuis l'autre versant en inclinant son fusil à ras. Il suffisait qu'il vise une pierre et la balle rebondirait en touchant certainement quelqu'un. Les carabiniers s'immobilisèrent et se replièrent dans l'épaisseur des branches. Soneri en profita pour se faufiler avec Dolly le long du fossé, jusqu'à se glisser dans les canalisations de ciment d'un petit pont, au-dessus d'une route forestière. La chienne hésita, mais le commissaire la saisit par le collier et l'y traîna de force.

Ils restèrent tapis là, l'un contre l'autre. De temps en temps, Dolly le regardait en donnant l'impression d'obéir sans comprendre. Le commissaire, au contraire, était assailli par des sensations qui venaient de loin. Il se revoyait enfant, dans une cabane, retournait à la solitude ombrageuse de son adolescence et, à la fin, les récits de son père lui revinrent à l'esprit. Il lui semblait entendre sa voix raconter ces histoires de juillet 44, la rafle des SS, les trois jours cachés dans un trou sous terre et le retour à la lumière au milieu d'un panorama de morts et d'incendies. Ç'avait été un miracle qu'ils ne l'aient pas tué. Et c'était un miracle que Soneri soit né et qu'il soit là.

Il secoua la tête à cette pensée, et Dolly le lécha, interprétant son geste comme une invitation. Il était surpris par ce mystérieux scénario qui le contraignait à revivre des événements volés au passé. Mais tout fut effacé en quelques instants par le piétinement lourd des carabiniers. Ils se déplaçaient hâtivement vers le versant d'où étaient partis les tirs du Maquisard. Les radios grésillaient, l'un d'eux communiquait aux autres la direction. Ils essayaient d'encercler Gualerzi en le poussant à monter le plus haut possible, là où la montagne offre le moins d'abris et où l'espace se restreint. Soneri écouta le bruit des pas et estima qu'ils devaient être une quinzaine. Il s'était planqué pour éviter que, par erreur, on lui loge une balle dans le corps, mais à présent il aurait pu sortir de sa cachette et se présenter. Il posa toutefois une main sur le cou de Dolly pour qu'elle se tienne tranquille, et resta sans bouger. Il ne voulait pas se montrer aux carabiniers en surgissant d'un trou comme un cafard. Et puis, là où il se trouvait, il se sentait comme un homme de la montagne, un animal dans sa tanière. Il était différent de ces militaires inexpérimentés, transis de froid et habités par la peur.

Il attendit que les pas, les clameurs et les va-et-vient eurent cessé. Quand il retrouva la lumière du soleil, il pensa encore à son père qui avait dû se considérer comme un rescapé. Il y avait tellement de choses qu'il ne savait pas de lui, mais il pourrait en sauver au moins une de l'oubli, qui avait déjà presque tout englouti. À condition qu'il parvienne à rejoindre le Maquisard avant la fin.

C'est pourquoi il devait se dépêcher. Il appela Dolly et repartit vers la vallée. Le temps s'était écoulé très vite. Il le remarqua au soleil qui étincelait davantage encore sous l'effet de la brise glaciale du nord-est. Il fit halte sur une arête à l'abri du vent et décida de manger quelque chose, car cela faisait une demi-heure que son estomac gargouillait. Il songeait en même temps que les carabiniers ne parviendraient pas à attraper le Maquisard tant que le cancer laisserait à ce dernier un peu de force. Et que lui non plus ne le croiserait pas sur ces étendues rocheuses, à moins que l'homme ne fasse en sorte qu'on le retrouve.

Avec ces pensées en tête, il se remit en marche. Il rejoignit le sentier dans sa partie finale, lorsqu'il estima qu'il ne courait plus le moindre risque. Un coup de feu isolé avait résonné dans les hauteurs de la vallée du Maquisard, mais à bonne distance. Sans doute un tir parti par erreur. Arrivé au Talus, il prit son portable, composa le numéro de la caserne et demanda au planton à parler à Crisafulli.

« Je vous le passe », répondit le soldat.

Au moment où Soneri se disait que Crisafulli, une fois de plus, avait réussi à se planquer, la voix de l'adjudant parvint à ses oreilles :

« Qu'y a-t-il, commissaire ?

– Montez au Talus, j'ai quelque chose d'intéressant à vous montrer.

– Qu'avez-vous trouvé ? Douze bolets de six cents grammes chacun ?

– Un champignon d'une valeur supérieure. Montez là-haut et vous le verrez. »

Il raccrocha et jugea que ç'avait été judicieux d'appeler l'adjudant au lieu d'apporter le fusil à la caserne : au village, tout le monde l'aurait remarqué. D'autre part, désormais, l'affaire lui semblait claire. Une dernière vérification était nécessaire, mais il ne pourrait la mener lui-même. C'est pourquoi il avait eu l'idée d'impliquer Crisafulli.

Il finit de déjeuner tandis que Dolly rongeait une couenne épaisse en la serrant entre ses pattes. Puis il alluma son cigare en contemplant le vieux village aux maisons encore recouvertes des pierres plates de Montelupo, noircies par la mousse. Après une dizaine de minutes, il vit apparaître le képi orné d'une flamme et Crisafulli qui montait à petits pas sautillants. Il l'attendit debout et le laissa reprendre son souffle avant de parler.

« Je voulais vous remettre ceci », annonça Soneri en lui présentant le fusil recouvert d'une croûte de terre.

L'adjudant sursauta et fit un pas en arrière, comme s'il craignait de souiller son uniforme. Il étudia ensuite l'arme sans la saisir. Alors le commissaire la lui tendit d'un geste décidé et l'autre fut contraint de se salir les mains.

« Où l'avez-vous trouvé ?

– Sur le sentier de la Croix. »

Les yeux de l'adjudant s'illuminèrent un bref instant.

« Vous croyez que… » bredouilla-t-il en achoppant sur un enchevêtrement de pensées.

– Je crois que vous vous trompez sur tout.

– C'est Bovolenta qui mène l'enquête, se défendit Crisafulli dans un élan qui parut mesquin à Soneri.

– Cette nuit-là, Palmiro ne s'était pas perdu, continua le commissaire.

– Bien sûr, répondit le carabinier d'un ton méditatif. Devant ce fusil, tout ce qui semblait absurde prend du sens.

– Oh, il reste encore pas mal de choses absurdes, dit Soneri en ricanant amèrement, la vie en est pleine », conclut-il, fataliste.

L'adjudant le scruta sans bien saisir le sens de cette remarque, tandis que le commissaire, redevenu sérieux, lui posait une main sur l'épaule.

« Écoutez, Crisafulli, maintenant vous allez retourner à la caserne et vous remettrez le fusil à vos collègues chargés des analyses scientifiques. Puis vous vous rendrez à la villa des Rodolfi et vous la perquisitionnerez. Mais avant ça, jetez un coup d'œil aux armes déclarées par Palmiro. Au cas où il en manquerait une chez lui… Le reste, c'est l'expertise qui nous le dira, vous ne croyez pas ? »

L'adjudant acquiesça comme un bon élève.

« Je signalerai que c'est vous qui avez trouvé le fusil », promit-il.

Soneri secoua la tête énergiquement et se mit à rire.

« J'en ai rien à cirer de cette affaire, répondit-il, je suis ici en vacances. C'est tout autre chose qui m'intéresse, déclara-t-il, le visage sombre.

– Je vais bien devoir expliquer comment je l'ai trouvé, protesta Crisafulli.

– Dites qu'un signalement anonyme vous est parvenu ou que vous avez suivi l'une de vos pistes. Je n'ai pas dit au planton qui j'étais. »

Le visage de l'adjudant s'éclaira.

« Vous êtes un saint m'ayant fait une grâce. »

Soneri haussa les épaules.

« Je vous tiens au courant des résultats de l'expertise dès que je les aurai. Je vais me rendre à la villa tout de suite.

– Merci, répondit le commissaire, même si je suis déjà certain de la manière dont les choses se sont passées, ajouta-t-il d'un ton grave. Je ne mène pas une enquête judiciaire. C'est vous qui avez besoin de preuves écrasantes, moi je peux me permettre le luxe d'y aller à l'instinct. »

La lumière du soleil prit encore une fois la couleur du malvasia avant de sombrer dans le crépuscule.

« Une chose incroyable, murmura Crisafulli.

– C'est le monde qui est incroyable. Vous ne trouvez pas qu'il est dégoûtant ? »

La colère submergea de nouveau Soneri, le mal-être qu'il avait en vain tenté de chasser en se réfugiant dans ce village où il aurait souhaité se sentir chez lui.

« Et il n'y a pas de salut possible », ajouta-t-il peu après comme s'il se parlait à lui-même.

L'adjudant affichait une expression solennelle, mais il était évident qu'il ne saisissait pas le sens de son discours.

« Maintenant, que va-t-il se passer quand on aura prouvé que le Maquisard n'y est pour rien ? grommela-t-il.

– Ils devront le chercher de toute façon, répliqua Soneri. Il a tout de même tué l'un des vôtres.

– Tué pour rien, constata l'adjudant. Je lui avais dit, à Bovolenta, d'être prudent. Il n'avait aucune certitude que c'était lui. Et puis cet homme ne fait pas dans la dentelle, c'est un type dangereux.

– Vous auriez une serviette ? dit Soneri en changeant de sujet.

– Une serviette ?

– Il vaut mieux qu'on ne vous voie pas en train de transporter un fusil de chasse recouvert de boue.

– Vous avez raison, admit l'adjudant. Dans la voiture, j'ai un chiffon. »

Il demeura immobile à la fois gêné et pensif. Puis il s'aperçut que le commissaire le fixait avec curiosité et il se secoua.

« Vous avez raison, c'est vraiment dégoûtant », conclut-il en se dirigeant vers sa voiture.

Soneri attendit quelques minutes, puis il siffla Dolly et descendit à son tour. La lumière disparaissait rapidement dans le fond de la vallée, à l'ombre des montagnes. Sur les hauteurs, en revanche, le soleil continuait à éclairer les feuilles couleur rouille des hêtres. Sur la place, un vent glacé déferlait des rues étroites en soufflant sans rencontrer d'obstacles. Delrio, Maini et Volpi avaient rehaussé leur col pour se protéger.

Le garde-chasse observait avec ses jumelles le versant de Montelupo coupé à moitié par les rayons du soleil.

« Ils sont encore en train de grimper des deux côtés, commenta-t-il à voix basse.

– Ils l'ont encerclé ? demanda l'agent de police.

– Ça me paraît peu probable que le Maquisard se laisse encercler », répondit Volpi avec assurance.

À cet instant, on entendit un coup de feu résonner jusque dans le fond de la vallée.

« Le voilà », annonça le garde-chasse en faisant allusion au Maquisard.

Presque simultanément, les mousquetons répondirent avec leurs tirs plus secs. Rivara sortit du bar, en enfilant son manteau sur son tablier. D'autres, chez eux, ouvrirent les volets et tendirent l'oreille derrière les carreaux. Depuis le début, la guerre de Montelupo ne pouvait être qu'écoutée. Ç'avait été ainsi dès le premier tir dans le brouillard, il y avait plusieurs jours de cela : un tir suivi par des coups de feu mystérieux dans l'obscurité du soir ou dans l'ombre des bois.

« Ils l'ont localisé, c'est sûr, mais ils ne mettront pas le grappin dessus », affirma Volpi.

De fait, le feu nourri des mousquetons se poursuivit avant que, rageusement, ne retentisse à nouveau le fusil du Maquisard. Trois coups à la suite, puis une pause et trois autres tirs de fusil, dont le bruit domina les détonations des mousquetons.

« Ils avaient presque réussi à former un cercle autour de lui, mais il a pris la poudre d'escampette avant que l'étau ne se resserre, expliqua Volpi sans cesser de regarder dans ses jumelles et sans jamais se retourner.

– C'est qu'aucun d'eux n'a un centième du courage du Maquisard : je ne serais pas étonné qu'il en ait encore touché un, conclut l'agent de police.

– À présent, ils tirent vers le haut, reprit Volpi, ce qui signifie qu'il a échappé au piège. Lorsqu'il est en danger, Gualerzi s'enfuit toujours vers la montagne, comme les lièvres. »

D'autres coups retentirent, chevauchant le vent glacial de l'est et, peu après, leur nombre augmenta jusqu'à ressembler à une rafale. Le Maquisard riposta par trois tirs espacés, suivis par deux autres coups de feu.

Le garde-chasse fit alors une grimace : il paraissait déçu.

« Il s'était éloigné d'eux et à présent ils le talonnent encore », grommela-t-il comme si quelque chose ne tournait pas rond.

Le Maquisard devait avoir agi de manière inattendue.

« Gualerzi est vieux, intervint Rivara, et ça fait des jours qu'il fuit sans trêve. »

Le tonnerre de son fusil lui répondit, donnant chaque fois l'impression d'effleurer la pointe des arbres, exactement comme le fendant d'une faux. Le soleil était presque entièrement englouti et désormais seul le sommet de Montelupo, d'un gris opaque rappelant l'aluminium, était encore éclairé. L'obscurité montait progressivement le long des versants, comme l'eau dans une baignoire. Dans cette pénombre, la bataille continuait, même si ce devait être un échange de tirs à l'aveuglette, motivés par la crainte plus que par une réelle intention de faire mouche.

Le vent apporta dans la vallée quelques hurlements, dont l'origine restait indéchiffrable.

« Ils courent vers la montagne, on dirait qu'ils ont été piqués par la tarentule, annonça Volpi, une trace d'appréhension dans la voix.

– J'espère qu'ils ne l'ont pas blessé… » se risqua à dire Maini.

Delrio haussa les épaules pour signifier que ce n'était pas possible.

« Il est plus probable que ce soit le contraire. »

Puis les mousquetons parlèrent encore et la colère de celui qui pressait la détente était presque perceptible.

Le Maquisard semblait vouloir leur laisser le temps de se défouler, à l'abri d'une anfractuosité impossible à atteindre. Il répondit à son tour après que les coups de feu s'étaient faits plus rares. Mais son fusil n'avait plus la même voix.

« Il tire avec d'autres cartouches, on dirait des plombs, estima le garde-chasse.

– Comme ça, il ne fera plus peur, fit remarquer Maini.

– Ça veut dire qu'il est à court de munitions », murmura Delrio.

Une pause silencieuse suivit, même dans les bois de Montelupo.

« Oui, reconnut Volpi, il doit avoir épuisé ses balles, mais ce soir ils ne l'attraperont pas, parce qu'il fait trop sombre pour poursuivre Guarlerzi, qui connaît les arbres un à un. »

À ce moment-là, les réverbères s'allumèrent sur la place, illuminant les visages entourés par des bouffées de vapeur. Le garde-chasse rangea ses jumelles, désormais inutiles, dans leur étui.

Un peu plus tard, on aperçut les premiers phares au réservoir d'eau potable. Les camionnettes partirent tandis que d'autres équipes se trouvaient encore au milieu des bois. Tout le monde trouva refuge à l'intérieur du bar pour se protéger du froid. Les flaques d'eau étaient déjà recouvertes d'une couche de glace, et le vent continuait à souffler en emportant la fumée des cheminées. Le commissaire attendit que les carabiniers reviennent. Il suivait du regard les phares qui zigzaguaient dans l'obscurité, sondant avec lenteur la masse compacte du bois. Le cortège arriva sur la route départementale et s'y arrêta. Deux véhicules continuèrent vers la nationale, et les autres tournèrent en direction du village. Quelques minutes plus tard, ils traversèrent la place. Les carabiniers semblaient exténués. Certains avaient leur uniforme sali par la terre, d'autres, déchiré : ils donnaient l'impression d'une armée en retraite.

Soneri se mit en route au moment où d'autres camionnettes descendaient doucement la route qui conduisait à Boldara. Il avait l'intention de laisser Dolly à l'*Écureuil* pour dîner ensuite chez Rivara. Le village s'était déjà renfermé dans sa coquille faite de méfiance et de rancœur. Des lumières filtraient des cuisines, et des volets entrouverts s'échappaient quelques cris d'enfant et des plaintes de vieillard. Avant que Soneri n'atteigne la pension, Dolly s'immobilisa devant lui et se mit à l'arrêt. Puis elle aboya en pointant l'ombre. C'est alors que le commissaire vit surgir de l'obscurité un homme qui avança sous la lumière du réverbère.

Lorsqu'ils furent à quelques mètres l'un de l'autre, il le reconnut : le berger de l'alpage qu'il avait rencontré à Badignana. Il avait entre les doigts sa cigarette habituelle, roulée avec du papier, à l'extrémité trempée de salive, la cendre à peine visible. Il fumait du bout des lèvres comme s'il se contentait de la goûter. Soneri se figea et resta silencieux. L'homme s'immobilisa à son tour, mais il semblait embarrassé, comme s'il était arrivé là par hasard. Ou alors il n'était pas à son aise en dehors du bois.

« Vous êtes là depuis longtemps ? » demanda le commissaire, histoire de dire quelque chose.

L'autre haussa les épaules sans répondre. La question devait paraître superflue à un homme accoutumé à des journées de solitude passées à suivre les bêtes nomades d'un champ à l'autre ou bien assis sur une pierre à attendre le soir.

« Là-haut, c'est un enfer désormais », observa Soneri.

L'homme haussa de nouveau les épaules.

« Je suis descendu il y a quelques jours », ajouta-t-il ensuite.

Dans sa voix et dans son attitude était concentrée une résignation séculaire. L'acceptation de la réalité, quelle qu'elle soit, à laquelle il fallait s'adapter pour survivre dans la montagne hostile.

« Avez-vous revu Gualerzi ? »

Le berger fit claquer sa langue pour dire que non. Toutefois, après quelques secondes, il leva le menton.

« Si vous montez au refuge très tôt, vous avez une chance de le trouver.

– Il vous a dit de me le dire ? »

L'homme fit signe que non.

« J'ai rencontré sa fille.

– Il est traqué à présent, il ne pourra pas résister longtemps », constata le commissaire.

L'homme se mit à rire.

« S'il ne s'agissait que des carabiniers… rétorqua-t-il avec un geste exprimant l'indifférence. C'est autre chose qui le traque. »

Soneri comprit qu'il faisait allusion à la maladie.

« Il commence à avoir des douleurs ?

– Il les avait avant la Saint-Martin.

– Au lieu de tirer, il aurait dû descendre dans la vallée et se soigner », souligna le commissaire.

L'homme ricana encore.

« Ce n'est pas le genre d'homme qui va mourir dans un hôpital. Enfermé, il ne se sent pas bien : ni dans les hôpitaux, ni dans les casernes, ni dans les prisons… Il dort fenêtres ouvertes, même en hiver. »

À mesure qu'il écoutait le berger, Soneri voyait grandir une aura de mystère archaïque autour des récits sur le Maquisard. Une légende qui enflait jour après jour.

« L'autre fois, il ne m'a pas attendu… dit le commissaire.

– Il a son rythme. Il se lève avant l'aube et, ces jours-ci, peut-être qu'il ne dort même pas. »

Soneri hocha la tête pour indiquer qu'il avait saisi. Alors l'homme se remit en chemin lentement, jusqu'à disparaître dans le noir. Le commissaire, quant à lui, après avoir conduit Dolly à l'*Écureuil*, revint sur ses pas, car il avait faim. Lorsqu'il arriva devant la vitrine embuée de l'*Orme*, Crisafulli sortit de l'établissement.

Soneri s'arrêta et, avant que le militaire ne parle, il alluma son cigare. Puis il invita l'adjudant à faire quelques pas : il n'avait pas envie de discuter au milieu d'un parterre de vieillards. Ils se promenèrent un moment dans les rues du vieux bourg, sans parler. Crisafulli avait relevé le col de son uniforme et gardait les mains dans ses poches, mais il lui apparut blême à cause du froid quand il s'immobilisa en lui barrant presque la route.

« Commissaire, les fusils sont à leur place, expliqua-t-il d'une voix entrecoupée par les grelottements.

– Vous êtes déjà allé à la villa ? s'étonna Soneri.

– J'y suis allé tout de suite après que nous nous sommes vus.

– Il y avait la belle-fille ?

– Elle était là avec le Philippin.

– Et ils vous ont montré les armes ?

– Oui, trois. Conformément à la déclaration. Deux à canons superposés et un mousqueton pour la chasse aux chevreuils.

– Où étaient-elles ?

– Dans un râtelier fermé avec un cadenas. »

Le commissaire réfléchit en fumant.

« Vous êtes allé également aux Bois ? Chez Paride ?

– Bien sûr, répliqua l'adjudant, légèrement irrité, mais les deux fusils déclarés étaient là et il ne semble pas qu'ils aient tiré récemment. »

Le commissaire demeura silencieux. L'affaire se présentait sous un jour plus complexe que ce qu'il avait pu imaginer, mais il restait convaincu que ce fusil expliquait tout.

« Des modèles récents ou plus anciens ? » demanda-t-il.

Crisafulli frissonna avant de répondre :

« Les déclarations remontent à quelques années.

– Les TIC ont déjà contrôlé le fusil retrouvé ?

– Ils sont en train de travailler, demain ils me remettront leur rapport, le rassura l'adjudant.

– Si j'étais vous, suggéra le commissaire avec délicatesse, j'enverrais quelqu'un effectuer des contrôles dans les armureries des alentours. Il y a peut-être des gens qui ont fait des achats récemment. »

Crisafulli lui lança un regard de défi.

« Commissaire, vous croyez que nous autres carabiniers sommes tous des idiots ? J'ai déjà donné l'ordre aux compagnies de faire des enquêtes. Et puis j'ai même commencé à cuisiner le Roumain, celui qui est en état d'arrestation à cause de cinquante grammes de hachich trouvés chez lui par mes collègues de la caserne de Santo Stefano.

– Et ça vous a été utile ? continua Soneri en ignorant les protestations de l'adjudant.

– À mon avis, il sait quelque chose. Mais je veux l'entendre lorsque j'aurai plus de certitudes. Dès que mes collègues des TIC me les donneront. Ces étrangers vous prennent pour un imbécile si vous ne les mettez pas dos au mur », dit Crisafulli d'un ton sentencieux, son débit accéléré rappelant un roulement de tambour.

Le commissaire le regarda dans les yeux, puis il fit un geste de la main qui tenait son cigare.

« Je ne voulais absolument pas remettre en cause votre habileté, expliqua-t-il. C'est qu'il vaut mieux penser à deux que tout seul. Et moi j'ai pensé à voix haute. »

L'adjudant lui donna une petite tape sur le bras pour prendre congé.

« Demain, je vous informerai de tout », promit-il en s'éloignant de ses petits pas, recroquevillé contre le froid.

Avant d'arriver sur la place, Soneri fut surpris par Dolly, qui lui bondit dessus, joyeuse. Qui sait comment elle avait réussi à sauter par-dessus la clôture de l'*Écureuil* et, surtout, à abandonner un beau plat d'abats ? Il la caressa pour la tranquilliser, tandis que la chienne le fixait comme si son univers entier se limitait aux pans de son manteau. Il prit alors son portable et composa le numéro d'Angela.

« Je t'annonce, lui dit-il dès qu'elle décrocha, que notre famille s'est agrandie.

– D'habitude, ce sont les femmes qui font ce genre d'annonces, dit-elle en riant. Ou tu as trouvé un nouveau-né abandonné dans le bois ?

– Non, j'ai décidé de garder Dolly.

– Dis donc ! s'écria-t-elle. Moi, j'ai mis plus de temps à te convaincre.

– Tu es d'accord ?

– J'ai toujours pensé qu'un chien était l'idéal pour les gars introvertis et taciturnes comme toi. Fidèle et prévisible : quelqu'un avec qui communiquer par gestes en faisant l'économie des mots, sans interrompre le fil de sa pensée. »

Angela avait vu juste, une nouvelle fois. Il se remémora les après-midi silencieux passés en forêt avec son père, à ramasser des châtaignes, du bois ou des champignons. Leur entente réciproque faite de regards et de gestes. C'était désormais une idée fixe.

« Dolly a résolu l'affaire, l'informa Soneri.

– Elle a sûrement plus de flair que toi, dit-elle en plaisantant.

– C'était justement une question de flair, expliqua le commissaire.

– Qu'est-ce qu'elle a senti ? demanda Angela, curieuse.

– Un fusil planté dans la boue. Et s'il n'y avait pas eu le gel, même Dolly ne l'aurait pas trouvé.

– C'est le fusil qui a tué Paride ?

– Je crois que oui, mais les carabiniers sont en train d'enquêter là-dessus. »

À l'instant où il prononçait ce mot, il vit un uniforme de l'Arme des carabiniers traverser la place dans sa direction. Lorsqu'il s'approcha, il reconnut Bovolenta. Il salua Angela hâtivement et rangea le portable dans sa poche. De près, le capitaine affichait un air las et une mauvaise mine. Le froid avait creusé encore davantage les rides à la base de son nez, et ses yeux étaient fiévreux. Soneri tendit la main pour le saluer et le militaire lui offrit la main gauche d'un mouvement maladroit.

« Que vous est-il arrivé ? s'enquit le commissaire, remarquant seulement alors un bandage qui dépassait de son poignet droit.

– Rien, relativisa Bovolenta, un éclat qui m'a effleuré.

– Je vous l'avais dit : Gualerzi n'est pas un type facile.

– Il a risqué d'en tuer quatre autres, grogna le capitaine. C'est un fou.

– D'autres blessés ?

– Cinq, répliqua l'homme d'un air sombre. Il tire avec des projectiles à pointe creuse qui explosent comme des grenades quand ils percutent une pierre.

– Vous n'avez pas intérêt à le poursuivre encore, il n'en a plus pour longtemps. Vous n'auriez même pas dû commencer… »

Bovolenta le fixa en retenant difficilement sa colère. Puis il se calma et leva à nouveau les yeux vers lui, cette fois avec résignation.

« Crisafulli m'a parlé du fusil… C'est vous qui l'avez trouvé ?

– Pourquoi me posez-vous cette question ?

– Parce que je connais l'adjudant et je sais qu'il ne parviendrait pas à marcher plus de vingt minutes de suite.

– Il y en a d'autres qui marchent.

– Personne, au village, ne mettrait le nez dans ces affaires. Vous ne voyez pas comment sont les gens ? Ils ne se parlent pas, se reluquent en chiens de faïence. Ils mettent le feu à des granges, à des maisons, à des voitures. Ils se poignardent…

– Ce fusil vous racontera bien des choses, assura Soneri, et surtout, que le Maquisard n'y est pour rien. »

Le capitaine baissa légèrement la tête, encaissant le coup. Puis il dit :

« Il a déjà commencé à parler : le numéro de série est en partie effacé.

– Il a servi récemment ?

– Il semble que oui, mais il reste des examens à faire. L'arme était en très mauvais état à cause de la boue.

– Combien de temps faudra-t-il pour savoir ?

– Demain, nous saurons tout », soupira le capitaine avec une pointe d'impatience.

Une grimace révéla que cette dernière était due à une douleur soudaine au bras.

« En fait, je voulais vous demander de nous servir de médiateur avec le Maquisard, poursuivit l'homme.

– Gualerzi n'est pas un type à médiations, comme vous avez pu le constater, éluda Soneri.

– Je le sais. Mais maintenant il est là-haut, tout seul, à court de munitions et affamé. Je crois qu'il est aussi souffrant.

– C'est fini pour lui, à présent.

– Justement. Il est inutile qu'il continue de résister. Il ne se rendra jamais à nous, mais vous, vous êtes d'ici, et puis avec votre père…

– Vous avez vu les papiers ? demanda le commissaire avec empressement.

– Oui, je les ai vus, mais ils ne disent pas grand-chose. Ou du moins ils ne font pas la lumière sur le doute qui vous tient à cœur. »

Soneri s'assombrit.

« Je crois que le Maquisard a fait disparaître une grande partie des documents, reprit le capitaine. Ou peut-être qu'il les a cachés quelque part. »

Le commissaire eut une vision de Gualerzi qui vidait les tiroirs de tout ce qu'il était possible de subtiliser pour soustraire le passé à l'exhumation. Mais les mots de Bovolenta n'avaient pas fini de le surprendre.

« Je vous demande d'y aller… également pour ce fait personnel qui vous concerne. »

Soneri réfléchit pendant quelques secondes, avant de déposer les armes.

« D'accord. »

11

Il sortit en devançant l'aube. Il voulait atteindre les hauteurs avant que le soleil ne fasse son apparition derrière le cercle des montagnes. Bovolenta lui avait promis une trêve jusqu'à midi, après quoi, si le Maquisard ne se rendait pas, ils iraient le chercher. Mais plus que les carabiniers, ce qui l'inquiétait était ce doute, cette question obsédante restée sans réponse. Du reste, il savait pertinemment que Gualerzi n'accepterait jamais de se rendre et il se représentait aisément comment les choses finiraient. C'est aussi pour ça qu'il se dépêchait.

Il monta par Boldara, puis il prit le sentier pour le Malpasso, sur lequel il s'engagea avec la première lumière opaque du matin. Le rythme rapide de son pas dans la côte lui permettait de lutter contre le vent froid qui soufflait rageusement et fouettait Montelupo du côté le plus exposé au soleil. Au niveau des gîtes, il aperçut des silhouettes qui descendaient en dehors du sentier, au milieu des arbres, et il devina qu'il s'agissait des derniers étrangers transhumant avant que la neige ne bloque les cols. Ils exploitaient les heures où la montagne n'était pas battue par les carabiniers. Après une autre vingtaine de minutes, il vit les contours sombres et solitaires du refuge. Baldi avait accompli un travail draconien avant de se retirer : portes et fenêtres condamnées par des cloisons en bois recouvertes de tôle pour éviter que la neige ne défonce les volets, toit renforcé par des planches protégeant de la tramontane, canaux d'écoulement creusés davantage en prévision du dégel.

Il fit le tour du refuge, qui paraissait inexpugnable. Il remarqua à l'ouest un amoncèlement de nuages et, bien qu'ils fussent encore loin, il fut certain que ces nuages viendraient ensevelir Montelupo et toutes ses histoires. Il resta encore un moment à contempler ce pic de montagne dans le panorama changeant de l'automne finissant. L'atmosphère était celle d'un adieu, mais les saisons n'y étaient pour rien, il était l'unique responsable. Il avait déjà éprouvé ce sentiment avec Sante et avec les gens du village. À présent, toutefois, cette sensation était plus violente, pareille à un deuil.

Il fut assailli par une angoisse profonde et par le besoin de rencontrer le Maquisard à l'instant. Il l'appela alors en hurlant à tout vent. C'était là aussi une violence pour un homme habitué aux demi-teintes, aux mots silencieux égrenés au cours des longs dialogues avec lui-même. Il espérait que Gualerzi sortirait, pour soulager la solitude qu'il ressentait et arrêter le temps encore quelques instants.

Dolly aboya près de la remise à bois. Puis la porte s'ouvrit vers l'extérieur et un homme immense se pencha et se recroquevilla pour se glisser entre les battants. Le Maquisard lui parut encore plus grand que dans son imagination. N'importe qui pouvait se sentir intimidé par ce géant à la barbe longue, au pas lourd et aux mains comme des pelles, dans lesquelles il serrait un fusil qui ressemblait à un jouet comparé à ce corps monumental. Il s'immobilisa à quelques mètres du commissaire, méfiant.

« Je suis seul, dit Soneri, en esquissant un mouvement des mains vers le haut.

– Je sais, grommela l'homme d'une voix de baryton, ça fait une demi-heure déjà que je t'ai vu, à mi-chemin du Malpasso. »

Soneri jeta un coup d'œil à la cartouchière que Gualerzi portait autour de la taille et nota qu'il ne lui restait que quelques balles.

« Si c'est ce carabinier qui t'a envoyé, dis-lui qu'il perd son temps », lui annonça le Maquisard sur un ton terriblement calme.

À ce moment précis, le soleil surgit au-dessus des sommets à l'est de Montelupo et éclaira le pic où se trouvait le refuge. L'homme lança un coup d'œil vers la lumière, tandis que le vent glacé l'atteignait sans le déstabiliser.

« Ce n'est pas lui qui m'a envoyé, répondit le commissaire. Ça fait longtemps que je voulais te rencontrer. Pour une question personnelle. »

Le Maquisard sembla intrigué, mais il dissimula aussitôt sa curiosité.

« Moi je n'attends jamais personne. Ici, on ne donne pas de rendez-vous, on se rencontre et c'est tout.

– Cette fois-ci, tu m'as attendu…

– Aujourd'hui, c'est différent… murmura l'homme, très sombre. Le moment est venu… ajouta-t-il en s'interrompant néanmoins immédiatement.

– Quel moment ? » demanda Soneri de manière insistante.

Le Maquisard fit un geste vague vers l'ouest, en indiquant les nuages blancs qui s'amassaient à l'horizon.

« Cette nuit, il va neiger, expliqua-t-il, et ici tout deviendra plus compliqué. Pendant quelques jours, on marchera encore à travers les bois et puis ce ne sera plus possible. Et la neige n'est pas fiable », conclut-il avec ambiguïté.

Il était évident qu'il avait changé de sujet. L'explication ne l'avait pas calmé.

« Comment allez-vous ? demanda le commissaire pour faire retomber la tension.

– Il n'y a pas d'issue pour moi. Pour personne. Tôt ou tard, on y passe tous. Le docteur m'a dit que c'est la faute du charbon que j'ai respiré depuis mon enfance.

– Il ne vaudrait pas mieux se soigner ? » suggéra le commissaire.

L'homme lui coupa la parole brusquement :

« Ça n'a plus de sens, désormais. Et puis maintenant que j'ai tué un carabinier… Je me retrouverais à souffrir enfermé dans une cellule. Mieux vaut endurer ma maladie ici, là où j'ai toujours vécu. On a le droit de mourir là où on est né, non ? Recouvert de ma terre et un châtaignier pour pierre tombale, sur lequel tape le soleil du matin.

– Même Palmiro Rodolfi… » tenta Soneri, sans finir sa phrase.

Le Maquisard haussa les épaules.

« Ils l'ont mis dans une tombe scellée avec du ciment. Moi, je ne veux pas finir comme ça : je veux pousser mon dernier souffle à l'air libre et me donner ensuite à la terre.

– Il suffisait de s'expliquer avec les carabiniers… pensa à voix haute le commissaire.

– Ce n'est pas moi qui ai tué le fils de Palmiro, grogna l'homme d'un ton qui faisait froid dans le dos. Il m'a ruiné, mais comme beaucoup d'autres. C'est plutôt au vieux que j'en voulais : il m'a fait avaler trop de couleuvres.

– Tu l'as cherché ces derniers temps ? Tu voulais le faire payer ?

– Je n'avais plus un centime pour soigner ma femme. Elle pouvait se sauver, moi pas.

– Et alors tu as tiré sur lui… »

Le Maquisard regarda le commissaire, piqué par ce qui ressemblait, à ses yeux, à un interrogatoire. Puis il dut estimer que cela n'avait plus d'importance.

« Oui, j'ai tiré sur lui. Et lui sur moi. Mais il y avait du brouillard, et Palmiro est malin. »

Après une brève pause, il demanda :

« Comment tu as fait pour le comprendre ?

– Une fois, vous avez failli me toucher. Au-dessus de Boldara, j'allais aux champignons.

– Avec le brouillard, il n'y a personne dans les bois de Montelupo au-dessus de Boldara : ou moi, ou lui. C'était un jeu auquel on jouait même lorsqu'on était enfants, avec les lance-pierres. On se déplaçait en essayant de ne pas faire de bruit, on devait entendre l'autre et tirer : ça ne pouvait être que lui.

– Vous étiez sûr de vous au point d'exclure que ça puisse être quelqu'un d'autre ?

– Dans certaines zones, plus personne ne s'aventure dans le brouillard. Personne ne connaît aussi bien Montelupo, même pas Volpi, le garde-chasse.

– J'étais là, moi. »

Le Maquisard regarda vers la montagne, où le soleil se fortifiait, sa lumière reflétée sur les tôles du refuge.

« Ton père t'y emmenait. Manifestement, tu as bonne mémoire, murmura l'homme.

– Vous vous connaissiez bien. Il m'a parlé de toi… »

Gualerzi hocha la tête.

« Un brave homme. De peu de mots, juste ce qu'il faut. »

Soneri allait lui demander autre chose quand le Maquisard l'interrompit en reparlant des carabiniers.

« Si ce type est mort, ce n'est que la faute de ceux qui l'ont envoyé ici. Je les ai prévenus pendant un jour entier avec des coups en l'air, mais eux continuaient d'avancer en tirant comme des forcenés. Là-haut, à Badignana, ils sont sortis à découvert en pleine moraine en faisant feu avec leurs mousquetons. J'entendais leurs balles fracasser les rochers, alors j'ai répondu pour ne pas les avoir aux trousses. C'est un ricochet qui l'a touché, je ne l'ai pas visé, à l'inverse d'eux. Si j'avais voulu, j'en aurais liquidé dix. »

On entendit un bruit en aval du refuge et l'homme se mit en alerte. Dolly aussi se dressa. Puis le Maquisard se rasséréna.

« Un chevreuil, dit-il.

– Les carabiniers resteront sages jusqu'à midi », l'informa Soneri.

L'homme ne sembla pas accorder d'importance à la chose.

« À cette heure-là... » lança-t-il de manière sibylline, sans conclure.

Le commissaire l'observa en s'efforçant de déchiffrer ce qu'il aurait voulu dire, mais il ne lui venait à l'esprit que des pensées désagréables.

« Dis à ce capitaine que ce n'est pas moi qui ai tué le fils de Palmiro, réaffirma Gualerzi, les yeux fiévreux, sur le ton d'un homme habitué à commander. Et qu'il est le seul coupable de la mort de ce carabinier. Dans ces rochers, les balles ne nous obéissent pas. Il devait me respecter, ne pas venir me chasser comme une bête. Si quelqu'un se met à tirer, il ne peut que s'attendre à ce qu'on lui tire dessus en retour. Et puis personne ne m'a jamais donné d'ordres, même pas Mussolini », proclama-t-il en haussant la voix dans un crescendo menaçant.

Puis, sur une intonation sinistre, il ajouta :

« Et personne n'aura plus le temps de m'en donner. »

Un silence lourd se fit, tandis que les nuages semblaient s'approcher plus rapidement que prévu. Le Maquisard se retourna pour les regarder comme s'il reconnaissait un visage. Il poussa un soupir, et sa poitrine toujours puissante se souleva sous son manteau. Contre toute attente, il se remit à parler : un discours paisible dans lequel on percevait de la résignation.

« Ces derniers temps, Palmiro et moi n'avions plus rien à perdre. S'il m'avait blessé avec un tir de fusil ou si moi je l'avais touché, on se serait juste rendu service mutuellement. Mourir dans nos bois à courir comme des sangliers, en jouant à la manière des enfants, aurait été une fin agréable. On avait deux maladies différentes, mais toutes deux mortelles : moi le cancer, lui la honte et la ruine, ce qui est pire encore. Il n'y avait pas de salut et on le savait.

– Palmiro pouvait partir avec sa belle-fille : elle le voulait, objecta Soneri.

– Non, il ne savait pas rester loin des lieux qui lui appartenaient. De Montelupo, de la chasse, de ses chiens… Il en aurait eu le cœur brisé.

– Tu crois que cette femme y est pour quelque chose ?

– Elle détestait son mari et couchait avec Palmiro. Elle pouvait avoir une raison d'éliminer Paride. Mais Palmiro non plus n'aimait pas son fils, il le voyait comme un bon à rien qui ruinerait son métier. Il disait que leur fortune, c'est lui seul qui l'avait bâtie, et qu'il ne permettrait à personne de la lui enlever. Mais si Paride avait été comme lui, ils se seraient étripés tout de suite. Son fils, au contraire, lui donnait toujours raison, puis il n'en faisait qu'à sa tête. Il maniait les sous comme les haricots et Palmiro n'y comprenait rien. L'autre lui racontait toujours des sornettes, mais à la fin le vieux s'était aperçu qu'il le prenait pour un con.

– Il en parlait quand vous vous rencontriez ? demanda Soneri.

– Parfois, avant qu'on se brouille définitivement.

– Est-ce que Paride montait aussi à Montelupo ?

– Quelquefois, avec son domestique étranger. Il était aussi à l'aise dans les bois qu'un prêtre dans un bordel.

– Il avait peur ?

– Peut-être. Les jeunes ne savent pas rester dans les bois, ils utilisent trop la voiture. »

Soneri regarda sa montre : dix heures. Le soleil avait légèrement réchauffé l'air et fait fondre la glace recouvrant les branchages. Depuis le sommet, on dominait toute la vallée au pied de Montelupo. Le Maquisard scruta les alentours de ses yeux expérimentés et prudents.

« Ils ne viendront pas, le capitaine me l'a promis. »

L'homme lui jeta un regard torve.

« Même s'ils venaient… » marmonna-t-il sans finir sa phrase.

Le commissaire comprit qu'il avait choisi cet endroit parce que c'était le meilleur poste d'observation. Personne n'aurait pu le surprendre sans être repéré à au moins une demi-heure de marche.

« Comment fais-tu quand il y a du brouillard ? poursuivit Soneri en montrant la vallée.

– Il suffit de rester dans un endroit hors de portée, dans un pli des montagnes, et à part un chien personne ne peut te trouver. »

Le commissaire pensa à Dolly et au fusil repêché dans la boue.

« Quand as-tu trouvé Paride mort ?

– Le jour suivant, je crois, si les choses se sont passées comme je le pense.

– Il y avait un épais brouillard.

– Justement.

– Que veux-tu dire par là ?

– Que Paride n'a pas vu celui qui lui tirait dessus.

– Quelle importance ?

– Aucune », relativisa le Maquisard.

Soneri se rendit compte qu'il avait mal avancé son pion. L'homme gardait en réserve quelque chose qu'il n'avait pas voulu dire.

« Tu étais près des tirs ce jour-là ?

– Pas exactement. Je grimpais vers les sommets avec le Macchiaferro comme point de repère. Le coup est parti plus bas, mais j'ai eu du mal à comprendre où, parce que la brume brouille les pistes. Alors je suis descendu jusqu'au sentier de la Croix, mais le silence était profond comme dans un puits. Puis j'ai entendu un chien gémir au fond d'une ravine sans réussir à voir quoi que ce soit. Pendant ce temps-là, une autre rafale est partie, qui a balayé large en direction de la montagne. Une pluie de plombs de chasse qui est tombée au milieu des branches sèches. Peut-être qu'il tirait sur le chien, peut-être qu'il m'a entendu descendre. J'ai compris qu'il en avait après l'animal parce que je l'ai entendu courir sur les feuilles avant qu'un deuxième tir ne parte d'un autre endroit du bois. Si la personne avait été dans un lieu plus en hauteur, hors du sentier, je n'aurais pas eu de doute sur son identité, mais là, ça pouvait être aussi un braconnier. Il faisait déjà nuit et le brouillard s'épaississait en soufflant d'aval en amont. Plus tard, j'ai entendu les camionnettes, les gens et les carabiniers qui criaient en direction de ce mur de brouillard qui déformait les voix. Tous les passages vers la vallée devaient être battus par les équipes de secours. À un moment donné, j'ai entendu qu'ils appelaient Palmiro, et alors j'ai su qu'un grand malheur était arrivé. »

Soneri baissa la tête lorsqu'il comprit qu'il avait deviné juste.

« Le jour d'après, tu l'as trouvé et tu me l'as fait savoir. À ce moment-là, tout était possible à tes yeux…

– Deux plus deux font quatre. Et puis je m'y attendais. Palmiro disait toujours que c'est lui qui avait bâti sa fortune et que sa fortune mourrait avec lui. Il se sentait trahi par son fils. Il voyait comment grandissait ce petit-fils… »

Le Maquisard poussa un profond soupir.

« Il n'avait plus personne à ses côtés. Même cette femme, sa belle-fille, allait le larguer quand tout son magot se désagrégerait comme ces montagnes sous l'effet du gel. Il y a bien des années, je le leur avais dit, à Capelli et à lui, qu'ils se faisaient des illusions, avec cette obsession de l'argent. D'ailleurs, même après l'avoir eu, ils ne se sont pas calmés. Palmiro venait dans les bois pour chercher la sérénité que ses affaires lui ôtaient. Il n'a plus jamais été heureux, parce que la richesse procure des soucis. La chose la plus stupide, c'est de penser qu'elle puisse vous rendre heureux. Regarde ce village : quand tout le monde était pauvre, on riait, tandis qu'aujourd'hui on se poignarde. »

Il cracha sur le côté et aussitôt après il fut pris d'une quinte de toux sèche, violente.

« Moi, au moins, poursuivit-il lorsqu'il se fut calmé, je suis resté ici et j'ai pu avoir la vie que je voulais sans jamais recevoir d'ordres de personne. Et c'est comme ça que je finirai, ajouta-t-il avec détermination.

– La cohérence ne vaut pas la vie d'un homme, souligna Soneri, en pensant au carabinier tué.

– Ce n'est pas moi qui suis allé les chercher, riposta Gualerzi. Ils savaient pertinemment de quelle pâte je suis fait. Je devais me laisser conduire vers la vallée, menotté comme un animal ? Je ne pouvais pas me faire enfermer, j'en serais mort. C'est pour ça que je me suis défendu, tonna-t-il. Il faut du courage pour renoncer à soi-même et moi, ce courage-là, je ne l'ai pas. Moi, j'ai un autre genre de courage. Et pour venir me chercher, il faut quelqu'un qui en ait plus que moi. Mais ça n'est jamais arrivé et maintenant, de toute façon… »

La lumière limpide était celle d'un matin désormais bien avancé. La journée s'apprêtait à vivre une splendeur éphémère, intense. Le commissaire cligna des yeux et regarda le ciel, observant l'horizon de plus en plus encombré vers l'ouest, là où il s'abaissait jusqu'à la plaine.

« Il est parfois plus douloureux de renoncer que de combattre », confirma-t-il.

Le Maquisard acquiesça.

« Ton père avait la force de renoncer. Ou de se sacrifier, dis-le comme tu voudras, expliqua-t-il. Il te racontait même pourquoi il le faisait et de temps en temps, il pouvait me convaincre. Des fois je l'admirais, d'autres fois j'aurais voulu lui donner un coup de poing. »

L'image de son père tournoya longuement dans l'esprit de Soneri. Contrairement à ce qu'en disait Gualerzi, il l'avait toujours considéré comme un homme résolu et au caractère bien trempé. Il était mal à l'aise de l'entendre décrire différemment.

« Il ne parlait pas beaucoup. Et puis il y a des choses qu'on ne dit pas aux enfants, tenta d'expliquer le commissaire, en s'adressant davantage à lui-même qu'au Maquisard.

– C'est vrai, certaines choses ne se disent pas, admit l'homme comme pour lui-même. Il n'était pas du genre à se vanter de quoi que ce soit.

– De quoi aurait-il dû se vanter ?

– De t'avoir consacré beaucoup d'années de sa vie, répondit sèchement l'autre, presque avec mépris.

– Ce n'est pas normal pour un père ? » demanda Soneri.

Il savait que ses mots cachaient autre chose et la peur fit trembler sa voix.

« Il voulait quitter ce village. Aller en ville, mais tu étais là. Il a préféré rester chez les Rodolfi, garder ce travail qu'il détestait, la maison de ses parents où il ne payait pas de loyer. Il a résisté jusqu'à ce que tu termines tes études. Il a eu du cran de faire ce choix. Il s'est mis dans un trou avant l'heure pour t'épargner la triste existence qu'il avait subie. »

Soneri comprit d'où venait sa peur : de son incompréhension et de son ingratitude. De sa tendance à penser que tout lui était dû. Et maintenant, il se sentait mesquin, écrasé par un jugement sans appel. Il regretta encore tout le temps qu'il avait gaspillé et qu'il n'avait pas passé avec son père. Il maudit aussi son métier, qui l'obligeait à enquêter sur des inconnus. Il aurait dû plutôt mener une enquête privée, dans laquelle il aurait été à la fois l'investigateur et le prévenu, le commissaire et le coupable, la victime et l'assassin. Ce n'est qu'ainsi qu'il pouvait se mettre à l'abri de cette sorte d'aliénation qu'il éprouvait à présent.

Le Maquisard toussa à nouveau et le détourna de ces ruminations.

« Il vaut mieux que tu t'en ailles, maintenant. Je veux regarder le soleil en face », annonça-t-il d'un ton sinistre.

Soneri le fixa et devina ses intentions. Une impulsion désespérée le prit à la gorge, mais l'homme semblait inflexible, résolu à conclure cette histoire comme le commissaire le craignait.

« La vie doit être dépensée, reprit le Maquisard avec une joie féroce. Comme l'argent. De toute façon, quoi qu'il arrive, ça finit toujours par un échec. »

Soneri décela un reste d'orgueil dans ces mots. Gualerzi avait seulement tâché de remplir ses années, sans poursuivre d'objectifs particuliers. Il n'était jamais sorti des bois de Montelupo, un royaume minuscule du haut duquel il avait vu tout changer, tandis que lui restait le même, comme les saisons et la neige. Il avait réagi de la même manière contre les Allemands et contre les carabiniers, il n'avait pas modifié sa vie.

« Je ne me suis pas laissé détruire par l'argent », répéta-t-il, en s'arrêtant après quelques pas.

Il était désormais évident qu'il avait atteint le terminus. Il donnait l'impression de se préparer à un rite païen sous le soleil éblouissant de onze heures. Le commissaire tenta de s'approcher, mais le Maquisard le stoppa d'un geste péremptoire.

« On doit être seul pour faire certaines choses, dit-il pour couper court à toute tentative.

– Reste ici, essaya de le convaincre Soneri.

– Je dois y aller, je vais avoir besoin de marcher un peu et je veux arriver avant le coucher du soleil, dit-il en se mettant en route. Je fais comme les vieilles bêtes qui savent quand le moment est venu.

– Dis-moi une dernière chose sur mon père, dit le commissaire en défiant à nouveau sa peur. Dis-moi si c'est vrai qu'il est allé demander aux Rodolfi d'être embauché lorsqu'il était au chômage. »

Le Maquisard le fixa d'un regard indifférent. Puis il secoua la tête en signe de négation et haussa les épaules. Il marmonna que ce n'étaient que des foutaises en s'éloignant déjà, mais Soneri n'eut pas la force de le rappeler. Il le vit gravir le sentier vers le col du Duc et, au virage, le Maquisard tourna pour suivre ce chemin, en croisant son regard de loin. Alors il leva son bras et le salua pour la dernière fois. Un autre adieu se déposait lourdement dans son âme comme de la terre jetée avec une pelle. Il s'appuya un moment à un rocher, tandis que la vallée était éblouissante de vie sous un soleil cruel. Non loin, le Maquisard marchait pour s'enfuir une ultime fois et bientôt il ferait ses adieux aux bois pour se donner à la roche.

Soneri repensa à son père et à la vie qu'il avait menée. Aux possibilités auxquelles il avait renoncé pour les lui offrir à lui, lui qui les avait gâchées à son tour en dissipant sa vie, passée à fouler les trottoirs d'une ville brumeuse, les couloirs en marbre de préfectures de police et de tribunaux, ou à piétiner sur place à un coin de rue pendant des heures dans l'attente d'une apparition.

Midi passait et la lumière commençait déjà à décliner. Les nuages à l'ouest occupaient désormais la moitié du ciel, et le soleil essayait de fuir en se blottissant rapidement derrière les montagnes. Soneri attendait sans percevoir rien d'autre que la lumière, l'espace, l'immensité des bois. Un laps de temps qu'il n'aurait su mesurer s'écoula et, lorsqu'il se retourna, les rayons frappèrent ses paupières de la lueur paisible qui annonçait déjà le crépuscule d'hiver. Alors, il entendit le coup de feu retentir au cœur du prisme infini des montagnes. L'air conserva longuement le bourdonnement de la détonation et, quand il s'éteignit, Soneri sut que le Maquisard avait tiré sa révérence en saluant ce qui avait été pour lui le plus précieux : le soleil, les bois et le ciel de Montelupo. Il regarda alors dans la direction d'où lui avait semblé provenir le tir. Une obscure trigonométrie lui suggéra qu'il arrivait du Trou de neige. Et cette nuit-là, la neige viendrait ensevelir pour toujours le maître de ces montagnes.

12

Au matin, le village ressemblait à de la glace fondue. Une neige désagrégée et détrempée pesait sur l'herbe et les toits. Plus haut, les flocons étaient venus fermer les yeux du Maquisard restés ouverts sur la beauté enchanteresse des sommets. Soneri prépara sa valise en y jetant pêle-mêle ses vêtements et la déposa dans l'Alfa Romeo. La veille au soir, Ida était passée pour la note et l'avait informé que Sante vivrait dans un fauteuil roulant.

« Il ne comprend plus rien, mais au fond c'est mieux comme ça, conclut-elle sur un ton cynique. Mieux vaut qu'il ne voie pas comment tout a fini. »

Ça n'avait pas été une belle fin, méditait le commissaire, appuyé contre la voiture tandis qu'il regardait la pension l'*Écureuil* et le restaurant dont les portes étaient barricadées. Il était arrivé à la conclusion que les personnes sont constituées aussi des choses aimées et côtoyées. L'*Écureuil* désormais fermé équivalait à la mort de cette partie de lui qui s'y reflétait. Peu à peu, on devenait comme Sante, qui avait perdu ses jambes et n'avait plus toute sa tête.

Soneri saisit son portable et appela Angela.

« Je pars, lui annonça-t-il. Je n'ai plus rien à faire ici.

– On dirait que tu veux t'enfuir.

– Si j'attends quelques heures, je serai coincé : il neige dru.

– Tu as toujours aimé la neige », commenta Angela.

Soneri jeta encore un regard à la pension, dont il avait été le dernier client. Quelque chose de plus qu'un adieu.

« Palmiro a tué son fils : c'est le passé qui anéantit le présent », dit-il.

Angela resta silencieuse durant quelques instants.

« Son père ? murmura-t-elle ensuite.

– Il ne s'est pas reconnu dans son futur, répondit Soneri. Il n'aurait éprouvé que de la honte. Et les hommes comme Palmiro croient que tout leur appartient. Même leurs enfants. Ils portent en eux le succès et la ruine : les mêmes qualités les grandissent ou les précipitent au fond du trou.

– Ils devraient trouver plus fort qu'eux, mais ils n'engendrent que des ratés.

– Ça ne doit pas être facile d'avoir un père comme Palmiro.

– Un homme né avec la faim chevillée au corps et qui a dévoré la vie. La sienne et celle des autres, constata Angela.

– Ici, ou bien on avait cette force désespérée, ou bien on succombait. Toute une génération a été poussée à l'accumulation pour exorciser les spectres de la faim et de la misère, sans prendre les autres en considération, dans une course solitaire pour surnager. Lorsque l'argent a coulé à flots, certains ont perdu la tête, persuadés qu'il ne se tarirait jamais, et d'autres ont tenté de passer la main. Mais on n'a pas la même détermination quand on a eu la vie facile. Paride n'avait pas fait l'expérience de la souffrance. Tout vient de là.

– Ne commence pas à bénir ta croix, le prévint Angela.

– Malgré cette croix, je n'ai rien fait de bon.

– Tu es déprimé. Je reconnais ces discours. L'air de tes montagnes te fait du mal. Dépêche-toi de t'en aller.

– Je ne peux même pas dire que mon père n'a pas pensé à moi, continua Soneri comme s'il n'avait pas entendu, il a sacrifié sa vie pour ça.

– Ne pense plus au passé, l'exhorta Angela, on n'y trouve que des erreurs. Et puis c'est inutile.

– C'est que moi aussi, comme Palmiro, je ne me reconnais pas dans mon présent. Et peut-être même pas dans mon futur », conclut Soneri.

Il raccrocha au moment où une rafale de vent lui jeta de la neige au visage. Un flocon s'enfila dans sa bouche et, le temps d'un instant, il savoura le goût si fragile des cristaux. Ils avaient une saveur unique et il était curieux que ce fût le résultat de l'absence de toute caractéristique. Le goût du degré zéro, celui qu'indiquait le thermomètre de la pharmacie sur la place, où Soneri se gara peu après. La température à laquelle se trouvait à présent son âme.

Crisafulli lui avait donné rendez-vous à neuf heures. Il arriva avec la petite Fiat des carabiniers et lui fit un appel de phares.

« Montez, vous serez plus au chaud », lui proposa-t-il en ouvrant à peine la fenêtre.

Il avait mis le chauffage à fond et le ventilateur faisait un vacarme de tramontane.

« Vous partez ? demanda l'adjudant.

– Bientôt, répondit de manière laconique le commissaire.

– Quelle chance. J'en ai plein le cul de ce village. Je vais devoir supporter un hiver très long, dit-il en soupirant. Dès les premières neiges, j'ai le moral en berne.

– Vous préférez le brouillard ? La neige va enfouir tout ce qui s'est passé. Et si vous jouez les bonnes cartes, vous pourriez obtenir une mutation un peu plus près du soleil. Du côté de chez vous, pourquoi pas ?

– Qui sait ? soupira Crisafulli, mais son visage s'illumina. Le Roumain a raconté qu'il avait servi d'intermédiaire entre des Albanais et ce Philippin employé chez les Rodolfi qui cherchait un fusil de chasse, annonça-t-il. L'arme a été remise une semaine avant l'homicide, lors d'une rencontre là-haut, à Montelupo. Malgré le numéro de série en partie effacé, nous sommes remontés jusqu'au propriétaire : un chasseur de La Spezia à qui on l'avait volée des mois avant et qui avait porté plainte.

– Le fusil avait tiré récemment ?

– Oui, et la cartouche utilisée correspond aux blessures mortelles de Paride Rodolfi.

– Vous y êtes presque. L'affaire est close, conclut Soneri.

– Si c'était aussi simple… Il n'y a pas encore de preuves quant à l'identité de celui qui a appuyé sur la détente.

– Il ne vous reste plus qu'à cuisiner ce Philippin. S'il ne parle pas, c'est lui qui sera impliqué.

– En effet, grommela l'adjudant, pensif. On a eu tout juste le temps de l'arrêter. Il était en train de s'enfuir.

– Lui n'y est pour rien, c'est un pauvre type, relativisa le commissaire.

– Peut-être que je n'arrive pas à y croire parce que c'est énorme, murmura Crisafulli. Ce n'est pas normal que ça existe. Qu'un père abatte son fils, continua-t-il, stupéfait. Je ne parviens pas à l'assimiler… »

Soneri baissa de deux crans le chauffage pour avoir moins de bruit. Les mots de l'adjudant faisaient écho à ses propres pensées, qui toutefois restaient confuses, exigeant un ordre qu'il avait du mal à leur donner. Il se borna alors à éviter l'obstacle d'une explication exhaustive et lança un simple « question d'intérêts… » pour mettre fin à cette discussion.

« Vous vous êtes fait une idée de la manière dont le meurtre a été commis ? »

Crisafulli ne lâchait pas l'affaire.

Cette question permit au commissaire de mesurer l'immense distance qui le séparait du carabinier. La distance séparant son monde à lui de cet enquêteur. C'était la même que celle entre son métier de commissaire et sa vie d'homme.

« Vous vous souvenez des coups de feu dans le brouillard ? Palmiro et le Maquisard se faisaient la guerre là-haut, à Montelupo : la mort n'avait d'importance pour aucun d'eux, car tous les deux étaient foutus. Surtout Palmiro parce que, en plus de la ruine, il sentait que la honte aussi serait au rendez-vous. C'est alors qu'il a eu l'idée de tout effacer. Y compris son fils, qui s'était mis à jouer avec l'argent et à qui il attribuait la responsabilité de la faillite.

– Mais quand l'aurait-il fait ?

– Le jour où vous l'avez cherché à Montelupo. Il est monté avec le fusil qu'il avait fait acheter par le Philippin : il savait que Paride ferait un tour à basse altitude et il l'a attendu au bord de la ravine où nous l'avons trouvé. Là, il lui a tiré dessus, caché par les branchages et le brouillard, et Paride a chuté. Mais quelqu'un, plus haut, a entendu, comme il a entendu les tirs suivant, lorsque Palmiro a tenté de supprimer la chienne de son fils. Il l'a suivie, il a perdu du temps jusqu'à ce que le brouillard s'épaississe et il n'a pas retrouvé le sentier quand la nuit est tombée. Sa belle-fille a vu rentrer le vieux chien tout seul et a donné l'alarme. Elle ne pouvait pas connaître les intentions de son beau-père.

– Forcément, le vieux Rodolfi ne pouvait pas le lui dire, commenta l'adjudant.

– Ainsi, la faute retomberait sur d'autres, surtout sur le Maquisard. Palmiro savait qu'il était malade et qu'il n'en aurait plus pour longtemps. Quelle importance, après tout ? Il était sûr qu'il ne parlerait jamais. En plus, Gualerzi n'avait-il pas une bonne raison pour faire la peau à Paride ? Il avait été ruiné, donc… Tout le monde, au village, l'aurait approuvé. Pas un père qui tue son fils, par contre. Et Palmiro tenait à l'honneur. Il n'aurait pas supporté de rester dans les mémoires pour cet horrible assassinat. Alors, il a arrangé les faits de façon à ce que personne ne soit trop lésé et que ça reste plausible. Lui se suiciderait au nom de l'honneur perdu, Gualerzi était en train de mourir, Paride avait été éliminé d'un coup de fusil probablement tiré par un créancier : une histoire louche, mais parfaitement logique. Le fusil volé utilisé pour tuer servait cette mise en scène : il ne pouvait pas, naturellement, utiliser l'un des siens. Et c'est justement pour ça que Palmiro, quand il a entendu dans le bois qu'on le cherchait, a dû se débarrasser de son arme plus tôt que prévu. Il est remonté jusqu'à la flaque de boue et l'a jetée dedans, pensant que la vase l'engloutirait. Mais il n'avait pas tenu compte du gel… Puis il s'est présenté chez lui comme si de rien n'était. Le soir même, il a abattu son chien, pas parce qu'il se sentait trahi, mais parce que c'était la seule créature qui lui était restée fidèle et qu'il ne pouvait pas la laisser seule. Dès le moment où il avait tiré sur son fils, il savait comment les choses allaient finir. Et en effet, le jour suivant, on l'a trouvé pendu à une poutre. »

Une fois ces mots prononcés, Soneri frappa ses cuisses avec ses mains pour signifier qu'il n'avait plus rien à raconter.

« Je pense que tout est vrai, affirma l'adjudant, songeur, mais comment faire pour prouver ce qui s'est produit dans le brouillard de Montelupo ?

– Il y a les coups de feu, ce jour-là. Vous m'avez dit que vous aviez noté l'heure de chaque tir, non ? Et puis il y avait aussi un témoin, mais vous ne pouvez plus l'interroger, lui.

– Vous voulez dire que lui aussi…

– Oui, il est mort. Mais vous ne le trouverez pas avant le printemps. La neige l'a enseveli.

– Vous avez recueilli son témoignage, quoi qu'il en soit…

– Non, laissez-moi en dehors de ça. C'est votre affaire, adjudant. Débrouillez-vous seul, je ne peux pas en faire plus », l'interrompit Soneri, irrité.

Crisafulli le fixa d'un air épouvanté. Mais le commissaire devança son objection.

« Je crois que j'ai été un bon informateur », dit-il avec ironie.

Alors le militaire sourit, plus détendu.

« Où se trouve Bovolenta à présent ? demanda Soneri.

– Il est parti ce matin pour se rendre au commandement de la circonscription. Les temps vont être durs pour lui, répondit l'adjudant.

– Le pauvre. Une autre victime de cette histoire.

– Il a été trop pressé. On lui avait dit que ce Gualerzi était un sauvage. Mais vous savez, quand on passe sept ans à chasser des bandits sur l'Aspromonte, on prend certaines habitudes… Il n'a rien fait d'autre qu'appliquer les procédures. »

Soneri repensa à cette chasse à l'homme absurde, à l'aberration de ces tirs, à la stupidité de la mort du carabinier, et il fut plus convaincu encore que la plus grande qualité d'un enquêteur était sa capacité à contourner les procédures. Il fallait coller à la réalité, s'y adapter, la respirer. Contrairement à Bovolenta, qui voulait la plier, la fabriquer. Même si, comme cela arrivait en cet instant à Soneri, à la fin, les inquiétudes et les questionnements étaient plus nombreux qu'au début. Une enquête était un cheminement visant seulement en apparence à rétablir un ordre. En réalité, c'était le contraire. Chercher signifiait créer du désordre.

« Commissaire… » dit Crisafulli en tirant Soneri de ses réflexions.

Ce dernier se retourna pour le regarder.

« Je pensais à Bovolenta. On va l'envoyer dans une école militaire pour enseigner les procédures, dit-il avec amertume.

– Une préretraite au-dessus de la mêlée. L'Arme des carabiniers ne vous laisse jamais sur le carreau : elle vous assure toujours un salaire.

– Et pourtant c'est un brave homme, murmura le commissaire. Et si ce projectile n'avait pas ricoché…

– Quel projectile ? demanda Crisafulli, intrigué.

– Celui qui a tué votre collègue. Gualerzi m'a dit qu'il ne voulait pas le tuer, mais sur ces rochers on jouait au billard avec de grosses balles.

– Et vous l'avez cru ? demanda l'autre d'un air dubitatif.

– Pourquoi pas ? Quel intérêt pouvait-il avoir à me raconter des bobards ? Il avait décidé de mourir et, dans ces conditions, quelle importance ça pouvait avoir pour lui ? » répondit Soneri, agacé.

Crisafulli avait l'air sceptique et Soneri le trouva à nouveau mesquin.

« La faute au hasard », dit-il sans façon, pour couper court à la discussion.

Il avait envie de s'en aller pour se remettre de cette longue souffrance.

« C'est presque toujours comme ça, ajouta-t-il en ouvrant la portière.

– Attendez, l'arrêta l'adjudant, avant de partir, Bovolenta m'a demandé de vous remettre cette enveloppe. »

Et il lui tendit un pli fermé sur lequel le commissaire lut son nom et la recommandation qu'il lui soit donné en mains propres.

« Merci, dit Soneri en descendant de la voiture, j'espère qu'on vous mutera à proximité de la mer.

– Adieu commissaire », répliqua l'adjudant.

En marchant dans la neige, Soneri regagna sa voiture et alluma le moteur tandis que Dolly, assise à l'arrière, lui léchait la joue, avant de s'agiter contre la fenêtre pour sortir. Il ne voulut pas attendre davantage et déchira l'enveloppe. À l'intérieur, il y avait un billet écrit à la main d'une écriture solennelle.

Cher commissaire,

J'ai fait personnellement une investigation plus poussée dans le matériel saisi au domicile de Gualerzi, situé au lieu-dit Madoni, et j'ai trouvé quelques documents qui sans doute vous intéresseront. Ils étaient contenus dans une chemise dissimulée dans un interstice (comme indiqué dans le procès-verbal) de la cave. Sur la couverture, il était écrit « collaborateurs » et je suis en droit de penser qu'il s'agissait d'un dossier du commandement des résistants sur ceux qui, au village, avaient eu affaire avec les fascistes, soit en tant qu'espions, soit en tant que sympathisants. Vous savez ce qui est advenu de ces gens aux alentours du 25 avril, vous connaissez mieux l'histoire locale que moi. Puisque Palmiro Rodolfi a survécu, il me semble légitime de penser que le document joint n'a pas été rendu public.

Peut-être est-ce la réponse que vous attendiez.

Le capitaine,

Bovolenta

Soneri examina le document jauni et presque déchiré par les cassures des pliures. C'était une autorisation du podestat pompeusement surmontée de l'en-tête du Parti fasciste, qui garantissait l'activité de l'usine de charcuterie Rodolfi et stipulait des accords commerciaux pour la fourniture de viandes de porc aux écoles, cantines et marchés de la zone. Il le replia et le rangea dans la chemise. Tout lui apparaissait plus clair. Cette feuille pouvait faire office de condamnation à mort pour Palmiro, mais son père et le Maquisard la lui avaient évitée. Les événements des derniers jours étaient la conséquence de cet acte. Il ne savait pas si c'était un acte de courage, de pitié ou autre chose. Ce que les résistants n'avaient pas fait, Palmiro l'avait fait tout seul bien plus tard.

Mails Soneri devait laisser derrière lui cette histoire : la seule chose qu'il lui restait à présent était une affection tardive pour son père, qu'il ne pourrait plus exprimer. Dolly lui lécha une oreille, et il se concentra sur la route déjà blanche. La neige tombait, recouvrant tout : Montelupo, le Maquisard, les Rodolfi, le village sourd et haineux peuplé de vieillards, les bois et même les champignons qu'il n'avait pas réussi à cueillir. Elle recouvrait même une partie de son passé, dont il s'était désormais détaché pour toujours.

Remerciements

Je remercie Simona Mammano, adjointe de sécurité, pour ses suggestions en matière de procédures, ainsi que toute l'équipe de la maison Frassinelli pour ses précieux conseils et son très grand professionnalisme.

DU MÊME AUTEUR

Le Fleuve des brumes
Agullo, 2016
et « Points Policier », n° P4531

La Pension de la via Saffi
Agullo, 2017
et « Points Policier », n° P4772

RÉALISATION : IGS-CP À L'ISLE-D'ESPAGNAC
IMPRESSION : CPI FRANCE
DÉPÔT LÉGAL : MARS 2019. N° 141158-3 (2043766)
IMPRIMÉ EN FRANCE